CHÂTIMENT

“Actes noirs”

DU MÊME AUTEUR

EFFACEMENT, Actes Sud, 2004 ; Babel n° 721.
DÉSERT AMÉRICAIN, Actes Sud, 2006 ; Babel n° 794.
BLESSÉS, Actes Sud, 2007 ; Babel n° 927.
GLYPHE, Actes Sud, 2008.
LE SUPPLICE DE L'EAU, Actes Sud, 2009.
PAS SIDNEY POITIER, Actes Sud, 2011 ; Babel n° 1651.
MONTÉE AUX ENFERS, coll. "Actes noirs", Actes Sud, 2012 ; Babel noir n° 108.
NAGEANT NAGEURS NAGEANT, PURH, 2013.
PERCIVAL EVERETT PAR VIRGIL RUSSELL, Actes Sud, 2014.
TOUT CE BLEU, Actes Sud, 2019.
MANUEL DE DRESSAGE PAR LE COLONEL HAP THOMPSON suivi de *TRUITE DE FOND*, Points, "Poésie" n° 5603, 2022.

Titre original :
The Trees
Éditeur original :
Graywolf Press

Traduction française publiée avec l'accord de Melanie Jackson Agency, LLC représentée par Anna Jarota Agency.

ISBN 978-2-330-18616-6

PERCIVAL EVERETT

Châtiment

roman traduit de l'anglais (États-Unis)
par Anne-Laure Tissut

ACTES SUD

Pour Steve, Katie, Marisa, Caroline, Anitra et Fiona.

L'art de la guerre est assez simple. Trouve qui est ton ennemi. Attaque-le dès que possible. Frappe-le aussi fort que possible et aussi souvent que possible, et continue à avancer.

— U. S. Grant

DEBOUT

1

Money, dans le Mississippi, ressemble exactement à ce que son nom évoque. Baptisée dans cette double tradition, tenace dans le Sud, d'ironie mêlée de nescience, la ville porte un nom teinté de tristesse, indice d'une ignorance avouée qu'on est bien obligé d'intégrer, puisque, regardons les choses en face, on ne s'en débarrassera pas.

Juste aux abords de Money se trouvait ce que l'on pourrait considérer comme un genre de banlieue, voire un quartier, assemblage finalement plutôt substantiel de maisons modestes, tout en longueur ou à extensions, aux parois de vinyle, et officieusement nommé Small Change, "petite monnaie". Dans l'une des cours à l'herbe défunte, autour de la bordure ébréchée d'une piscine sans eau ornée de sirènes aux teintes passées, se tenait une petite réunion de famille. La réunion n'était ni festive ni spéciale, mais habituelle.

C'était la maison de Wheat Bryant et de sa femme, Charlene. Wheat était entre deux emplois, était toujours, en continu, perpétuellement entre deux emplois. Charlene ne manquait pas une occasion de faire remarquer que, en général, le mot "entre" suggérait la présence de quelque chose à chaque extrémité, de deux "quelque chose", deux destinations, et que Wheat, n'ayant jamais eu qu'un seul emploi de sa vie, n'était donc entre rien du tout. Charlene travaillait comme réceptionniste à la Foire aux Tracteurs de Money J. Edgar Price Propriétaire (nom officiel de l'entreprise, sans virgule), qui assurait la vente et l'entretien, même si fort peu d'affaires y avaient été conclues récemment, ou de réparations assurées. Les temps étaient durs à Money comme aux environs. Charlene portait toujours un dos-nu jaune, de la couleur de ses cheveux décolorés qu'elle faisait gonfler, pour la simple raison que cela mettait Wheat en rogne. Wheat buvait à la chaîne des canettes de Falstaff et fumait à la chaîne des cigarettes Virginia Slims, parce qu'il était féministe, prétendait-il, disant à ses enfants que la bière était nécessaire à l'entretien de sa panse et les cigarettes à la régulation du transit.

Quand elle n'était pas dans la maison, la mère de Wheat, Mamie Carolyn ou Mamie C, circulait sur un de ces buggys électriques à larges pneus du Sam's Club. Le buggy n'était pas simplement semblable à ceux du Sam's Club ; il avait en fait été définitivement emprunté au Sam's Club à Greenwood. Il était rouge, avec l'inscription *am's Clu* en lettres blanches. Le moteur électrique poussif émettait en permanence un ronron sonore qui rendait la conversation avec la vieille femme assez problématique.

Mamie C avait toujours l'air un peu triste. Pas étonnant. Wheat était son fils. Charlene la haïssait presque autant qu'elle haïssait Wheat, mais sans jamais le montrer ; c'était une vieille femme, et dans le Sud, on respecte les aînés. Ses quatre petits-enfants, âgés de trois à dix ans, ne se ressemblaient en rien, mais on voyait qu'ils étaient d'ici, de cette ville, de cette famille. Ils appelaient leur père par son prénom et leur mère Hot Mama Yeller*, le surnom de cibiste qu'elle utilisait pour bavarder avec les

* “Maman chaudasse et braillarde”. *(Toutes les notes sont de la traductrice.)*

camionneurs tard le soir quand toute la famille dormait, et parfois en cuisinant.

Ces conversations de cibiste mettaient Wheat en rage, notamment parce qu'elles lui rappelaient son seul emploi : chauffeur d'un semi-remorque plein de fruits et légumes pour la chaîne de primeurs Piggly Wiggly. Il avait perdu cet emploi après s'être endormi au volant et avoir précipité le camion du haut du pont Tallahatchie. Enfin pas complètement, puisque l'habitacle était resté suspendu des heures au-dessus de la petite rivière Tallahatchie avant qu'on lui porte secours. Il en réchappa en grimpant dans le godet d'une excavatrice qu'on avait fait venir de Leflore. Il aurait pu tenir bon et garder son emploi si le camion n'avait pas tenu bon et simplement plongé d'un coup, abruptement, du haut du pont dans la rivière boueuse. Mais de fait, l'histoire eut tout le temps d'enfler pour apparaître sur CNN, Fox et YouTube, répétée toutes les douze minutes jusqu'à devenir virale. Le coup de grâce fut porté par l'image d'une quarantaine de canettes de Falstaff tombant en pluie de l'habitacle dans les flots. Et encore, ça n'aurait pas été si grave si Wheat n'avait émergé des dents du godet une canette à la main.

À la réunion de famille se trouvait aussi le plus jeune fils du frère de Mamie C, Junior Junior. Son père, J. W. William, s'appelait Junior, aussi son fils s'appelait-il Junior Junior, jamais J. Junior, jamais Junior J., jamais J. J., mais Junior Junior. Le plus âgé des deux hommes, rebaptisé Just Junior après la naissance de son fils, était mort "du cancer", comme l'avait dit Mamie C, environ dix ans plus tôt. Il était décédé dans le mois qui avait suivi la mort de Roy, son époux, le père de Wheat. Pour quelque raison, elle jugeait important qu'ils soient morts de la même chose.

“Mamie C, t’as pas chaud avec ce chapeau ridicule ? cria Charlene à la vieille femme, assez fort pour couvrir le ronron du buggy.

— Tu dis quoi ?

— Ben c’est même pas de la paille, ce chapeau. On dirait une bâche en plastique ou un truc comme ça. Et y a même pas de trous d’aération.

— Quoi ?

— È t’entend pas, Hot Mama Yeller, lui dit sa petite de dix ans. Elle entend rien. L’est sourde comme un pot.

— Bon Dieu, Lulabelle, j’sais bien. Mais quand elle canera d’un coup de chaud, on pourra pas dire que j’l’avais pas prévenue pour ce chapeau.” Elle baissa de nouveau les yeux sur Mamie C. “Et pis c’t’engin, y fait super chaud là-d’dans quand elle roule. Ça te donne encore plus chaud ! hurla-t-elle à la vieille. Comment elle fait pour continuer à vivre, c’est ça que j’voudrais savoir.

— Fiche-lui la paix, à ma mère”, dit Wheat en riant à moitié. Enfin, peut-être. Comment savoir ? Il avait la bouche tordue en un rictus permanent. Beaucoup pensaient qu’il avait subi une attaque mineure en mangeant des côtelettes quelques mois auparavant.

“Elle a encore mis ce chapeau super chaud, c’est ridicule, fit Charlene. È va s’rendre malade.

— Et alors ? Elle, ça la gêne pas. Pis toute façon, qu’est-ce que ça peut t’foutre ?” dit Wheat.

Junior Junior remit le bouchon sur sa bouteille emballée dans un sac en papier et demanda : “Pourquoi y a pas d’flotte dans cette piscine, putain ?

— Ça fuit, cette merde, fit Wheat. Y a une fissure dans le mur là où Mavis Dill est tombée contre le bord avec son gros cul. Elle essayait même pas d’aller nager, elle passait juste et elle est tombée dessus.

— Comme elle a fait son coup ?

— C'est juste qu'elle est grosse, Junior Junior, dit Charlene. Si l'poids penche d'un côté, c'est là que tout part. Question de gravité. Wheat, y peut t'en parler. Pas vrai, Wheat ? Que t'en connais un rayon, côté gravité ?

— Va te faire foutre, dit Wheat.

— Je ne veux pas de ce genre de langage devant mes petits-enfants, intervint Mamie C.

— Et comment elle a fait pour entendre ça ? fit Charlene. Putain, elle entend pas quand on crie, mais là, elle entend.

— J'entends parfaitement, fit la vieille femme. Pas vrai, Lulabelle ?

— Ouais, mamie, dit la fillette, qui avait grimpé sur les genoux de sa grand-mère. T'entends presque tout. Pas vrai, Mamie C ? T'es presque morte, mais putain c'que t'entends bien. Hein, Mamie C ?

— Sûr, ma beauté.

— Bon, et tu vas faire quoi pour la piscine ? demanda Junior Junior.

— Pourquoi ? Tu m'l'achètes ? J'te la vends quand tu veux. T'as qu'à m'faire une offre.

— J'pourrais foutre deux trois cochons dans c'truc. Suffirait d'creuser un peu le fond, et d'les coller là.

— T'as qu'à l'emporter, dit Wheat.

— J'pourrais juste amener les cochons. Ça s'rait plus simple, tu crois pas ?"

Wheat secoua la tête. "Non, on sentirait tes porcs. J'veux pas sentir tes porcs.

— Mais t'as tout bien installé, elle est bien calée, et tout. Ça s'rait un sacré boulot de la déplacer." Junior Junior alluma un cigare maigrichon. "Tu peux t'garder un des porcs. Qu'est-ce t'en dis ?

— Qu'est-ce que tu veux qu'je foute d'un putain d'porc ? fit Wheat.

— Hé, ho, langage ! hurla Mamie C.
— Si j'veux du bacon, j'vais au magasin.
— Ouais, en acheter avec mon argent, dit Charlene. Amène-les, tes porcs, Junior Junior, mais j'veux en garder deux, des gros, et c'est toi qui les prépares.
— Ça marche."

Wheat ne dit rien. Il traversa la cour pour aider la gamine de quatre ans à grimper dans sa voiture en plastique rose.

Mamie C avait les yeux dans le vide. Charlene l'examina un instant. "Ça va, Mamie C ?"

La vieille ne répondit pas.

"Mamie C ?
— Qu'est-ce qui lui arrive ? demanda Junior Junior en se penchant vers elle. Elle fait une attaque ou quoi ?"

Mamie C les surprit tous. "Non, espèce de nave, j'fais pas une attaque, pauv' bille. Franchement, y a pas moyen de réfléchir à sa vie ici sans s'faire soupçonner par un abruti d'plouc de faire une attaque. Et toi, t'en fais une, d'attaque ? C'est toi qu'as les symptômes.
— Mais pourquoi tu m'tombes dessus ? fit Junior Junior. C'est Charlene qu'a commencé.
— L'écoute pas, Mamie C, dit Charlene. À quoi tu pensais ?"

Mamie C avait de nouveau les yeux dans le vide. "À un truc que je regrette. Quand j'ai menti sur ce gamin noir y a des années.
— Oh bonté, c'est reparti, fit Charlene.
— J'ai causé du tort à ce p'tit négro. Comme ça dit dans le Livre saint, on récolte ce qu'on sème.
— De quel livre tu parles ? demanda Charlene. *Armes et munitions* ?
— Non, la Bible, espèce de païenne."

Le silence tomba sur la cour. La vieille femme poursuivit. “Moi, j’ai pas dit qu’il m’avait dit un truc, c’est Bob et J. W. qu’ont affirmé ça, alors j’ai suivi. Mon Dieu, que je regrette. C’qu’il pouvait les détester, les nègres, J. W.

— Bon, ben, c’est d’l’histoire ancienne, Mamie C. Détends-toi. On peut rien y changer. Tu peux pas l’ramener, ce gamin.”

2

L'adjoint du shérif Delroy Digby passait sur le pont Tallahatchie au volant de son véhicule de patrouille, une Ford Crown Victoria vieille de douze ans, quand il reçut un appel lui demandant de se rendre à Small Change. En se garant dans la cour devant la maison de Junior Junior Milam, il aperçut sa femme, en pleurs, qui faisait les cent pas en gesticulant. Delroy était brièvement sorti avec Daisy au lycée, et leur relation avait pris fin quand elle lui avait bel et bien mordu la langue. Puis il s'était engagé dans l'armée et était devenu vendeur dans le corps d'intendance de l'armée de terre. Quand il rentra chez lui dans le Mississippi, il trouva Daisy mariée à Junior Junior et enceinte de son quatrième. Elle avait cet enfant sur la hanche en ce moment même, tandis qu'elle arpentait la cour, et les trois autres étaient assis comme des zombies sur la première marche du porche.

"Qu'est-ce qui se passe, Daisy ?" demanda Delroy.

Daisy cessa d'agiter le bras et le regarda fixement. Elle avait le visage tout froissé d'avoir pleuré, les yeux rouges et cernés.

"Qu'est-ce qu'y a, qu'est-ce qui s'est passé, Daisy ? demanda-t-il.

— La pièce tout au fond, dit-elle. C'est Junior Junior. Oh mon Dieu, je crois bien qu'il est mort", fit-elle à voix basse pour que les enfants n'entendent pas. “Il est mort, forcément. On rentrait juste de la foire au troc sur le parking du Sam's Club. Les p'tits ont rien vu. Oh mon Dieu, c'est horrible.

— OK, Daisy. Ne bouge pas.

— Y a autre chose aussi dans le fond”, dit-elle.

Delroy posa une main sur son pistolet. “Quoi donc ?

— Quelqu'un. Mort aussi. Sûrement. Oh, il est mort. Forcément. Tu vas voir.”

Delroy était troublé, à présent, et n'avait pas qu'un peu peur. Tout ce qu'il avait jamais fait dans l'armée, c'était compter des rouleaux de PQ. Il retourna à sa voiture de patrouille et saisit la radio. “Hattie, c'est Delroy. Je suis chez Junior Junior Milam et je crois bien que j'vais avoir besoin d'renfort.

— Y a Brady pas loin. Je l'envoie.

— Merci bien, m'dame Hattie. Dis-lui que j'serai à l'arrière d'la maison.” Delroy raccrocha et revint vers Daisy. “J'm'en vais aller j'ter un p'tit coup d'œil. Tu m'envoies Brady quand il arrive ?

— La pièce est juste après la cuisine, dit-elle. Delroy.” Elle lui posa doucement la main sur le bras. “Tu sais, tu m'as toujours plu quand on était au lycée. J'voulais pas te mordre la langue, j'suis vraiment désolée. Fast Phyllis Tucker m'avait dit que tous les garçons aimaient ça alors j'l'ai fait. Mais toi t'as pas aimé. J'ai dû y aller trop fort.

— OK, Daisy.” Il commença à s'éloigner puis se retourna vers elle. “Daisy, tu ne l'as pas tué ?

— Delroy, c'est moi qui ai appelé la police.”

Delroy la dévisagea.

“Non, j'l'ai pas tué. Ni lui ni l'autre.”

Delroy ne sortit pas son arme en entrant dans la maison mais garda la main fermement posée dessus. Il traversa lentement la pièce de devant. Elle était sombre parce que les fenêtres étaient particulièrement minuscules. De petits trophées de bowling s'alignaient sur le manteau de la cheminée. Le foyer était encombré de piles de bols, d'assiettes et de tasses en plastique coloré. La maison était si calme et silencieuse qu'il prit peur encore un peu plus et tira son pistolet de l'étui. Et si le tueur était toujours là ? Est-ce qu'il ne devrait pas ressortir et attendre Brady ? Mais Daisy pourrait le prendre pour un lâche. Brady se ficherait sûrement de lui, le traiterait de poule mouillée. Il continua donc à avancer. Il jeta un coup d'œil de routine à chaque chambre puis resta longtemps dans la cuisine avant de poursuivre dans la pièce suivante. Ses bottes faisaient beaucoup de bruit sur le linoléum gondolé.

Une fois dans la pièce, il s'arrêta net. Plus moyen de bouger. Jamais de sa vie il n'avait vu des gens aussi morts. Et pourtant il avait fait la guerre, putain. Junior Junior, ou ce qu'il croyait être Junior Junior, avait le crâne défoncé, couvert de sang. On voyait une partie de son cerveau. Un long fil de fer barbelé rouillé faisait plusieurs fois le tour de son cou. L'un de ses yeux avait été délogé, peut-être à la lame, et se trouvait posé à côté de sa cuisse, le regardant d'en bas. Il y avait du sang partout. L'un de ses bras, tordu, formait un angle improbable derrière son dos. Son pantalon était déboutonné, baissé en dessous du genou. Il avait l'aine couverte de sang séché, et il semblait ne plus avoir de scrotum. À trois mètres environ de Junior Junior gisait le corps d'un homme noir de petite taille. Son visage portait d'horribles traces de coups, sa tête était enflée, et son cou arborait une cicatrice, comme si on l'avait recousu. Il ne saignait pas, apparemment, mais il ne faisait aucun doute qu'il était mort. L'homme noir portait un costume bleu sombre. Delroy se retourna vers Junior Junior. Ses jambes nues semblaient étonnamment vivantes.

Delroy eut un sursaut quand Brady apparut derrière lui.

"Seigneur Dieu ! lâcha Brady. Putain d'merde, c'est Junior Junior ?

— Je crois que oui.

— T'as une idée de qui est le nègre ?

— Non, aucune.

— Tu parles d'un merdier, fit Brady. Bon Dieu d'bon Dieu. Sacré nom de Dieu. Non mais r'garde moi ça. Il a plus ses couilles !

— Je vois ça.

— J'crois bien qu'elles sont dans la main du négro, fit Brady.

— Tu as raison." Delroy se pencha pour regarder de plus près.

"Touche à rien, putain. Surtout va pas toucher quelque chose. Ah tu peux dire qu'on s'en est trouvé un gratiné, de crime. Seigneur."

3

“Putain d’merde, j’peux pas saquer les meurtres, fit le shérif Red Jetty. Ça vous fiche votre journée en l’air.

— Parce que c’est de la vie gâchée ?” demanda le médecin légiste, le pasteur Cad Fondle. Il venait juste de déclarer morts Junior Junior et l’homme noir non identifié sans même les avoir touchés.

“Non, parce que c’est un vrai bordel.

— Y a un paquet de sang, dit Fondle.

— J’en ai rien à foutre du sang. C’est toute cette fichue paperasse.” Jetty montra le sol du doigt. “Tu vas faire quoi, pour les couilles de Milam ?

— Dis à tes gars de les mettre dans un sac. J’vois pas bien l’intérêt de les recoudre. Mais ils verront avec la famille aux pompes funèbres.”

Le shérif Jetty s’assit sur ses talons, veillant à ne pas basculer sur un genou, examina le corps noir et pencha la tête.

“Qu’est-ce que tu vois, Red ? demanda Fondle.

— Sa tête te dit rien ?

— J’trouve pas que sa tête puisse dire grand-chose. Elle est bien amochée. D’ailleurs, pour moi, ils se ressemblent tous.

— Tu crois que c’est Junior Junior qui lui a fait ça ?”

Fondle secoua la tête. “Rien n’m’a l’air bien frais.

— Bon, allez, on les charge dans le fourgon et on les embarque à la morgue." Jetty se retourna vers la cuisine. "Delroy ! Amène les sacs.

— Tu veux qu'on prenne les empreintes ? demanda Delroy. On n'a rien touché. Dans cette pièce en tout cas.

— Ben pourquoi s'emmerder, alors ? Oh, et puis, pourquoi pas. Allez, ouais, vas-y, prends les empreintes avec Brady. Pis vous aiderez à nettoyer tout ce sang.

— Ça rentre pas dans mes fonctions, dit Brady.

— Tu y tiens, à tes fonctions ? demanda Jetty.

— Nettoyer le sang, répéta Brady. Allez, viens, Delroy."

4

Le shérif Jetty gara son véhicule personnel, une Buick Electra 225 bien entretenue qui avait appartenu à sa mère mais avait été repeinte depuis, sur une place en épi devant le bâtiment en brique abritant les bureaux du médecin légiste, aux confins de la ville. C'était l'heure du dîner et son gros ventre gargouillait assez fort pour que d'autres l'entendent. Il entra et passa droit devant l'homme à l'accueil, dont il n'arrivait jamais à se rappeler le nom.

Le révérend Dr* Fondle était assis à une table en métal dans la salle d'autopsie. La grosse lampe était allumée mais tournée sur le côté.

"Qu'est-ce qui se passe, Cad ? Qu'est-ce que j'fous dans cette putain d'glacière alors que je devrais être chez moi à table en famille ?

— Y a un problème.

— Quel genre ?"

Fondle alla se placer devant l'un des quatre tiroirs à cadavres logés dans le mur du fond. "C'est là que j'ai mis le nègre mort.

* Pasteur titulaire d'une thèse en théologie.

— Ouais. Et alors ?”

Fondle ouvrit le tiroir et tira vers lui une plateforme vide.

Jetty s’approcha et observa la surface métallique étincelante. “Y a personne là-d’dans.

— Ben voilà, toi aussi. Eh bien ce fils de pute de Noir était là y a quarante-cinq minutes.

— Attends, tu m’dis quoi, là ? Tu veux dire que le corps a disparu ?

— J’dis que j’sais pas où il est.

— Putain d’merde, Fondle, les morts, ça s’tire pas juste comme ça, fit Jetty. Si ?

— J’en connais qu’un.

— Ah ouais, et c’est qui ?”

Fondle fronça les sourcils. “Notre Seigneur Jésus-Christ, espèce de païen. Tu f’rais bien d’aller poser ton cul à l’église de temps en temps.”

Jetty secouait la tête. “Tu l’as pas rangé ailleurs ?

— Ben faut croire, mais j’ai même vérifié les trois autres tiroirs. Milam est dans celui-là. J’ai regardé dans le placard. J’ai regardé dans le fourgon. J’te l’dis, quelqu’un a volé l’corps de ce nègre.

— C’est quoi c’merdier, fit le shérif, si tu m’passes l’expression, mon révérend.

— Qui aurait bien pu faire ça ?

— On sait même pas qui c’était, ce nègre, bon sang. P’têt’ qu’on en saura plus avec ses empreintes.” Jetty regardait la porte par laquelle il était entré et les fenêtres. “Quand est-ce que t’es sorti du bureau ?

— Vers 2 heures, j’suis allé chercher du fumier pour ma femme. J’suis parti vingt minutes max. Mais Dill était à son bureau.

— Putain d’merde.” Jetty sortit son téléphone et le regarda. “Brady, t’es où, bordel ?

— Ben j'nettoie l'sang, conformément à vos instructions, fit Brady.

— Ah, la ramène pas, 'spèce de péquenaud. Bouge-toi plutôt l'cul et viens m'rejoindre avec Delroy au bureau du médecin légiste.

— Et le sang ?

— Oublie ce putain d'sang et arrive tout de suite." Il mit un terme à l'appel du bout de son gros doigt. "Tu t'rappelles comme c'était bon d'raccrocher au nez de quelqu'un ? Je hais ces portables de pédé. Fais v'nir Dill."

Fondle appuya sur l'interphone fixé au mur. "Dill, tu peux venir s'te plaît."

"C'est un type bien, ce Dill ? demanda Jetty.

— Ouais. J'suis sûr qu'il l'a pas embarqué, j'vois pas bien c'qu'il f'rait d'un nègre mort."

Dill entra. "Oui, mon révérend ?

— Tu t'rappelles le corps de ce Noir qu'on a apporté ce matin ? demanda Fondle.

— Si j'me rappelle ? Comment ça, si j'me rappelle ?

— Le corps a disparu, fit le shérif Jetty. T'es resté à ton bureau toute la journée ?

— Parfaitement. J'ai même déjeuné là. Salade à l'œuf.

— T'es pas allé chier ?

— Ça, je le fais à 7 heures tous les soirs. C'est réglé comme du papier à musique. Puis je regarde une rediffusion de *Maverick* avant de me faire un bol de crème de blé.

— T'es sorti du bureau pour une raison ou une autre ?

— Pas du tout.

— Donc, si j'te suis, à aucun moment quelqu'un aurait pu te passer devant pour entrer dans cette pièce ?

— C'est ça.

— Et la porte du fond ?

— Ça fait deux ans qu'elle est coincée, dit Fondle.

— Sacré risque en cas d'incendie, fit Dill.

— Où est-ce que t'habites, Dill ? demanda le shérif.

— J'vis avec ma mère, tout au bout de Change.

— Ah, t'es l'fils de Mavis Dill", fit Jetty.

Dill hocha la tête.

"Comment elle va ?

— Bien. Elle va bien, et è s'porte bien aussi. Vous voulez dire qu'y a un corps qu'a disparu ?

— Ça m'en a tout l'air, dit Fondle.

— T'as une idée ? demanda Jetty à Dill.

— C'est pas moi qui l'ai pris.

— Vous m'dites que la porte du fond est fermée à clé, fit Jetty.

— Non, coincée, fit Dill.

— Allons voir quand même." Jetty suivit Dill et Fondle le long d'un couloir crasseux, encombré de matériel.

"L'interrupteur est quelque part sur ce mur, là", dit Fondle. Il tendit le bras derrière une haute armoire métallique, trouva l'interrupteur, alluma. Dans un murmure, les ampoules fluorescentes s'éclairèrent en clignotant.

La porte de derrière était ouverte, le loquet clairement arraché, l'une des ferrures couvertes de rouille montrant la trace de vis.

"Putain, j'y crois pas, lâcha Dill. Ça fait dix ans qu'elle a pas été ouverte, c'te porte."

Jetty examina la serrure. Aucune clé n'avait été insérée dans ce trou tapissé de poussière. "Qui aurait pu ouvrir ?

— M'enfin, l'était complètement coincée, fit Dill.

— C'est la vérité, dit Fondle. J'vais vous dire, moi, qui est à l'œuvre.

— Le diable ?" demanda Dill.

Fondle hocha la tête. "En personne. Dieu nous garde."

Jetty observa le petit palier de ciment devant la lourde porte.

"Dill, va t'asseoir à ton bureau et attends là. Ne touche à rien. Et je dis bien à rien.

— Et moi ? demanda Fondle.

— Tu touches à rien non plus." De nouveau, il se servit de son téléphone. "Hattie, dis à Jethro de se ramener avec son kit à empreintes." Il remit le téléphone dans sa poche et secoua la tête. "Seigneur."

5

La récente veuve de Junior Junior, Daisy, se gara dans la cour de Wheat et Charlene Bryant. Elle pleurait quand Charlene sortit l'accueillir.

"Alors, il est où, Junior Junior, avec ses porcs ?" demanda Charlene. Puis elle vit les larmes. "Qu'est-ce qui t'arrive ? Y t'a encore frappée, ce salopard, ce trou du cul foireux ? Putain, j'vais lui en foutre une, à ce bâtard."

Daisy poussa les enfants vers l'arrière de la maison. "C'est pas ça, Charlene. Il est mort, dit-elle.

— Qui est mort ?" demanda Charlene.

Mamie C apparut sur le porche, sur sa chaise roulante d'intérieur. Wheat se trouvait derrière elle.

"Salut, Mamie C. Salut, Wheat, fit Daisy.

— Qui est mort ? répéta Charlene.

— Junior Junior. Junior Junior est mort, tué par un nègre sous notre propre toit. Junior Junior nous a quittés.

— Jésus Marie Joseph, fit Wheat.

— Qu'est-ce qui s'est passé, ma fille ? demanda Mamie C.

— Oh, Mamie C, c'était horrible, vraiment horrible." Daisy s'élança vers le porche et posa la tête sur les genoux de la vieille femme. "J'étais avec les enfants à la foire au troc, tu sais, sur le parking du Sam's Club. J'y suis allée tôt parce qu'il y avait des dos-nus, là, comme met Charlene, et j'en voulais un vert citron, mais ils en avaient qu'en bleu, bleu ciel. Y avait une queue super longue dans le Club, et Triple J a piqué une crise parce que j'voulais pas lui acheter d'bonbons, des Skittles. Les gens nous r'gardaient comme s'ils avaient jamais vu pleurer un bébé.

— Y sont vraiment horribles, les gens, fit Mamie C.

— Continue, Daisy, putain, dit Wheat.

— Tais-toi, Wheat, fit Mamie C. Continue, ma fille.

— Et donc, on rentre à la maison. Tu vois, y en avait pas en vert citron, comme j'ai dit. J'ai laissé les enfants dans la cour et j'suis rentrée dans la maison. J'ai su qu'y avait un truc qui clochait dès qu'j'ai mis un pied à l'intérieur. J'le sentais, dans mes os. J'ai traversé la cuisine, j'suis rentrée dans la pièce du fond, et il était là. C'était horrible.

— Tu l'as déjà dit, fit Wheat. Qu'est-ce qui était horrible ?"

Mamie C décocha un regard cinglant à Wheat.

Daisy se passa la paume sur la figure pour essuyer les larmes et s'essuya le nez du revers de la main. Son mascara lui faisait des barreaux sur les joues. "C'est Junior Junior qu'était horrible. L'était par terre, tout tordu, comme un ver, ou un pantin. Y avait du sang partout. L'avait la tête toute cabossée, enfin défoncée comme un melon qui s'est fait rouler d'ssus par un tracteur.

— Doux Jésus, fit Charlene. Oh, Daisy."

Le fils de cinq ans de Daisy arriva en courant à l'avant de la maison. "Maman j'veux faire pipi.

— Ben trouve-toi un buisson, putain ! hurla Daisy. C'est pas vrai."

Le gamin repartit en trombe.

"Alors j'ai r'gardé à côté et y avait ce, ce..." Daisy se mordit le doigt.

"Ce quoi ? demanda Charlene.

— C'était un nègre.

— Juste debout là, comme ça ? demanda Wheat.

— Non, par terre. Au sol. Mort aussi. Tout esquinté, tout enflé, et plus mort que mort.

— Mon Dieu, fit Charlene. C'est Junior Junior qui l'a tué ?

— Je sais pas, je sais pas. Et pis c'est pas tout. Oh Seigneur. Junior Junior, l'avait les boules coupées.

— Putain d'bordel de merde !" Wheat fit quelques pas nerveux puis revint. "Les boules coupées ? Ses boules ? Tu veux dire ses burnes ? Enfin là en bas, quoi ?

— Il est mort, Wheat, fit Charlene. C'est le cadet de ses soucis."

Mamie C avait le regard vide, ne montrait aucune émotion.

Daisy se redressa et regarda le visage de la vieille femme. "Mamie C ? Mamie C ? Tout va bien ?

— Mamie C ? demanda Wheat.

— Tu l'as reconnu ? demanda Mamie C.

— Qui ça ?

— Le nègre, espèce d'idiote.

— Non. Personne aurait pu le reconnaître, avec le visage amoché comme ça. Même sa négresse de mère l'aurait pas r'connu. J'vois pas c'que ça change, qui c'est. Qui c'était. Junior Junior est mort.

— Ferme-la, pauvre idiote, lâcha Mamie C. Allez, poussez-moi, *presto*, j'veux rentrer, putain."

Wheat poussa la chaise à l'intérieur.

"C'était quoi, ça ? demanda Daisy à Charlene.

— Je sais pas. Je sais pas. J'ai jamais entendu Mamie C jurer."

Charlene observa le ciel gris ardoise, puis le visage simple de Daisy.

"Ben, en tout cas, putain d'journée. Y a plus d'sang, tout est nettoyé ?"

6

Delroy Digby et Braden Brady, appuyés contre une voiture de patrouille, regardaient Red Jetty garer sa grosse Buick Electra quelques mètres plus loin, à l'arrière des bureaux du médecin légiste. Le soleil essayait de percer.

"Alors ? demanda Jetty.

— On a fouillé partout autour, fit Brady.

— On a trouvé une série d'empreintes qui s'éloignaient du bâtiment en direction du lit du ruisseau.

— Pas moyen d'dire à quand elles remontent, mais z'étaient pas profondes. Pouvait pas faire plus de soixante kilos, celui qu'a laissé ces empreintes, dit Brady.

— Ouais, au max, renchérit Delroy.

— Mais c'est juste pas possible. Il faisait au moins soixante-quinze kilos à lui seul, ce corps. Ni une p'tite bonne femme ni un grand enfant auraient pu l'porter. Ni défoncer la porte comme ça, d'ailleurs.

— J'sais pas quoi dire, shérif", fit Delroy.

Jetty se retourna vers le bâtiment. "Jethro a fini de prendre les empreintes ?

— Je crois, dit Brady. Mais il est pas encore sorti.

— Bon, allez vous trouver quelque chose à faire, les zozos.

— Ça marche, boss", fit Brady.

À l'intérieur, le shérif tomba sur Jethro en train de se laver les mains à l'évier de la salle d'autopsie. "T'as fini, Tull ?

— Absolument. Y a des empreintes de partout. Comme on pouvait s'y attendre. Et entre ici et la porte arrière, tout est recouvert de poussière.

— T'es en train d'me dire qu'y a pas d'empreintes là-derrière ?

— Ben, non. J'suis sûr qu'il y en a, mais comme j'ai dit, elles sont couvertes de poussière. La poussière a pas été dérangée, donc rien n'a été touché depuis qu'elle s'est déposée.

— Tu t'fous d'moi ? demanda Jetty.

— Non, patron.

— On l'sait tous, que t'es allé à la fac."

Jethro poussa un soupir. "Bon, enfin je soupçonne que les empreintes sont celles du révérend Dr Fondle et de ce Dill, là.

— Ben, dis-moi, quand tu sauras", fit Jetty. Il secoua la tête. "Putain, quel merdier. Un sacré merdier.

— Chef, « sacré merdier », c'est en un seul mot ? demanda Jethro.

— Quoi ?

— Rien, c'est pas grave.

— Retourne à ce putain d'poste.

— Oui chef."

7

La nouvelle de la mort de Junior Junior Milam se répandit comme une épidémie de par le pays. Tout comme l'histoire de cet étrange corps noir disparu. Red Jetty, ne sachant pas s'il y avait une logique à lancer un avis de recherche, n'en lança pas, du moins pas officiellement. En revanche, il ordonna bien à ses trois adjoints de sillonner la ville en voiture à tour de rôle, en cercles de taille croissante. La photo de l'homme noir qu'il leur fournit, comme s'il y en avait besoin, finit par atterrir dans le journal local, le *Money Clip*. À partir de là, les services télégraphiques s'en emparèrent, puis internet et la télévision câblée. C'était une histoire de fous, qui donnait l'impression que la population de Money, Mississippi, était folle, et Jetty en était fort contrarié. Le maire, Philworth Bass, aussi.

Bass arpentait le bureau privé de Jetty. “Je ne comprends pas comment vous avez pu laisser ça arriver.

— Quelle partie de ça ?” Jetty se laissa aller en arrière dans le fauteuil pivotant spécialement commandé pour lui, les boots sur le bureau.

“Quelle partie ? demanda Bass. La partie où un mort échappe à ta surveillance. De toute évidence, il n'était pas mort.

— Fondle a dit qu'il l'était.

— Ce charlatan ?! T'as pas vérifié ?

— C'est pas mon boulot. En plus, si tu l'avais vu, même toi t'aurais su qu'il était mort. T'as bien vu la photo.

— Ouais, j'l'ai vue. Comme tous les foutus citoyens de ce foutu pays. Ça, pour être mort, il avait l'air mort, on peut pas dire. Mais faut croire qu'il l'était pas.

— Ouais, ben, personne l'a vu bouger ni péter en l'mettant dans l'sac. Même qu'il puait comme un diable. Comme un écureuil qui s'rait mort emmuré. S'il était pas mort, alors moi, j'suis un Peau-Rouge.

— On m'appelle du Capitole, dit Bass.

— Ils l'ont vu ?

— Non, ils arrêtent pas de me demander si on a besoin d'aide, si les péquenauds d'la cambrousse à Tallahatchie ont besoin d'aide. Qu'est-ce que j'leur dis ?

— Dis-leur que les péquenauds ont cherché partout mais qu'ils le trouvent pas, ce négro mort vivant.

— C'est pas drôle. Toute la nation se fout de nous, putain. Toi, shérif, t'es un guignol aux yeux des forces de police de l'État, enfin, qu'est-ce que j'dis : des forces de police nationales. Alors, t'en dis quoi ?"

Jetty sourit en levant les yeux vers le ventilateur immobile au plafond et fit semblant de souffler des ronds de fumée. "M'sieu le maire, on est dans l'État souverain du Mississippi. Y a pas d'forces de police, ici ; y a que des ploucs comme moi, payés par des ploucs comme toi.

— Eh bien, ces forces inexistantes envoient quelqu'un pour t'assister dans ton enquête.

— Le MBI ?

— De Hattiesburg. Y s'ront là demain matin."

Jetty posa les pieds par terre et les coudes sur ses genoux. "Ben, c'est cool. Des flics de la ville qui débarquent dans la cambrousse pour aider les indigènes. T'inquiète. J'saurai m'tenir avec ces fils de pute."

8

Ed Morgan insista pour prendre son véhicule personnel. Les voitures du Bureau étaient de taille normale, mais n'avaient vraiment pas la capacité d'accueillir sa charpente de deux mètres et ses cent trente kilos. Jim Davis était assis sur le siège passager, le coude à la fenêtre. Bien que de taille moyenne, il avait les genoux presque enfoncés dans la boîte à gants, parce que son siège était cassé et ne pouvait pas se reculer. Il ouvrit la main et laissa l'air la caresser.

"Tu sais, j'ai mis la clim, fit Ed.

— T'appelles ça de la clim ? L'haleine de mon clebs est plus fraîche que ce qui sort de ces bouches. Putain, j'la déteste, cette bagnole.

— Elle est confortable.

— Faut que tu fasses réparer ce siège pour que je puisse me reculer.

— Elle est confortable.

— C'est une Toyota Sienna qui a dix ans. Il y en a une photo dans le dictionnaire, à côté du mot « inconfortable ». Il nous manque plus que deux trois gamins à l'arrière." Jim se retourna et aperçut, de fait, un siège bébé derrière Ed.

"J'aime pas être à l'étroit, fit Ed.

— Ben perds trente kilos. Et moi alors ?

— Allez, ça va."

Ed et Jim n'étaient pas officiellement partenaires mais on les mettait souvent ensemble car ce n'était pas facile de travailler avec eux. Ils s'aimaient bien, en fait, mais n'aimaient peut-être personne d'autre. Plus important, ils se faisaient confiance. Chacun savait que l'autre était non seulement un bon flic mais toujours aux aguets, prompt à réagir en cas de risque ou de danger.

Jim se mit une cigarette entre les lèvres sans l'allumer ; il essayait d'arrêter. "Ils ne vont rien comprendre, ces péquenauds, en nous voyant entrer en ville dans la bagnole de ta daronne. T'es déjà allé à Money ?

— Putain, fit Ed, j'en ai même jamais entendu parler, de Money, Mississippi, avant ce matin. Et arrête ça, avec ma putain de bagnole. Elle est confortable. Tu peux bien causer. Elle a presque cinq cent mille kilomètres au compteur, cette caisse.

— Quatre mille bornes pour chaque kilo de ton gros cul."

Ed décocha à Jim un regard mauvais. "Ouvre donc ce putain de dossier et rappelle-moi dans quoi on fout les pieds."

Jim tira le fin dossier bleu de son attaché-case rigide et l'ouvrit. "Apparemment, les culs-terreux du coin ont perdu un corps. Un meurtre. Sacrée boucherie, si les photos sont pas truquées. Un Blanc nommé Milam a été tué chez lui. C'est sa femme qui l'a découvert. Un corps de Noir trouvé sur les lieux.

— C'est la même personne qui a tué les deux ?

— Rien là-dessus. Ça dit juste que les testicules du Blanc ont été coupés et que le Noir les tenait dans son poing serré."

Ed émit un sifflement. "Ouille. Plutôt tordu, quand même. Peut-être qu'ils se sont entretués ? C'est quel corps qui a disparu ?

— Celui du Noir. Ou, comme c'est écrit : « Le corps de l'individu afro-américain semble avoir été égaré. »

— Cause du décès ?

— Non spécifiée. Ni l'un ni l'autre. Ils ont tous les deux été roués de coups, fit Jim.

— Tu crois ? dit Ed, jetant un coup d'œil depuis son siège conducteur aux photos étalées sur les genoux de son associé.

— Hé, moi, je lis le rapport, c'est tout. Regarde plutôt la route, espèce d'enfoiré. Le corps du Noir a disparu de la morgue municipale. Apparemment, pas de signe d'effraction.

— À l'évidence, il était pas mort, le frangin, fit Ed. Il avait toujours les couilles du Blanc à la main en partant ?

— On sait pas."

Ed baissa à peine sa vitre. "T'as raison. On manque un peu d'air.

— Mais putain, fit Jim. Il est salement arrangé, le Noir. Tu peux pas faire plus mort que ce fils de pute.

— Bon Dieu, j'espère qu'on n'aura pas à rester dans ce bled paumé cette nuit", fit Ed tandis qu'ils passaient devant un panneau jadis coloré portant les mots *Bienvenue à Money. Ça vaut le détour !*

"Croisons les doigts."

Suivait un grand panneau d'affichage sur lequel était inscrit *Venez prendre un poisson-chat dans la Tallahatchie ! C'est d'la bombe ! Essayez le Dinah* !*

"Seigneur, prends pitié, fit Ed.

— Tu sais qu'tu cherches les coups, dit Jim.

— Ferme ta grande gueule." Ed foudroya son associé du regard puis tous deux éclatèrent de rire. "T'as pas tort, en fait."

* Transcription de la prononciation déformée de *diner*, cafétéria.

9

“Allez, Wheat, y a pas qu’toi dans cette maison qu’as besoin d’aller aux chiottes !” hurla Charlene devant la porte fermée. “Mais qu’est-ce que tu fous ?

— Dis à cet imbécile de sortir de là”, dit Mamie C. Elle était à présent avec son déambulateur. Le fauteuil ne passait pas par la porte de la salle de bains. “Dis à cet imbécile heureux qu’il faut qu’je pisse et que j’pose une pêche.

— Hot Mama Yeller, j’ai envie d’faire pipi, ça urge, dit le petit Wheat Junior.

— Va pisser dehors dans les buissons”, aboya Charlene. De nouveau, elle martela la porte. “Wheat ?

— J’entends rien, fit Mamie C.

— Y a un problème, dit Charlene. Allez, sortez, les enfants”, dit-elle à ses trois filles. Puis elle alla chercher un cintre dans le placard à côté de la porte d’entrée. “Wheat, je vais entrer.” Elle redressa la courbe du cintre et introduisit la tige dans la serrure. Clic.

“Bien joué”, fit Mamie C.

Charlene poussa la porte, mais pas moyen de la faire bouger d’un poil. “C’est quoi, ce bordel ? Ça s’ouvre pas.

— Pousse plus fort, ma fille, dit Mamie C.

— J’suis pas bien lourde, dit Charlene.

— T’es bien assez lourde.

— Salope, lâcha Charlene dans sa barbe.

— Pardon ?

— Oh, rien." Charlene se cala les pieds contre le mur opposé et réussit à entrouvrir la porte de quelques centimètres.

"Y a du sang par terre ! fit mamie C. Doux Jésus !

— Wheat ! cria Charlene. Wheat, chéri." Charlene parvint à gagner quelques centimètres et passa la tête pour regarder. Elle hurla "Putain d'bon Dieu !

— Langage ! fit Mamie C.

— Va t'faire, la vieille. Wheat est mort !

— Quoi ? Seigneur !"

Charlene se jeta sur le téléphone accroché au mur de la cuisine. "Mon mari est aux chiottes et il est mort, dit-elle. J'habite au bout de Nickel Road. Je ne sais pas ce qui s'est passé. Il est mort là-dedans. Je crois qu'il est mort. Il a l'air mort, en tout cas. Y a du sang d'partout !"

Mamie C était appuyée contre la porte de la salle de bains, une main toujours sur son déambulateur. "Wheat, lève-toi.

— Qu'est-ce qui va pas, Hot Mama Yeller ? demanda l'une des filles en entrant. Il a un problème, Wheat ?

— Dégage, Lulabelle !"

Charlene revint en courant à la porte de la salle de bains et poussa plus fort.

"Allez, vas-y, pousse plus fort, dit Mamie C.

— T'as qu'à m'aider", dit Charlene.

Mamie C lâcha son déambulateur et posa les deux paumes contre la porte, mais en vain. "Seigneur Dieu."

10

Delroy Digby et Braden Brady sortirent du poste de police en courant. Brady fonça droit dans Ed Morgan et rebondit sur lui. Pris d'un accès de colère passager, il considéra la taille de l'homme qui l'avait envoyé au tapis.

"Allez viens, Brady, fit Delroy. Faut qu'on y aille."

Ed et Jim, sans s'arrêter, entrèrent dans le poste de police mal éclairé. Ils furent accueillis par une femme de grande taille aux épaules étroites, avec des lunettes yeux de chat attachées par une chaînette à son cou. "Que puis-je faire pour vous, messieurs ? demanda-t-elle.

— On vient voir le shérif Jetty, dit Jim.

— Je vais voir s'il est là." Elle gagna la porte ouverte du bureau du shérif et dit : "Il y a deux hommes pour vous. Vous êtes là ?

— Ben, j'imagine que j'ai pas trop l'choix, maintenant, pas vrai ?" dit Jetty, en s'approchant jusqu'à l'embrasure de la porte. Surpris un instant par l'allure des deux hommes, il se ressaisit rapidement. "Vous venez de Hattiesburg ?

— Je suis l'agent spécial Jim Davis et lui, l'agent spécial Ed Morgan. Nous sommes du MBI.

— Agents spéciaux, répéta Jetty.

— Et c'est pas seulement parce qu'on est noirs, fit Jim. Même si ça nous rend franchement spéciaux."

Jetty se trouva déstabilisé par sa remarque. La réceptionniste, dont le nom était vraiment, de naissance, Hattie Berg, lâcha un gloussement soudain.

"Retourne à ton téléphone, Hattie, lui dit Jetty.

— Oui, shérif.

— Eh bien, entrez." Jetty s'écarta pour laisser les deux hommes pénétrer dans son bureau. "J'aimerais pouvoir vous offrir quelque chose, mais ce ne sera pas le cas.

— C'était quoi, ce bazar, dehors ? demanda Ed. Vos adjoints ont failli nous renverser, tellement ils étaient pressés.

— Je sais pas encore. On vient juste de recevoir l'appel." Jetty leur fit signe de s'asseoir.

"Bon, perdons pas d'temps, fit Jim. C'est quoi, vos pistes ?

— Rien. C'est pour ça qu'les boss au top envoient leurs agents top. Vous avez lu le dossier, j'imagine.

— Ouais, on l'a lu, fit Jim.

— À l'évidence, l'individu afro-américain n'était pas mort, dit Ed.

— Vous ne l'avez pas vu, fit Jetty.

— Mais vous avez pris ses empreintes, dit Ed.

— Ouais, et ça n'a rien donné.

— Y a des disparus qui correspondraient en gros à son signalement ? demanda Ed. Vous voyez, quoi, homme noir d'un mètre soixante-dix, costume bleu, mort."

Jetty secoua la tête. "On dirait que personne manque à l'appel dans l'coin, mort ou vivant. Même si y avait pas grand-chose de normal à donner en termes de signalement." Jetty regarda Ed puis Jim. "Vous voulez voir où les crimes ont eu lieu, agents spéciaux ?"

Jim se tourna vers Ed. "Ma foi, puisqu'on est venus de si loin."

Jetty alluma une cigarette. "Vous savez, y a tellement d'trucs qu'on est capables de pas avoir vus, nous autres, les péquenauds."

Ed se tourna vers Jim. “Il a pas tort.

— J’dirais même qu’il a raison.

— Marioles, fit Jetty.

— Il voulait dire *prétentieux*. N’est-ce pas, qu’il voulait dire *prétentieux* ? Je l’ai entendu, même s’il ne l’a pas dit, fit Jim à Ed.

— Bien sûr, qu’il l’a dit, fit Ed. Mais je ne l’ai pas entendu dire que ça. Shérif, vous n’avez pas dit ce que je crois que vous n’avez pas dit, si ?

— Z’avez un problème de comportement, les gars, fit Jetty.

— C’est le moins qu’on puisse dire”, fit Jim.

11

“Il est dans la salle de bains”, dit Charlene aux adjoints.

Mamie C, à présent assise sur son fauteuil roulant dans la pièce de devant, pleurait, secouée de sanglots, et se balançait d’avant en arrière.

“Vous pensez qu’il est mort ? fit Brady, en suivant Charlene.

— Il est par terre, il bloque la porte, et j’peux pas le bouger, dit-elle. Il est resté là-dedans tellement longtemps.”

Une fois arrivé à la porte, Delroy essaya de glisser la tête à l’intérieur pour jeter un coup d’œil. “Y a plein d’sang, mais j’y vois comme dans l’cul d’un nègre. Aide-moi à pousser, Brady.”

Les deux adjoints appuyèrent de tout leur poids contre la porte. Après une résistance farouche, la porte céda d’un coup, presque comme si le corps de Wheat, brisé, avait basculé. La pièce sentait la merde et le dentifrice.

Delroy entra complètement. “Putain d’bordel, fit-il.

— Quoi, qu’est-ce qu’y a ? demanda Charlene, qui poussait pour voir.

— Ne la laisse pas entrer”, fit Delroy à Brady.

Brady retint Charlene. “Qu’est-ce qu’y a ? demanda-t-il à Delroy.

— Putain d’bordel, répéta Delroy.

— Arrête avec ça, dis quelque chose, fit Brady. Il est mort ?

— Ça, pour êt' mort, il est mort."

Charlene poussa un cri aigu. Auquel Mamie C, dans l'autre pièce, répondit par un cri aigu. "Qu'est-ce qui s'est passé ? hurla Charlene.

— Seigneur, fit Delroy.

— Sors de là, putain, laisse-moi voir", dit Brady.

Delroy sortit en reculant et prit la place de Brady pour tenir Charlene.

Brady prit une profonde inspiration, comme s'il allait plonger, et entra. "Bordel de merde !

— Mais qu'est-ce qu'y a ? cria Charlene.

— Appelle le shérif, Delroy. Tout de suite."

12

Hattie appela le shérif alors qu'il reconduisait les agents du MBI. "C'est Delroy, fit-elle. Il dit qu'il faut qu'vous alliez chez Wheat Bryant dare-dare.

— L'a dit pourquoi ?

— Non, mais il avait l'air bien nerveux.

— Il s'est fait tirer d'ssus ?

— Je ne crois pas, dit Hattie. L'a pas parlé d'ça. J'ai pas entendu d'coups d'feu."

Jetty se tourna vers Ed et Jim. "Et si vous alliez faire un tour pour vous trouver à déjeuner ? J'dois m'occuper d'un truc.

— Vous voulez qu'on vous accompagne ? fit Ed.

— Non, agent spécial, c'est bon. J'crois qu'on peut gérer ça entre bouseux, fit Jetty.

— Je me trompe ou il y a un peu de sarcasme, là ? demanda Jim à Ed.

— Une pointe, fit Ed. J'mangerais bien un morceau."

Jim sourit à Ed.

"Voici ma carte, fit Ed au shérif. Avec mon numéro de portable. Appelez-nous quand ce sera le moment.

— Comptez là-dessus", fit Jetty.

13

Derrière la caisse du Dinah, près de la porte, à l'extrémité d'un long comptoir, se trouvait une énorme photographie d'une énorme femme blanche en pantalon blanc, avec un tablier blanc qui ressemblait à une tente. Son tablier arborait une grosse lettre D brodée en rouge, et en dessous, brodée aussi, la formule *Grosse et heureuse*.

Il y avait pas mal de monde. Un couple noir salua les deux hommes d'un signe de tête quand ils entrèrent. Ed et Jim s'assirent au comptoir et attrapèrent un menu.

Une serveuse mince et souriante s'approcha avec une verseuse pleine de café.

"J'vous sers ?

— Oui, merci."

Jim poussa sa tasse vers elle. "Je suppose que c'est Dinah, fit-il avec un signe de tête en direction de la photo.

— Nan, ça c'est Dolores. Elle a ouvert ce Dinah y a très longtemps. Avant ma naissance. Il paraît que son poisson-chat frit était mortel. L'était nulle en orthographe.

— Pigé, fit Ed.

— Bon, alors, ce sera quoi pour vous, là, les citadins ? demanda-t-elle.

— Je crois que je vais prendre le poisson-chat, fit Ed. Dites-moi, il est frit ?

— Frit ? La garniture, c'est une angioplastie."

Ed et Jim eurent un petit rire.

Jim regarda le nom de la serveuse sur son tablier : Dixie. "Je ne sais pas pourquoi, mais je n'ai pas l'impression que ce soit votre nom.

— Et vous avez bien raison, dit-elle. Les Dixie reçoivent de meilleurs pourboires que les Gertrude.

— Eh bien, Gertrude, vous avez l'air parfaitement hors sujet ici, fit Jim. J'espère que nous aussi.

— Bien dit, fit-elle. Et pour vous, ce sera quoi ?

— Le chili est comment ? demanda Jim.

— Vous aimez le chili ?

— Oui.

— Alors vous allez détester celui-là. Poisson-chat ou burger ?

— Un cheeseburger, fit Jim.

— Vous aimez le fromage ?

— Un burger.

— Bon choix. Et vous ? demanda-t-elle à Ed.

— Le poisson-chat.

— Ça marche." Elle tourna les talons et repartit en cuisine.

"Elle est mignonne, dit Jim.

— Est-ce que je peux te rappeler que nous sommes à Money, Mississippi. Peut-être devrais-je le répéter. Money, Mississippi. L'important, c'est le mot *Mississippi*. Tu piges ?

— On est au XXIe siècle, fit Jim.

— Ah ouais ? Ben va dire ça à ces trouducs au fond, avec leur casquette Trump.

— Au moins, il y a un peu de couleur dans ce resto. Je veux dire en plus de nous." Jim regarda les murs. Ils étaient couverts de photos des années 1950 et 1960 et de vieilles étiquettes de boîtes de conserve : soda Nehi, pâte à biscuit Blue Riband. Il y avait aussi des photographies étrangement colorisées d'Elvis Presley et de Billy Graham.

"Alors nous aussi on est clichés ? demanda Jim.

— Non, nous, on est des dinosaures, pas des clichés."

Gertrude revint avec la nourriture.

"C'est allé vite, remarqua Ed.

— Par chance, on avait déjà pêché le poisson, dit-elle. Alors qu'est-ce qui vous amène à Money ?

— Ça me fait mal de vous le dire, mais on est flics, dit Jim.

— Pourquoi ça vous fait mal ?"

Jim but une petite gorgée de café et reposa sa tasse. "Parce que les flics, soit on les adore, soit on les déteste. Dans mon expérience, les gens les plus intéressants les détestent. Tiens, même moi, je suis flic et je les déteste.

— Moi aussi, fit Ed. Surtout lui, je le déteste. Et moi aussi, à l'occasion.

— Alors vous me trouvez intéressante ?" demanda Gertrude à Jim.

Jim, pris de court, regarda Ed et répondit : "Ben on dirait, oui.

— Je vais vous chercher du rab de frites.

— Je te le redis, fais gaffe, fit Ed.

— J'y peux rien si j'exsude le charme.

— Ben, rends-moi service, et à toi, et peut-être aussi à Dixie par la même occasion : essaie de te retenir d'exsuder.

— Je ferai de mon mieux, fit Jim. Toi, fais gaffe à la quantité de gras que tu absorbes."

14

Delroy attendait devant la maison quand Jetty se gara bruyamment dans la cour en gravier. L'adjoint vint à la rencontre du shérif avec une agitation visible.

"Putain, qu'est-ce qu'il y a de si urgent ? demanda Jetty.

— Un autre.

— Un autre quoi ?

— Un autre meurtre. Wheat Bryant."

Jetty secoua la tête et fixa la maison comme si elle était en feu. "Putain mais c'est quoi ce merdier ?

— Et c'est pas tout, fit Delroy.

— Quoi ? Quoi d'autre ?

— Il faut juste que vous veniez voir.

— C'est pas le moment de jouer au con, Delroy.

— Non mais vraiment, shérif, faut juste que vous voyiez ça."

Jetty suivit Delroy, franchit le seuil, passa devant Mamie C qui vagissait toujours. Charlene était appuyée contre le mur devant la salle de bains.

"C'est Wheat, shérif. Wheat est mort, dit Charlene.

— Je suis navré, fit Jetty. Allez, va t'occuper de tes petits dehors. Nous on va gérer les choses ici.

— Oui, je crois que je vais faire ça. C'est Wheat, là, shérif. Mon mari. Qu'est-ce que j'ai froid." Elle croisa ses bras nus sur son dos-nu jaune. "Je vais m'chercher un pull et sortir avec les petits comme vous avez dit.

— C'est ça", fit Jetty. Quand elle fut partie, il entra dans la salle de bains. Sa botte dérapa juste un peu dans le sang, puis il se figea.

"Vous voyez ? fit Delroy.

— Putain mais c'est quoi ce bordel ?" fit Jetty.

Wheat n'était certes pas beau à voir, mort et tout ensanglanté, du fil de fer autour du cou comme Junior Junior. Mais dans la baignoire, assis dos contre les robinets, gisait le même homme noir qu'ils avaient trouvé avec Junior Junior Milam. Le même homme noir rendu méconnaissable par les coups, dans le même costume bleu incrusté de terre, tenant une autre paire de testicules dans son poing noir raidi couvert de sang.

"Qu'est-ce qui se passe, shérif ? demanda Brady.

— Je ne sais pas." Jetty sortit de la pièce et jeta un long regard à Delroy. "Fais venir Jethro pour qu'il reprenne les empreintes et des photos. Et appelle Fondle.

— Et je lui dis quoi ?

— Bon Dieu, Delroy. C'est le médecin légiste. Je pense qu'il saura ce qu'on lui veut.

— J'veux dire, vous voulez que je lui dise pour le, enfin, que le nègre est revenu ? demanda Delroy.

— Non, pas ça, vaut mieux pas, fit Jetty. Bon, ben, faut croire qu'on n'a plus besoin d'ces agents spéciaux. On l'a retrouvé, notre corps.

— C'est ceux qu'on est rentrés dedans en sortant du poste ? demanda Brady.

— Des flics de la ville, dit le shérif. Plus visqueux que de la morve sur une poignée de porte. Des petits malins, qui nous prennent pour des ploucs.

— Vous voulez qu'on les raccompagne ? fit Brady. Histoire d'être sûrs qu'ils reviennent pas en ville ?

— Ta gueule, Brady.

— Comment il a atterri là, ce mort ?" demanda Delroy.

Jetty ne répondit pas. "Et merde." Au pas de charge, le shérif rerentra dans la salle de bains. Delroy et Brady étaient sur ses talons.

"Ben quoi, shérif, qu'est-ce qu'il y a ? demanda Brady.

— Est-ce que l'un de vous a tâté le pouls du nègre ?

— Non, pas moi, fit Brady. Et toi, Delroy ?

— Nan. Trop la trouille de l'toucher."

Jetty s'agenouilla à côté de la baignoire, un genou au milieu de la flaque de sang sur le sol. Il posa les doigts sur la gorge de l'homme noir.

"Rien. Il est refroidi.

— Alors il est vraiment mort ? fit Delroy.

— Il est vraiment, vraiment mort."

15

Jim Davis rangea son téléphone. “C’était le shérif Red Jetty, de Money, Mississippi, qui appelait pour dire qu’ils ont récupéré le corps de l’individu afro-américain disparu et qu’ils peuvent se passer de nos services.

— Il a dit où ils l’avaient trouvé ? demanda Ed.

— Pas du tout.

— Il a dit s’il est mort ou vivant ?

— Non plus.

— Tu veux qu’on passe au poste pour voir tout ça avant de se retaper tout le trajet jusqu’à Hattiesburg ?

— *Yes.*”

Ed repoussa son gâteau à moitié mangé. “Moi aussi.”

Jim laissa un généreux pourboire. “Au revoir, Dixie, merci beaucoup.

— Vous ne m’avez jamais dit vos noms, fit Gertrude.

— Lui, c’est Ed. Moi, Jim.

— Revenez, fit Gertrude en hochant la tête.

— Toi, tu vas faire le con et te prendre un pruneau, dit Ed une fois qu’ils furent dans la rue. Si ça se trouve, elle a un mari ou un copain taré. Tu sais, un redneck débile avec un fusil.

— C’est redondant.”

16

Le révérend Dr Fondle tomba sur ses genoux pleins d'arthrose et se lança dans une prière quand il vit la deuxième scène de meurtre, surtout l'homme noir mort. "Oh, Seigneur Jésus, je sais que vous avez un plan, mais nous autres, pauvres Blancs mortels, on est morts de trouille avec ce nègre inconnu que vous nous envoyez sans arrêt. Est-ce que c'est un présage, ô Seigneur, un signe, ou est-ce le diable, qu'il faut dépecer tout de suite pour le brûler ? Seigneur Jésus Tout-Puissant, clairement vous ne visez pas les meilleurs d'entre nous, vu que c'est Wheat et Junior Junior que vous avez choisi de rappeler à vous, mais n'empêche, on est terrorisés, nous, ici-bas. Donc un signe clair serait vraiment bienvenu. Merci, mon Dieu, pour votre temps et votre attention. *Amen.*

— Ah, enfin ! Ça y est t'as fini ? demanda Jetty.

— Ouais, j'ai fini.

— T'es sûr qu'ils sont morts tous les deux ? demanda le shérif. Tu les as examinés, cette fois, tu les as touchés ?

— Oui, oui. Et ils sont morts.

— Alors embarquez-les dans le fourgon, qu'on se barre, et laissons la famille à son chagrin", fit Jetty.

Delroy et Brady couvrirent le corps de Wheat, visage compris, et remontèrent la fermeture jusqu'en haut par respect pour la famille. Néanmoins Charlene, les quatre enfants et Mamie C, assis ou debout sur la galerie extérieure, fondirent en larmes quand le corps fut porté dehors et passa devant eux. Ils n'avaient qu'un sac et ne virent pas de raison de couvrir le corps de l'homme noir, bien qu'il fût horriblement défiguré et tailladé tout autour du cou. Les enfants et même Charlene crièrent d'horreur à sa vue, mais Mamie C ne fit pas un bruit. Elle se figea dans son fauteuil, son regard se perdit dans le vide tel celui d'un mannequin, la lèvre inférieure pendante, les doigts agrippés au vinyle fendu et craquelé des accoudoirs.

"Ça va, Mamie C ? demanda Charlene.

— Mamie C, Mamie C", lancèrent les enfants.

Charlene la secoua. "Allez, Mamie C, réveille-toi." Elle lui mit une gifle en pleine figure. Rien. Charlene cria dans la cour : " Révérend docteur Fondle ! Révérend docteur Fondle !

— Oui ?

— C'est Mamie C. Il y a quelque chose qui cloche."

Fondle grimpa les marches menant à la galerie et examina la vieille femme, lui prit le pouls, scruta ses yeux.

"Elle est morte ? demanda Charlene.

— Elle est vivante. Elle ne réagit pas, mais elle est vivante." Il observa ses pupilles. "Comment vous l'appelez ?

— On l'appelle Mamie C, fit Lulabelle.

— Mamie C ? dit Fondle. C'est comme si elle était en état de choc. Mais bon, faut dire, y a de quoi. Son fils vient de se faire sauvagement assassiner et castrer par un nègre inconnu qui non seulement était censé être mort mais de fait a été trouvé mort à moins d'un mètre du corps de son fils." Il marqua une pause et regarda Charlene. "Vous voyez ce que je veux dire. Emmenez-la à l'intérieur, mettez-la au lit et voyez si ça va mieux demain.

— Merci", dit Charlene.

17

“Je vous ai dit que j’avais plus besoin de vous”, fit le shérif Jetty en voyant Ed Morgan et Jim Davis à son retour au poste. “On a retrouvé notre mort disparu, et cette fois, c’est sûr qu’il est bien mort.

— Juste en vue de notre rapport, fit Ed, pouvez-vous nous dire où vous avez trouvé le corps ?”

Jetty jeta un coup d’œil autour de lui. “Venez dans mon bureau.” Jim et Ed le suivirent. “Fermez cette porte.”

Jim s’exécuta.

Jetty regarda par la fenêtre, puis ferma les stores. “On l’a trouvé sur la scène d’un nouvel homicide. Abominable, comme l’autre. Il tenait les testicules de sa victime, comme la dernière fois.

— Vous êtes sûr que cet homme est le meurtrier ? demanda Ed.

— Qui d’autre est-ce que ça pourrait être ? Il tenait les testicules d’un autre homme dans son poing serré. Cette fois, c’était dans la salle de bains de la maison familiale. Une seule porte, pas de fenêtre. Femme, enfants et mère dans la maison au moment du crime.

— Quelqu’un l’a vu entrer ? demanda Jim.

— Non. Personne a rien vu du tout.

— Si personne ne l’a vu, pourquoi n’y aurait-il pas eu quelqu’un d’autre, que personne n’aurait vu non plus ? demanda Jim.

— Je ne sais pas, monsieur l'agent spécial.

— Vous savez ce qui va se passer, shérif, dit Ed. On va faire toute la route jusqu'à Hattiesburg, juste pour que nos supérieurs nous renvoient ici démêler cette affaire.

— En fait, je n'ai pas de supérieur, fit Jim.

— Vous êtes vraiment des rigolos, dit Jetty. Bon, alors, qu'est-ce que vous êtes en train de me dire ? Vous voulez voir les preuves ?

— Et les lieux des crimes, ajouta Ed.

— Pourquoi vous l'avez pas dit plus tôt ? L'un des deux lieux a déjà été nettoyé, même si ça a dû être bâclé, j'en suis sûr, fit Jetty.

— On va jeter un coup d'œil quand même, dit Jim.

— Vraiment vous êtes sérieux ?" Jetty alluma une cigarette. "Vous savez qu'on est à Money, Mississippi.

— Et donc ? demanda Ed.

— C'est pas la ville. Putain, c'est même pas le XXIe siècle. Le XXe, et encore, si vous voyez ce que je veux dire. Mais bon, c'est votre affaire. Un de mes adjoints va venir avec vous." Il prit son téléphone. "Hattie, envoie-moi Delroy.

— On aimerait mieux ne pas avoir votre homme avec nous, fit Jim. Rien de personnel, mais en général, on travaille mieux seuls.

— Ah oui, vraiment ?" Jetty les dévisagea. "Vous avez écouté ce que je vous ai dit ? Ici, c'est le M-I-serpentin-serpentin-I-serpentin-serpentin-I-P-P-I.

— On n'a pas besoin de lui, fit Ed. Mais j'ai bien aimé la chanson."

La porte s'ouvrit et Delroy passa la tête par l'embrasure.

"Laisse tomber, dit le shérif. Va patrouiller quelque part. Dis à Brady d'installer un radar au niveau du pont.

— À vos ordres."

Hattie ouvrit la porte aussitôt après qu'elle se fut refermée.

"Le révérend Dr Fondle à l'appareil. Il a l'air nerveux."

Jetty prit le combiné, écouta, le reposa.

"Qu'est-ce qui se passe ? demanda Ed, en observant le visage du shérif.

— C'était notre estimé médecin légiste, dit Jetty. Apparemment notre nègre a encore foutu le camp."

18

Ce soir-là, Charlene Bryant parvint finalement à faire s'endormir ses enfants qui pleuraient. Mamie C était toujours au lit, son regard vide fixé sur le plafond écaillé et fendu, à ressasser en murmurant quelque chose qu'aucun d'eux ne comprenait.

Charlene se lava le visage et se brossa les dents à l'évier de la cuisine. Elle ne pouvait pas encore se résoudre à utiliser l'unique salle de bains de la maison. Elle avait dit aux enfants de faire pipi dans la cour et à présent ils étaient enfouis sous les couettes. Elle se préparait à retourner récurer le carrelage et la baignoire à la javel, bien qu'elle sût déjà que les joints resteraient à jamais souillés de rose, non pas qu'ils eussent été propres auparavant, mais au moins, ils n'étaient pas roses.

"Oh, Wheat, mais qu'est-ce qui s'est passé là-dedans, putain ?" demanda-t-elle. Agenouillée comme elle l'était, sur la galerie extérieure, on aurait pu croire qu'elle priait, s'imagina-t-elle, mais elle parlait à Wheat, bien qu'il fût mort. Il ne l'entendait sûrement pas mieux de son vivant. "Est-ce que ce nègre t'a tué ? Est-ce que tu l'as tué ? Tu le connaissais ? Oh mais pourquoi il avait tes boules à la main ? C'est ça que je voudrais vraiment savoir. T'étais tordu mais tu le cachais, et c'était ton amant ? Je te jugerai pas, dis-moi juste. Ça te rend plus intéressant.

Dommage que j'aie pas su. Mamie C avait l'air de connaître ce type quand ils l'ont trimballé dehors. Maintenant elle est toute paralysée. Elle savait que t'étais gay ? Elle a jamais rien montré, si elle savait. Ce sera pas dur de me débrouiller sans toi, alors te fais pas de souci. C'est vrai, t'as jamais rapporté un sou à la maison, ni lavé un plat ni changé une couche pleine de merde. Mais n'empêche, ça faisait un corps bien chaud dans mon lit. Que j'avais pas touché récemment, mais quand même, t'étais là. J'aurais dû me douter que t'étais gay en voyant comme t'aimais regarder les matchs de lutte à la télé. C'est vrai ce qu'on dit sur les Noirs ? Non, réponds pas. Oh, Wheat, mais t'es où maintenant ? Seigneur, je vous en prie, prenez soin de mon Wheat, même si je suis pas trop sûre qu'il soit avec vous. Et je vous en prie, que les carreaux de la baignoire ne restent pas tachés de sang. Le rose dans les joints, ça me dérange pas, mais la baignoire, faut qu'on s'assoye dedans. *Amen.*" En fait, c'était bien une prière. Elle se leva et s'épousseta les genoux.

Javel et brosse à la main, elle retourna à la salle de bains.

19

Le révérend Dr Fondle arpentait le trottoir inégal devant son bureau, la tête secouée de petits soubresauts tandis qu'il marmonnait dans sa barbe. En levant les yeux, il aperçut le shérif Jetty qui descendait de voiture. Les hommes du MBI l'avaient suivi dans leur propre véhicule.

Fondle se mit à parler aussitôt : "Je l'ai examiné, ce nè..." Il se reprit. "Je l'ai même ausculté avec mon stéthoscope. Pas un bruit. Pas un putain – pardon, Seigneur – de bruit. Jetty, tu m'as vu faire. Après, on l'a chargé dans le fourgon. Brady et Delroy l'ont posé à l'arrière, Jethro a fermé la porte. Je ne me suis pas arrêté une fois avant d'arriver ici. Dill conduisait et j'étais assis juste à côté de lui.

— Vas-y, accouche, fit Jetty.

— On a ouvert le fourgon, Dill et moi, et qu'est-ce qu'on a trouvé, à votre avis ? demanda Fondle. Hein, à votre avis ?

— Ben dis-le, fit Jetty.

— Un seul corps emballé. J'ai même vérifié dans la housse pour voir s'il n'y avait pas deux corps. Mais non, il n'y en avait qu'un, un corps de Blanc mort. Le nè... l'homme noir a disparu. Une fois encore.

— Et vous ne vous êtes pas arrêtés ?" demanda Jetty.

Fondle secoua la tête. “Et ton adjoint est resté derrière moi tout le long. Il peut te dire qu'on s'est pas arrêtés.

— Jethro ! appela le shérif.

— Shérif ?

— Tu es resté derrière le fourgon tout le temps ?

— Exact. Enfin, presque tout le temps. Un train de fret nous a séparés une minute ou deux, mais ça a pas duré.

— OK.

— Fondle, ces hommes sont du MBI, fit Jetty. Ils viennent de Hattiesburg pour nous aider à retrouver le corps.” Jetty regarda Ed et Jim. “Il paraît que ce sont des agents spéciaux.

— Ben, j'espère bien, dit Fondle.

— Montrez-nous le fourgon, dit Ed.

— Il est juste là”, dit Fondle en le montrant du doigt.

Ed et Jim laissèrent Fondle et Jetty pour s'approcher du vieux fourgon Ford Econoline. “Tu parles d'un merdier, fit Jim à son partenaire.

— Là, tu as raison, fit Ed.

— Et je dois dire que ces fils de pute de rednecks dégénérés me foutent carrément la trouille”, chuchota Jim.

Ils scrutèrent le fourgon, l'intérieur, les portes, dessous. Jim ferma et rouvrit les portes, examinant le mécanisme et les charnières. Non seulement les portes arrière étaient coincées, on ne les ouvrait qu'en tirant dessus un grand coup, qui ébranlait tout le fourgon, mais elles faisaient un boucan d'enfer, tout en grincements et fracas métallique. “Pas moyen que quiconque entre là-dedans sans que le conducteur ou le passager s'en aperçoive.

— Et en plus, l'adjoint les suivait.

— Shérif Jetty”, appela Jim.

Jetty les rejoignit.

“Vous avez pris des photos de l’homme noir sur la seconde scène de crime ? demanda Jim. Vous êtes sûr que c’est le même homme ?

— Oui, c’était le même homme, dit Jetty, irrité. Jethro, va chercher ton appareil photo et montre les images de la scène aux agents spéciaux.

— Tout de suite, shérif.”

Jethro gagna sa voiture au trot, ouvrit la portière arrière, récupéra le boîtier de son appareil numérique et l’apporta aux agents.

“Montre-leur les photos”, dit Jetty.

Jim et Ed regardèrent par-dessus l’épaule de Jethro qui appuyait maladroitement sur les boutons de l’appareil. “Pardon, c’était ma copine.

— Félicitations”, dit Jim.

Jethro faisait défiler les images. “Là, c’est Wheat Bryant. On voit bien qu’il est mort, égorgé par le barbelé, en gros. Putain, que ça doit faire mal, vous croyez pas ? Du sang sur le sol, les toilettes.

— Très complet, dit Ed.

— Merci, fit Jethro. Et voilà l’autre.”

Ed fit un signe de tête à Jim. “C’est le même homme.

— Alors, c’est quoi votre idée ? demanda Jethro aux agents. Je veux juste que vous sachiez que je suis pas comme plein de gens par ici.

— Ah oui ? demanda Jim.

— Je suis allé à la fac, en licence.

— Tant mieux pour vous, fit Ed.

— Vous savez ce que je pense ? dit Jethro.

— J’espère bien que non, dit Jim.

— Quoi ?

— Ne faites pas attention à lui, dit Ed. Dites-moi ce que vous pensez, Jethro. Jethro, c’est bien ça ?”

Jethro se retourna pour voir si on les écoutait. "Je crois qu'on est tous pris par l'hystérie collective, ici. Vous voyez, y avait pas de Noir sur les scènes de crime. C'est juste qu'on a tellement peur des Noirs dans ce pays qu'on en voit partout. Enfin, j'veux dire, y a des Noirs de tous les côtés, mais pas morts. Pas comme ce mort-là.

— Comment expliquez-vous les photos ? demanda Ed.

— J'ai pas encore peaufiné ce détail.

— Mais la théorie est bonne, fit Jim. Il faut creuser.

— Très bien."

L'agent regarda Jethro s'éloigner et rejoindre Jetty et Fondle.

"Comment on en est arrivés là ? demanda Jim.

— Va savoir."

À l'intérieur, Dill avait déjà appris qui étaient les deux hommes noirs et semblait prêt à les aider. En outre, il n'avait pas l'air plus impressionné que ça par le fait qu'ils soient noirs ou du MBI. Plus que tout, il paraissait ravi de pouvoir parler à quelqu'un qui ne soit pas de Money.

"Cet enfoiré est un putain d'fantôme, fit Dill. Faut pas chercher plus loin : un putain d'fantôme.

— Qu'est-ce qui vous fait dire ça ?" demanda Ed.

Dill lança à Ed un regard incrédule puis jugea que la question ne méritait pas de réponse.

Jim tendit une main ouverte vers le couloir. "Pourquoi un fantôme aurait-il besoin d'ouvrir une porte ?

— Vous êtes expert en fantômes ? demanda Dill.

— Bien vu, fit Jim.

— Vous aussi, vous êtes allé à la fac ? demanda Ed.

— Trois ans à Auburn. Jethro croit qu'une licence, c'est comme un doctorat. Bonté, y a des gens qui croient qu'Auburn, c'est pour l'élite. Je suis revenu dans ce putain de trou perdu à cause de ma mère.

— Elle est malade ? demanda Ed.

— Non, grosse. Trop grosse. Y a des conséquences." Dill considéra le tour de taille de son interlocuteur.

Ed s'éclaircit la gorge.

"Vous avez déjà vu un fantôme ? demanda Jim, histoire de changer de sujet. Je veux dire, dans la vraie vie ?

— Ouais, hier et aujourd'hui.

— Et avant ?

— Non, jamais.

— Qui a trouvé le corps disparu ? demanda Ed.

— Fondle, fit Dill.

— Qu'est-ce que vous pensez de Fondle ?" demanda Jim.

Dill regarda par-dessus son épaule pour vérifier si quelqu'un se trouvait assez près pour l'entendre. "L'est plus fou qu'une mouche à une aile.

— C'est très poétique, fit Jim.

— J'ai été major de ma promo de *creative writing* à Auburn. En poésie. J'ai toujours voulu être un poète beat. J'suis pas de la bonne génération. Maintenant je fourre des macchabées dans des tiroirs. J'imagine que c'est pareil, au fond."

Ed et Jim échangèrent un regard.

"Merci, Dill", fit Ed.

Dill les laissa dans le couloir.

"OK, fini pour moi, le poisson-chat, dit Ed.

— Il n'y a rien à voir ici", dit Jim.

20

Quand Jim et Ed se garèrent devant la maison sur deux niveaux de Daisy Milam, la première chose qu'ils virent fut un garçon et une petite fille courant après un porcelet. Assise sur les marches en bois de la galerie, Daisy présentait sans succès un biscuit à la figue devant la bouche de son petit. Elle avait les yeux cernés, le regard vide, les cheveux en bataille. Elle portait un dos-nu bleu. Elle tourna la tête vers les deux hommes qui s'approchaient.

"Qui vous êtes, putain ? fit-elle.

— Nous sommes de la policc, fit Ed. Madame Milam ?

— Ouais ?

— Nous sommes vraiment navrés de la perte qui vous a frappée", dit Ed.

Jim hocha la tête en regardant le porc et les enfants passer en courant.

"On voudrait vous poser deux ou trois questions, madame, si ça ne vous dérange pas. Est-ce que ça vous paraît possible ?

— T'façon, qu'est-ce j'ai d'autre à foutre ? dit-elle. Mon Junior Junior est mort. S'est fait tuer dans sa propre maison. Y peuvent bien dire c'qu'y veulent, c'était un homme bon, Junior Junior. C'était un bon papa pour ces p'tiots." Elle regarda les enfants tacler le porcelet. "Hé, allez pas l'esquinter, ce porc !" Puis, se tournant vers les agents : "Il avait pas un rond, ni une once de bon sens, mais c'était un homme bon.

— Eh oui, madame, fit Jim. Madame Milam, vous connaissez l'autre homme, l'homme noir qu'on a trouvé dans votre maison ?

— Comment je pourrais savoir ? Il avait la figure toute défoncée. L'avait à peine l'air humain.

— Est-ce que votre mari avait des hommes noirs parmi ses amis proches, ses relations, ses ennemis ? Est-ce qu'il a déjà mentionné avoir des problèmes ou des conflits avec qui que ce soit ?" Ed considéra les marches branlantes et la porte moustiquaire branlante. "Vous avez déjà fait venir quelqu'un pour travailler par ici ? À l'extérieur ou dans la maison ?"

Daisy fit non de la tête. "Non, on a donné congé au jardinier quand on a embauché le majordome." Elle eut un petit sourire suffisant.

"Donc personne n'a vu ni entendu l'homme noir ou qui que ce soit d'autre entrer dans la maison ? demanda Jim.

— On n'était pas là. On était à la foire au troc sur le parking du Sam's Club. J'arrête pas de le dire à tout le monde mais personne écoute, putain. J'voulais m'acheter un dos-nu vert citron, mais j'ai pris ce bleu à la place.

— Bien.

— Pourquoi il a tué mon mari, ce nègre ? demanda-t-elle avec sincérité.

— Je l'ignore, fit Ed. Peut-être qu'il ne l'a pas tué. Peut-être que c'était quelqu'un d'autre. Cela paraît peu vraisemblable qu'ils se soient tués l'un l'autre.

— Il s'est passé quelque chose chez Wheat Bryant aujourd'hui ? demanda Daisy. Quelqu'un m'a appelée, en pleine hystérie, mais je pouvais pas me concentrer à cause du bébé. Chaque fois que je rentre dans la maison, j'ai l'impression que je vais perdre la tête.

— Ça vous dérange si on entre jeter un coup d'œil ? demanda Jim. On veillera à ne rien déranger."

Daisy laissa échapper un rire. "Rien déranger ? Vous gênez pas, dérangez tout ce que vous voudrez. Ça changera rien. Mais ça fait drôle.

— Quoi donc ? demanda Ed.

— J'ai jamais eu de personnes de couleur dans ma maison, à part l'employé du câble pour la télé, et en deux jours, en voilà trois qui entrent.

— Bien", fit Jim.

La porte moustiquaire était tout aussi bruyante qu'Ed l'avait imaginée. La maison était propre, encombrée de jouets en plastique de couleurs vives. Contre le mur du fond de la pièce de devant s'élevaient des piles de tee-shirts d'un blanc éclatant.

"Selon le rapport, c'est arrivé dans une pièce tout au fond, donnant sur la cuisine", fit Jim, qui ouvrait la marche.

Il n'y avait pas de bande de sécurité, mais un seau vide, jaune, de vingt litres, était posé devant la porte fermée, comme en guise de barrière. Jim le déplaça, ouvrit la porte, et ils entrèrent.

"Je déteste les scènes de crime", fit Ed.

Jim regarda la pièce, l'examina lentement de l'avant à l'arrière. Cela semblait être une chambre surnuméraire qu'on avait changée en espace de stockage tous usages, ce qui n'était pas rare. La seule chose qui détonnait vraiment était ce qui ressemblait à un vélo de course haut de gamme sens dessus dessous, posé sur la selle, et sans roues.

"Milam se trouvait juste ici, dit Jim. Notre homme *de couleur* non identifié, là. On n'a pas trouvé d'arme.

— Il y a un autre moyen d'entrer et de sortir." Ed montra du doigt une porte coulissante en verre. Des cartons étaient empilés devant. Il regarda de près. "Sauf que cette porte n'a pas bougé depuis longtemps. La crasse s'est accumulée dans la glissière.

— Tu parles d'un putain de merdier, fit Jim.

— On va rien comprendre ici, dit Ed.

— On va rien comprendre de toute façon, dit Jim. C'est juste la routine, mon pote, on fait semblant. On met les points sur les *i* et les barres aux *t*.

— Quelle heure c'est ? demanda Ed.

— 4 heures passées.

— Faudrait que j'appelle Joyce pour lui dire que je serai pas là ce soir. Et ma gamine a un récital en plus.

— Oups." Jim pointa un doigt vers la porte coulissante. "Juste par curiosité, qu'est-ce qu'il y a dans les cartons ?"

Ed ouvrit un couvercle. "Des tee-shirts." Il ouvrit celui d'à côté. "Même chose ici. Tous blancs.

— Tu crois qu'il y en a qui nous mentent ici ? demanda Jim.

— C'est ça qui est bizarre. J'ai pas l'impression. Je crois qu'ils disent tous la vérité. Même Dill avec sa théorie des fantômes."

Jim se frotta la nuque. "Ça aide toujours quand quelqu'un ment."

21

Braden Brady et Delroy Digby se laissèrent tomber sur la banquette en vinyle en face du shérif. Il y avait foule au Dinah car tout le monde essayait d'arriver avant l'heure de pointe du dîner. C'était comme ça tous les jours. Le restaurant était bondé de 17 heures à 18 h 30 puis presque vide jusqu'à la fermeture à 21 heures, mais ne fermait pas plus tôt pour autant, au cas où un camionneur viendrait à passer, ou pour quelques habitués et les retardataires qui n'avaient pas pu arriver avant l'heure de pointe.

"Alors ils sont où ? demanda Brady.

— Qui ça ? demanda Jetty.

— Mais vous savez, Shaquille O'Neal et Samuel L. Jackson ? fit Brady. Je connais pas leurs putains de noms."

Cela fit rire Delroy.

"Ben ils mènent leur enquête, j'imagine, dit Jetty.

— On va juste laisser ces deux noirauds traîner comme ça partout en ville ? demanda Brady.

— Non mais c'est quoi ton problème ? fit Jetty. Ta mère t'a bercé trop près du mur ou quoi ?"

Brady regarda Delroy d'un air perturbé.

"Vous voulez dire que vous voulez qu'ils restent ? demanda Delroy.

— T'as trouvé le corps ? répliqua le shérif. C'était une question rhétorique. Peut-être qu'eux, ils vont le trouver. Pis après ils pourront rentrer à Hattiesburg faire les fiers et se payer la poire de ces imbéciles de péquenauds à Money. Tout ce que je peux dire, c'est que c'est du délire. Et que ça fout la trouille. Des corps qui disparaissent. Qu'est-ce qui nous attend encore ?"

Les adjoints, l'air stupide, regardaient Jetty fixement. Le shérif examina leurs visages vides et secoua la tête.

"Quoi ? demanda Delroy.

— Rien", fit Jetty.

Gertrude s'approcha de leur table et resta debout, carnet et crayon à la main.

"Le chili pour moi, dit Delroy.

— Moi aussi, fit Brady. Avec ce fromage émietté dessus ; je l'aime bien, ce fromage.

— Le café me suffit, dit le shérif.

— Bien vu, fit Gertrude avant de s'éloigner.

— J'l'aime pas trop, en fait, dit Brady. J'suis même pas sûr que Dixie, c'est son vrai nom. Elle r'garde les autres de haut, genre.

— Delroy, fit Jetty en levant sa tasse vers lui, prends ton véhicule personnel et essaye de garder un œil sur ces agents spéciaux.

— Vous pensez qu'ils mijotent quelque chose ? fit Brady.

— Non, je ne pense pas qu'ils *mijotent quelque chose*. Je veux juste savoir ce qui se passe. Tâche de pas te faire repérer.

— Genre incognito, quoi ?

— Oui, c'est ça, Delroy. Incognito.

— Faut que je mette mes habits normaux ?

— Ben oui.

— Vous voulez qu'j'y aille avec ? demanda Brady.

— Non." Jetty finit son café.

22

L'odeur de putois planait sur la propriété. Charlene Bryant jurait à tout-va et ordonnait à ses enfants de rester à l'intérieur. Trois putois, sous la galerie latérale, grattaient à la porte d'entrée.

"Qu'est-ce qu'ils font là, Hot Mama Yeller ? demanda Lulabelle, apeurée par les animaux.

— Mamie C ne les a pas nourris comme elle le faisait d'habitude, et maintenant ils cherchent de la bouffe.

— Qu'est-ce qu'elle a, Mamie C ? demanda l'enfant.

— Eh bien, ma chérie, ton papa vient juste de se faire assassiner sauvagement. Et ça l'a pas mal secouée. Tu sais, ton papa, c'était son fils. Moi ? Ben j'suis perturbée aussi, mais personne s'inquiète pour moi. C'est un putain d'merdier, c't'histoire.

— Il était mort, papa, quand ils l'ont emmené ?

— Oui, mon chat.

— Et Mamie C, elle va mourir ?

— Non, mon chat."

Dehors, sur le perron, Jim Davis plissa le nez. "C'est la décompo ? demanda-t-il.

— J'dirais putois, plutôt, fit Ed.

— C'est abominable.

— Moi, elle me déplaît pas, cette odeur.

— Allez, frappe", fit Jim.

Ed donna quelques coups répétés sur la moustiquaire.

"Vous êtes qui ? Vous voulez quoi ?" Charlene était debout derrière la moustiquaire. "Si vous dégagez pas de chez moi, j'appelle la police."

Ed sortit son insigne et le rentra aussitôt. "On est de la police, madame.

— Je vous ai jamais vus.

— Je suis l'agent spécial Morgan et voici l'agent spécial Davis. Nous sommes des policiers de l'État du Mississippi.

— Bon, mais vous voulez quoi ? Faites voir cet insigne ? N'importe qui peut se dégoter un insigne."

Ed lui montra son insigne et sa pièce d'identité. Jim aussi leva la sienne à hauteur de visage.

"OK, fit-elle, en les regardant à peine. Vous voulez quoi ?

— Nous sommes désolés de la perte que vous avez subie, dit Ed.

— Vous savez que c'est un nègre qui l'a tué. J'ai parfaitement le droit d'avoir peur de vous. Je pourrais vous descendre si je voulais. Je pourrais dire que vous m'avez fait tellement peur que j'ai dû vous descendre. C'est clair ?

— Je préférerais que vous ne le fassiez pas, fit Jim.

— Vous ne pensez pas qu'on a tué assez de gens comme ça par ici ? demanda Ed.

— Tué assez de gens ? C'est quoi ce délire ?" Charlene regarda derrière eux dans la cour si le shérif était là. "Comment ça se fait que le shérif est pas avec vous ?

— Il s'agit d'une enquête d'État maintenant, madame Bryant", dit Ed, bien que ce ne fût pas techniquement vrai.

"Est-ce qu'on peut entrer vous poser quelques questions, madame ? L'odeur de putois est pénible, dehors."

Charlene lui lança un regard dur. Elle souleva le loquet de la porte et les laissa entrer. “On peut s’asseoir ici.”

Les deux hommes s’assirent côte à côte sur une causeuse. Lulabelle entra en courant dans la pièce et s’arrêta net à leur vue.

“Qui c’est, Hot Mama Yeller ?”

Jim regarda Ed et, tandis que Charlene s’occupait de la petite, articula en silence les mots *hot mama yellow ?*

Ed haussa les épaules.

“Ils viennent poser des questions sur ton papa, dit Charlene. Allez, retourne jouer.

— L’est mort, mon papa.

— Nous sommes vraiment désolés, dit Ed. Tu sais, j’ai une fille qui a à peu près ton âge. Elle remarque presque tout. Et toi ?

— Maman dit que je suis une fouineuse.

— Tu as vu quelqu’un que tu ne connaissais pas ce matin ?

— Non.

— Tu as entendu d’autres voix que celles de ta famille ?

— Non.” La fillette leva les yeux sur sa mère. “Je crois que les putois, ils sont partis.

— Tant mieux”, fit Charlene.

Jim demanda à Charlene : “Avez-vous vu l’inconnu entrer dans votre maison, madame ? Ou est-ce que vous l’avez entendu ?

— Personne a rien vu, rien entendu. Fallait que je pisse, en fait plus que ça, et Mamie C aussi, et ça faisait vraiment super longtemps que Wheat était dans la salle de bains. C’est là que j’ai essayé de rentrer. On n’a qu’une salle de bains. Wheat disait tout le temps qu’il allait installer d’autres toilettes sur la galerie arrière.” Les larmes lui montèrent aux yeux. “Il était par terre, il bloquait la porte. Je m'en veux de lui avoir crié dessus. Je croyais qu'il était en train de lire un magazine ou j'sais pas quoi.

— Ça va aller, Hot Mama Yeller, dit Lulabelle.

— Puis-je savoir pourquoi elle vous appelle comme ça ? demanda Jim.

— C'est mon surnom de cibiste. Tous les enfants m'appellent comme ça maintenant. Hot Mama Yeller, 10.4."

Jim hocha la tête.

"L'autre homme dans la pièce, vous l'aviez déjà vu ?

— Pas avec cette gueule-là. Je l'ai pas reconnu. Je sais qu'il a jamais été dans le coin, pas avec cette gueule-là.

— Votre mari pourrait l'avoir connu ? demanda Ed. Avoir travaillé avec lui ou avoir eu affaire à lui d'une manière ou d'une autre, loin d'ici ?

— Wheat quittait jamais la maison. Et surtout pas pour travailler, putain. Donc, non. Je vois pas comment il aurait pu le connaître.

— Y a-t-il quelque chose qui vous a paru étrange ces derniers temps, ou différent ? demanda Jim. Est-ce que quelqu'un est venu rôder dans le coin ?"

Charlene secoua la tête. Elle semblait pourtant bien plus détendue à présent, et montrait davantage de chagrin. Elle prit une profonde inspiration et poussa un soupir. "Vous voulez voir où on l'a trouvé ? J'ai déjà nettoyé le merdier."

Ed regarda Jim. Ce dernier fit : "Je ne crois pas que ce soit nécessaire. Qui d'autre vit dans la maison ?

— Mes autres petits. Y sont plus jeunes que Lulabelle, là. Et la maman de Wheat. On l'appelle Mamie C.

— Vous pensez qu'on pourrait lui parler ? demanda Ed.

— Vous pouvez toujours tenter, mais vous allez rien apprendre. Elle s'est complètement figée quand elle les a vus emmener Wheat et ce nègre. Pardon, rien de personnel.

— Pas de problème, fit Jim.

— Mamie C n'a pas bougé de la matinée ? demanda Ed.

— Non.

— On va essayer de ne pas la brusquer", dit Ed.

Charlene conduisit les deux hommes le long du couloir et jusqu'à la chambre de Mamie C. Elle était allongée sur le dos, avec une couverture piquée en patchwork remontée jusqu'au menton. "Elle a pas dit un mot depuis qu'elle a vu ce Noir."

Les yeux de Mamie C trouvèrent Jim ou Ed ou les deux. Sa bouche s'ouvrit comme si elle allait dire "œuf" et laissa sortir un cri sauvage et suraigu. Son corps se mit à trembler, secoué de spasmes, et de l'écume se forma aux coins de ses lèvres tordues. Charlene tenta de la rallonger sur l'oreiller. Les bras de la vieille femme battaient l'air, et ses cris se changèrent en un mot, "désolée". Elle le répéta, en tenant la dernière syllabe plusieurs secondes.

"On ferait mieux de la laisser", dit Jim.

Dès qu'ils eurent quitté la pièce, la vieille femme se tut. Charlene sortit les rejoindre. "C'était franchement bizarre, dit-elle. Vous trouvez pas ? Elle a toujours été folle, mais pas comme ça.

— Je crois qu'on a pris assez de votre temps", dit Jim.

Ed s'accroupit pour s'adresser à Lulabelle. "Tu continues à fouiner, d'accord ?

— D'accord."

23

La Nissan Sentra 97 bleu ciel de Delroy Digby était la seule voiture garée dans Dime Drive, route sans trottoir. Il s'était arrêté un peu plus bas, devant une maison tout en longueur inoccupée, de l'autre côté de la rue par rapport à la maison des Bryant. Cette maison était destinée à être rasée mais comme elle offrait des possibilités en tant que laboratoire de méthamphétamine, elle restait debout. Delroy, caché derrière un journal, guettait les deux hommes noirs en pointant la tête au bord de la page tandis qu'ils grimpaient dans leur Toyota Sienna vert foncé. Il appela le shérif Jetty.

"C'est moi, shérif. Delroy Digby. J'appelle d'incognito.

— Oui, Delroy ? Je connais ton nom de famille.

— Je suis garé devant chez Wheat Bryant. Enfin, chez lui avant. C'est toujours chez lui ? J'veux dire, vu qu'il est mort et tout ? J'suppose qu'il faudrait dire chez Charlene Bryant. Vous savez ?

— Pourquoi est-ce que tu m'appelles ?

— Je viens d'voir les sujets sortir de la maison. Ils viennent de monter dans leur bagnole. Ils m'ont pas vu. Je suis garé en face.

— Il y a d'autres voitures garées autour ?

— Non, mais vous inquiétez pas.

— Tu peux me dire pourquoi, s'il te plaît ?

— Ils ont pas pu m'voir parce que je faisais semblant de lire le journal."

Jetty poussa un soupir. "Delroy, c'est quand la dernière fois que tu as vu quelqu'un lire un journal ?

— J'sais pas, moi.

— Les lâche pas, dit le shérif. Ne rappelle pas."

24

Jim et Ed décidèrent de s'arrêter au *diner* nommé le Dinah pour un dîner anticipé. Gertrude leur fit signe et indiqua une banquette devant la baie vitrée. Les sièges de vinyle étaient de ce vert avocat des années 1960, tout fendu et réparé au scotch presque de la même couleur. Quelques noms étaient gravés sur le plateau de la table.

Ed sortit son téléphone. "Commençons par le commencement. Je vais nous réserver une chambre dans ce Motel 6 qu'on a vu en entrant en ville.

— 8, fit Jim.

— Quoi ?

— C'est Motel 8.

— T'es fou. Ça n'existe pas.

— C'est un Motel 8."

Gertrude arriva à leur table avec du café. "Du café, les gars ?

— Moi oui, pas lui", fit Jim.

Ed la considéra. "Motel 6 ou Motel 8 ?

— C'est un Motel 8, dit-elle.

— Mais qu'est-ce que ça veut dire, bon sang ? murmura Ed. Que signifie le 8 ?

— Que signifie le 6 ?" demanda Jim.

Ed se figea. "OK, bien vu. J'appelle pour réserver dans ce putain de Motel 8.

— Comment ça s'est passé aujourd'hui ? demanda Jim à Gertrude.

— Comme hier, comme le jour d'avant, et comme demain. Et vous ? J'ai entendu parler de ces meurtres. C'est pour ça que vous êtes là ?"

Jim hocha la tête. "C'est pas qu'on fasse grand-chose.

— Quelqu'un a dit qu'il y avait un magicien noir ou un fantôme qui rôdait en liberté en ville, dit-elle.

— Apparemment, oui.

— Quoi ?" Son manque d'ironie la perturba.

"Ça vous dérange pas que je dise qu'elle craint carrément, cette ville ?

— Ce serait bizarre que vous le disiez pas, fit-elle.

— Qu'est-ce que vous fichez ici ?" demanda Jim en la regardant droit dans les yeux. Ils étaient bruns comme les siens. Elle avait quelques taches de rousseur le long de l'arête du nez.

"Pardon de vous poser la question mais vous êtes noire ? demanda Jim.

— Ben oui.

— Je le savais. Enfin je ne savais pas que vous étiez noire, mais je savais qu'il y avait quelque chose. Sont au courant, les blancos ?

— Oh oui, ils savent. Ils oublient." Elle dut aller s'occuper d'un autre client qui la hélait du fond de la salle. "Je reviens."

Ed raccrocha.

"Elle est noire, fit Jim.

— Tu ne l'avais pas vu ? demanda Ed.

— Tu savais ?" Jim semblait incrédule.

"J'te le dis, je savais. Je savais qu'elle était noire tout comme je savais que c'est Motel 8."

Jim lâcha un rire.

"Ça ne change rien, si ? demanda Ed.

— Bien sûr que non."

Ed repoussa son téléphone sur le côté. "On a eu la dernière chambre. Pourquoi les gens viennent séjourner à Money, Mississippi, ça, j'en sais rien. Des routiers, j'imagine. J'ai appelé Joyce et lui ai dit qu'on était coincés à Money. Coincés dans le fric ! Elle m'a dit « si seulement »."

Gertrude revint vers eux. "Ce sera quoi pour vous ?

— Je crois que je vais passer, dit Ed.

— Morte de rire*, fit Gertrude.

— Pour moi, ce sera le steak de poulet frit", dit Ed.

Jim lui décocha un regard interrogateur.

"J'y vais doucement, mon p'tit, dit Ed. Et une salade.

— Pour moi, ce sera le sandwich club.

— Dois-je comprendre que vous allez dormir à Money ? demanda Gertrude.

— J'ai bien peur que oui", dit Ed.

Jim montra du doigt un homme assis à une table de deux à l'angle opposé. "Y a notre ami là-bas.

— C'est lequel de cette troupe de branquignols ? demanda Ed.

— Lui, c'est Delroy Digby, dit Gertrude. Neveu par alliance de l'estimé shérif Jetty.

— Il nous a suivis depuis la dernière scène de crime, dit Jim.

— Il est inoffensif, dit Gertrude.

— J'ai déjà entendu ça, fit Ed. Dites-moi, que pensez-vous de l'estimé shérif ?

— Oh, il y a pire. Il essaie de pas être le trou du cul de raciste qu'il ne peut pas s'empêcher d'être. Je crois

* Référence à la notion de "*passing*" : pour un Afro-Américain, ou une personne d'origine multiraciale, le fait d'être assimilé à la majorité blanche pour échapper à la discrimination.

que l'effort est sincère. Parfois c'est un raciste, parfois c'est un trou du cul, et de temps à autre, les deux à la fois. Alors c'est quoi cette histoire de magicien noir, ou de fantôme noir ?" demanda Gertrude.

Jim haussa les épaules. "Ça pourrait être vrai. Vous avez vu quelqu'un de nouveau dans le coin ?"

Elle secoua la tête.

"Noir ou blanc, ajouta-t-il.

— Ni l'un ni l'autre." Gertrude tapotait son carnet du bout de son crayon. "Je vais transmettre la commande. Vous voulez du pain ?"

Ed dit oui et Jim dit non. "Pas de pain, fit Jim. Pour lui non plus."

Gertrude transmit leur commande et servit du café à un routier énorme assis au comptoir. Jim regarda la télévision juste au-dessus. "Dixie, vous voulez bien monter le son, s'il vous plaît ?"

Gertrude s'exécuta.

Un journaliste se tenait debout dans une rue en ville, et le logo CNN apparaissait à l'écran. La légende qui défilait indiquait : "Homme battu à mort découvert dans un appartement à Chicago." Ed se mit à regarder avec Jim.

Le journaliste se redressa pour faire face au vent du mois de novembre. "Dans une unité de cette résidence où vivent plusieurs familles, dans le quartier de Brighton Park à Chicago, on a découvert un homme sauvagement battu à mort. L'acte est si violent que les autorités se sont alarmées. La police a déterminé l'identité de la victime. Il s'agit de Lester William Milan, homme d'une cinquantaine d'années, seul résident de cet appartement d'une pièce dans cette communauté défavorisée en plein Chicago. La tête a été presque séparée du corps. Et il était complètement entouré de fil barbelé. Il a été découvert par le syndic de l'immeuble, qui dit avoir reçu des plaintes à cause de l'odeur. Je le répète, l'extrême brutalité de l'acte a suscité une grande inquiétude pour la sécurité publique, et on a demandé aux habitants de la communauté de faire preuve d'une vigilance toute particulière. Anthony McDougall, le syndic de l'immeuble, est ici avec nous. Monsieur McDougall, pouvez-vous nous dire ce que vous avez vu ?

— C'était horrible, fit McDougall. Enfin, quoi, c'est un immeuble calme, un quartier calme. On n'a pas de gangs ni rien, si vous voyez ce que je veux dire. Ça sentait vraiment fort, et quand j'ai ouvert la porte, j'ai failli tomber à cause de l'odeur. C'est juste une pièce, donc je l'ai vu tout de suite, allongé par terre. Je crois que tout le sang avait pas encore séché. J'ai jamais vu personne se faire amocher comme ça. J'espère bien jamais revoir ça." McDougall sourit à la caméra.

"Une scène terrible, ici même, à Chicago", fit le journaliste.

Une publicité pour le Coca Zéro apparut à l'écran.

"Merci", fit Jim.

Gertrude baissa le son.

"T'en penses quoi ? répéta Ed.

— On se croirait dans *Beating Death**, dit Jim, d'un air absent. Je vois des fantômes partout.

— C'est une bonne chose, la paranoïa", dit Ed.

* Série analysant des scènes d'accident particulièrement atroces pour expliquer comment les victimes auraient pu survivre.

25

Le shérif Jetty était assis derrière son bureau métallique. Ses coudes reposaient sur la surface encombrée et sa tête dans ses mains. Il leva les yeux quand Delroy Digby entra. “Qu'est-ce qu'il y a ? demanda le shérif.

— Je viens faire mon rapport, dit l'adjoint.

— Vas-y.”

Delroy tira un petit carnet de sa poche et l'ouvrit d'un coup. “J'ai observé les deux sujets qui quittaient la maison Bryant à 17 h 12. Je les ai ensuite suivis, à bonne distance afin qu'ils ne me voient pas, jusqu'au Dinah. Dixie les a accueillis et ils ont commandé de la nourriture. Le grand a pris le steak de poulet frit et l'autre, ben, je sais pas ce qu'il a pris. Ils ont mangé puis ils sont allés au Motel 8.

— Donc tu es venu au rapport pour dire qu'il n'y a rien dans le rapport ?”

Delroy ne dit rien.

“Fais voir ce petit carnet.”

Delroy le lui tendit.

Le shérif, sans regarder le carnet, le laissa tomber sans égard dans la corbeille à papier à côté de son bureau.

“Vous voulez que j'attende devant le motel ?”

Jetty le considéra un instant. “Bien sûr, pourquoi pas ? Tu peux aller attendre là-bas au cas où ils partiraient en pleine nuit.

— Vous êtes sérieux ?”

Jetty hocha la tête. Il le regarda s’en aller.

Hattie entra. “Vous allez vraiment lui faire passer toute la nuit dans sa voiture ? demanda-t-elle.

— Je ne sais pas. Peut-être que je ne devrais pas. Je l’appellerai plus tard pour lui dire de rentrer chez lui.

— Vous êtes sûr que ça va, Red ?

— Non, ça va pas. Je déteste tout ce merdier. Je déteste ce boulot. Je déteste ces marioles de flics d’État. Je déteste mes adjoints débiles. Je déteste cette ville de débiles.

— Et moi, vous me détestez ? demanda Hattie.

— Pas encore, mais t’es la prochaine sur la liste.

— C’est chic de pas se sentir exclue.

— Mais comment au juste est-ce qu’un mort peut se lever, partir et réapparaître ailleurs ? Ce serait presque drôle s’il y avait pas d’autres morts dans l’histoire. J’ai dit que je détestais les morts ? Surtout les nègres morts qui disparaissent.

— Y a beaucoup de gens qui parlent d’un fantôme noir, fit Hattie.

— Qui ça ?

— Ben, presque tout le monde en ville.

— Jésus.

— Je devrais avoir peur ? demanda la femme.

— Mais comment j’pourrais l’savoir, putain ? J’me retrouve avec deux Blancs à la morgue et un nègre mort dans les parages qu’est peut-être en train de tuer et de se faire tuer en boucle. Qu’est-ce qu’on peut bien en penser, Hattie ?

— Vous me reconduisez ?

— Oui, Hattie.”

26

Jim et Ed demandèrent à l'employé à l'accueil du Motel 8 où ils pourraient écouter de la musique noire. Enfin, ils demandèrent d'abord où ils pourraient écouter de la musique, tout simplement. Après deux ou trois recommandations, la question devint plus spécifique. L'homme caressait son petit pékinois tout en considérant la demande. Il les orienta vers une boîte de disco dans le Derrière. "Avant, ça s'appelait le Derrière Noir, fit-il. Maintenant, on dit juste le Derrière. Tout le monde saura de quoi vous parlez. On n'a jamais entendu parler d'un coin qui s'appellerait Derrière Blanc.

— Je pense que ça se défend, dit Jim. Comment s'appelle votre chien ?

— Oh, il a pas d'nom.

— Pourquoi ça ?

— J'aime pas les noms, fit l'homme, baissant les yeux sur son chien.

— Comment vous l'appelez ? demanda Ed.

— L'appeler ?"

À présent, les deux détectives étaient assis devant la boîte, tout en parpaings et en vacarme.

"Les bruits de la vie, fit Jim.

— T'as la photo ? demanda Ed.

— *Yes.*"

Ils traversèrent le parking couvert de gravier pour gagner le bar. Ils s'étaient débarrassés de leur veste mais ressemblaient toujours terriblement à des flics.

"Est-ce qu'on a commencé à avoir ce look avant ou après être devenus des putains de flics ? demanda Jim.

— Alors là, tu me poses une colle. Mais purée c'que c'est dur de s'en débarrasser, c'est tout ce que je sais."

En entrant, ils furent assaillis par une déferlante de Earth, Wind & Fire émanant d'un véritable juke-box. L'éclairage était assez puissant, plus que dans les bars ordinaires. Des couples dansaient au centre de la piste, d'autres étaient assis à des tables, et plusieurs hommes et femmes au bar. Tout s'interrompit quand ils entrèrent. Tout sauf la musique. Jim et Ed retournèrent les regards consternés rivés sur eux.

"Oui, on est flics, lança Jim d'une voix forte. Et ça nous plaît pas non plus. Allez, poursuivez, amusez-vous. Violez la loi, si ça vous chante."

Deux ou trois personnes se mirent à rire, puis d'autres. De la table de billard au fond de la salle s'éleva le bruit d'une queue qu'on brise. La danse et les bavardages reprirent.

Au bar, le serveur, qui ressemblait beaucoup à Isaac Hayes, dit à Jim : "Bravo, c'était drôle.

— Y a pas mal de monde, dit Ed.

— Et c'est rien, ça. Vous devriez voir quand on est ouverts. Qu'est-ce que vous voulez boire ?

— Une bière, dit Ed. N'importe laquelle.

— Jameson pour moi, dit Jim.

— De la glace ?

— Oui, volontiers.

— Vous avez entendu parler des meurtres ? demanda Jim.

— Sûr.

— Personne a l'air particulièrement chamboulé ? demanda Jim.

— Bon sang, c'est pour ça qu'on fait la fête. Ils vont pas nous manquer, ces enfoirés de racistes. Même leurs familles vont pas les regretter.

— Vous avez entendu parler de l'homme noir qu'on a trouvé avec eux ? demanda Ed.

— Vous voulez dire l'Ange Noir ? C'est comme ça que les gens d'ici l'appellent.

— Vous avez une idée de qui ça peut être, cet ange ?" demanda Ed.

Le barman secoua la tête.

"Vous savez, on n'est même pas sûrs qu'il ait tué ces Blancs, fit Jim. La même personne pourrait bien les avoir tués, lui et les deux Blancs.

— Tout ce que je sais, c'est ce que disent les gens."

Jim tira la photo de sa poche. "C'est pas facile à regarder, mais dites-moi si vous reconnaissez cet homme."

Le barman eut un mouvement de recul. "Personne risque de le reconnaître. Mais qu'est-ce qui lui est arrivé, putain ?"

Jim haussa les épaules. "Si cet homme est en vie, on veut le retrouver avant ce péquenaud raciste de shérif et ses adjoints.

— Mais comment il pourrait être en vie, ce type ?" demanda le barman.

De nouveau, Jim haussa les épaules.

"Franklin, viens voir ça."

L'autre barman s'approcha. Jim leva la photo devant lui. "Putain de bordel de Dieu. Mais c'est quoi ?

— C'est un être humain, dit Ed. Quelqu'un a fait ça à un autre être humain. Vous le reconnaissez ?"

Le deuxième homme secoua la tête. “Il doit être mort. Il est mort ?

— Ça va ça vient”, répondit Jim.

L’homme lui jeta un regard dérouté.

“On ne sait pas”, dit Ed.

Même si les gens continuaient à bavarder et à danser, ils étaient à l’écoute de la conversation au bar, sans pouvoir l’entendre.

“Vous avez vu des inconnus dans le coin, récemment ? demanda Ed. Un homme de petite taille, un mètre soixante-cinq environ, pas bien épais.

— Non, personne de nouveau, fit le premier barman. Bien sûr on voit rarement les routiers. La plupart s’arrêtent au *diner* en ville. Même les Noirs. Ils peuvent se garer à l’arrière du motel. Nous on n’a pas autant de place. Pis ils s’arrêteraient pas là de toute façon.”

Ed et Jim l’écoutaient.

“Et alors, les deux racistes, ils étaient aussi esquintés que ce frère-là ? demanda le deuxième barman.

— Oh que oui, dit Jim. Celui qui leur est tombé dessus n’y est pas allé de main morte. Il leur a passé du barbelé autour du cou.”

Ils restèrent silencieux quelques secondes.

“On leur a coupé les testicules, fit Jim.

— Pardon ?”

Jim ne répéta pas.

Le premier barman lâcha un sifflement. “Tant que le frère était pas le seul. Du barbelé, quand même.

— Peut-être que Baby Boy* lui en a déniché”, fit le second. Lui et l’autre barman se firent un check.

* Référence au film de John Singleton (2001), qui retrace le parcours d’un jeune homme noir au chômage vivant dans un ghetto de Los Angeles, et qui lutte pour conquérir son autonomie.

“Vous voyez quelqu’un qui détesterait Milam ou Bryant au point de leur faire un truc comme ça ? demanda Ed.

— Oh, tout le monde aurait pu, fit numéro un. Je connais même pas de Blanc qui aimait Milam. Celui qu’on appelait Junior Junior. C’est pas débile, ce nom ? Junior Junior, non mais vous imaginez.

— Se faire détester par son propre peuple ? demanda Ed.

— Non, fit numéro un. J’parle du nom. Junior putain d’Junior.

— Ça, on peut pas dire, fit numéro deux. Personne l’aimait, non, vraiment pas.

— Et Bryant ? demanda Jim.

— Un trou du cul. J’en sais pas grand-chose. On a parlé de lui aux nouvelles y a un petit moment, fit celui qui ressemblait à Isaac Hayes. Vous vous rappelez cette histoire tordue ? Son camion était sorti du pont, et resté pendu. Comme une grosse bite mollassonne.

— Ah oui, fit numéro deux. Personne a trop fait attention à lui depuis. Il vient jamais par ici.

— Pourquoi est-ce que tout le monde détestait Milam ? demanda Ed.

— C’était un arnaqueur. Il disait qu’il allait payer une somme dite puis d’un coup ça changeait. Et il volait du bétail aussi, dit numéro deux.

— Surtout des porcs, fit Hayes.

— Ah, ça, il adorait les porcs, dit numéro deux. Par ici, dans le Derrière, les gens, ils marquent pas leurs vaches, leurs porcs, ou c’que vous voulez. Alors s’ils s’font voler, comment on va distinguer un porc d’un autre ? Et ce Junior Junior, il s’ramenait, pour chercher à gratter quelque chose.

— Je vois”, dit Ed.

Hayes regarda numéro deux et dit : “Je crois pas qu’ils savent.

— Savent pas quoi ? demanda Ed.
— Pour ces deux familles, dit Hayes.
— De quoi vous parlez ? demanda Ed.
— Y a très longtemps. C'est leurs papas qu'ont tué Emmett Till dans les années 50, dit Hayes.
— Vous vous foutez de moi, dit Jim.
— Non, c'est vrai", dit numéro deux.

Jim et Ed connaissaient l'affaire, bien sûr. Elle était célèbre. Elle faisait partie de l'histoire américaine. Une femme blanche dans le Mississippi avait prétendu qu'un jeune Noir de quatorze ans lui avait fait une allusion salace, et son frère et son mari avaient rossé le gamin, lui avaient enroulé du fil de fer barbelé autour du cou, puis tiré une balle dans la tête avant de jeter le corps par-dessus le pont dans la Little Tallahatchie. L'image du garçon dans son cercueil ouvert avait éveillé la nation à l'horreur du lynchage. Du moins la nation blanche. Pour l'Amérique noire, l'horreur du lynchage, c'était sa vie. Les meurtriers, Roy Bryant et J. W. Milam, furent acquittés par un jury exclusivement blanc.

"Est-ce que ça veut dire que la vieille femme est… commença Jim.
— La vieille salope qui l'a accusé, dit Isaac Hayes.
— Des années plus tard, elle a fini par dire à tout le monde que le garçon ne lui avait rien dit du tout, ne l'avait même pas sifflée. Non mais vous y croyez ? Elle a pas dit un mot sur le moment, elle a attendu toutes ces années. Trop tard pour ce gamin."

Jim hocha la tête.

"Le père de Wheat Bryant, ce Roy Bryant, était propriétaire d'un magasin à l'époque, mais il l'a perdu, fit numéro deux. Après, il était amer comme un cul de chien. Il était tellement haineux avec nous, on aurait dit que c'était lui qui s'était fait lyncher. Lui, c'était vraiment un sale type. Mais la véritable ordure c'était J. W. Milam. Du Klan pur jus. On sait que ce gamin, c'est pas le seul qu'il a tué. Vous savez ce qu'il a dit après le procès ?

— Dites-moi, fit Ed.

— « Il est mort, ce nègre. Je vois pas pourquoi il peut pas rester mort. » On croit rêver."

Numéro deux dit : "Mon grand-père m'a dit qu'autour de 1910, on trouvait un Noir pendu au bout de chaque sillon labouré."

Jim étudia la photographie puis leva les yeux sur son partenaire. "De mieux en mieux, mec."

27

Au funérarium, établissement relativement neuf nommé Easy Rest, "repos aisé", occupant un bâtiment qui auparavant abritait un glacier Dairy Queen, Charlene Bryant attendait que Daisy Milam règle tout avec Otis Easy, le croque-mort. Charlene, tout en feuilletant *Popular Mechanics**, essayait d'entendre un peu de la conversation. Elle regardait les magazines de sciences de préférence à *People*. Elle détestait ces élites intellectuelles de *People*. Elle tendait l'oreille pour saisir les propos de Daisy. Elle n'entendait que le grondement profond de la voix de baryton d'Otis.

Assis derrière son bureau en chêne massif, Easy souriait de toutes ses dents, les réglementaires et un paquet d'autres. Daisy était assise en face de lui dans un fauteuil notablement plus bas que celui du croque-mort. Bien qu'elle fît près d'un mètre quatre-vingts, on eût dit une enfant sur ce fauteuil. Son côté du bureau était bordé de couvercles de boîtes de mouchoirs décorés. Les boiseries en chêne assombrissaient la pièce, créant un vif contraste avec le mince homme pâle à la voix grave. Il avait tout

* Magazine de vulgarisation en sciences et technologies.

du directeur de pompes funèbres, avec ses longs doigts qui semblaient caresser l'air quand il parlait. S'il pénétrait sans prévenir dans une maison où personne n'était encore mort, quelqu'un le serait bientôt, songea Daisy.

"Quelle chose horrible que de trouver celui que vous aimez dans cet état, dit Easy. Cela a dû être terrible, horrible, affligeant.

— Ah ça oui, monsieur Easy, fit Daisy.

— Nous allons faire tout ce qui est en notre pouvoir pour rendre l'affaire aussi facilement gérable que possible. Oups, je viens de prononcer mon nom, n'est-ce pas ? « Easy », « facile » ? Ce n'est pas que je sois vaniteux, je le jure.

— C'était pas un Dairy Queen avant ? demanda Daisy. Le bâtiment, j'veux dire. C'était pas le Dairy Queen ?

— Si, tout à fait. Ça a plutôt bien fait l'affaire pour nous. La cuisine est devenue notre chambre d'embaumement, et bien sûr il y avait déjà un congélateur géant. On ne peut pas se permettre de laisser quiconque mal tourner." Easy regarda autour de lui en souriant.

"J'suis venue quand c'était un Dairy Queen, fit Daisy. Tous les lycéens venaient." Elle regarda par les fenêtres à vitraux derrière Easy. "La fontaine à soda était juste contre ce mur derrière vous.

— Exact. Quelle mémoire remarquable.

— Vous n'êtes pas de Money, si ?

— Ah, si seulement… : *money, money*", dit Easy, mais Daisy ne mordit pas à l'appât de sa plaisanterie. "Non, madame. Je suis de Biloxi. Votre petite ville avait besoin d'un croque-mort, me voici donc pour combler cette lacune, et deux ou trois tombes avec. C'est une blague de notre métier. Et je préfère croque-mort à directeur de pompes funèbres. Ça sonne plus professionnel, et c'est plus précis. Je ne m'occupe pas seulement des obsèques.

Je m'occupe de la mort, de la transmission, de la transition.

— Ah oui ?

— Quel genre d'office imaginez-vous pour le défunt ? demanda Easy.

— Pour qui ?

— Votre époux.

— Ah.

— La plupart des gens croient vouloir quelque chose de simple, mais je leur rappelle que c'est la dernière chose qu'ils feront jamais pour la personne décédée.

— La quoi ?

— Votre époux. Le mort.

— Junior Junior ?

— Oui, Junior Junior. C'est un nom intéressant, n'est-ce pas ? Avec la répétition comme ça, je veux dire, Junior Junior.

— N'est-ce pas ? fit Daisy. C'est ce que j'ai toujours pensé. C'est pour ça que j'ai appelé mon fils Triple J." Elle rajusta son dos-nu bleu. Le dossier du fauteuil en bois lui enfonçait l'étoffe bleue dans la colonne. Elle se redressa.

"Je trouve notre formule Or très bien. Nous proposons aussi une formule Platine, mais même moi, je dois dire que c'est un peu chérot. N'empêche, certains pensent qu'ils n'en font jamais assez pour leur cher disparu. La formule Or est très raisonnable.

— Ça inclut quoi ? demanda Daisy.

— Je vais vous la décrire. Votre époux, Junior Junior, sera disposé dans son cercueil. Je veillerai personnellement à l'ensemble du travail cosmétique et d'embaumement. Il sera exactement comme vous vous le rappelez.

— Vous savez qu'il s'est fait défoncer la gueule, hein ?

— Pardon ?

— Oh, ben, il a la gueule écrabouillée. Pour le moment, c'est comme ça que je me le rappelle, et c'est pas beau à voir. Bon, c'est vrai qu'il a jamais été bien beau."

Easy se pencha en arrière dans son fauteuil. "Je ne l'ai pas encore vu, mais je suis certain de pouvoir lui redonner l'air qu'il avait avant. Vous avez des photographies ?

— Oui bien sûr. Mais comme j'ai dit, même avant, c'était pas un canon. Personne a jamais dit qu'il était beau, fit Daisy.

— Cela pourrait me prendre un peu plus de temps, si ce que vous dites est vrai. Mais croyez-moi, je peux le faire, dit Easy.

— Junior Junior disait toujours que le temps, c'est de l'argent. Alors il va coûter combien, ce temps en plus ?"

Easy poussa un soupir. "Cela pourrait vous coûter un peu plus.

— Elle fait combien exactement, cette formule Or ?

— Laissez-moi achever de vous la présenter. Vous et vos enfants entrerez dans la chapelle et emprunterez l'allée centrale, escortés par mes huissiers, bien sûr, puis vous le verrez, Junior Junior, allongé dans son élégant cercueil, et il aura l'air d'être en vie. Comme s'il était sur le point de se redresser.

— Ça pourrait ficher la trouille aux enfants, dit Daisy. C'est que j'leur ai déjà dit que leur papa était mort. Ils ont déjà vu des morts – des porcs, des putois, des chiens – et y en a pas un qu'avait l'air de vouloir s'redresser d'un poil."

Easy ôta ses lunettes et se massa les tempes. "Ce que je veux dire, c'est qu'ils ne pourront pas voir qu'il s'est fait rouer de coups.

— Ah, alors, comme ça, d'accord.

— Quoi qu'il en soit, l'organiste jouera une douce musique d'église. Vous pouvez même choisir les chants qu'il aimait de son vivant.

— Junior Junior adorait *Sweet Home Alabama*.

— Mais nous sommes dans le Mississippi, contesta Easy, le regrettant aussitôt.

— Ouais, et Junior Junior détestait l'Alabama, mais il adorait cette chanson. Comment ça se fait qu'on n'a pas notre chanson, nous, *Sweet Home Mississippi* ?"

Easy poursuivit. "Alors le reste de l'assemblée, la famille, les amis, viendront s'asseoir derrière vous. J'avancerai jusqu'au lutrin et prononcerai quelques mots – et puis-je me permettre de faire remarquer que je sais les manier très habilement, vraiment –, puis d'autres personnes prendront la parole : votre pasteur, vous, des parents, des amis, tous ceux que vous souhaitez entendre dire quelques mots.

— Vous croyez qu'on pourrait demander à Archie Manning de dire quelque chose ? Junior Junior l'adorait.

— Le joueur de football ?

— Oui.

— Votre époux le connaissait ?

— Pas du tout.

— Madame Milam, il faut que ce soient des gens que vous connaissez.

— Je vous connais pas et vous allez parler, fit Daisy.

— Ce n'est pas faux.

— Oubliez la description. Ça va coûter combien ?

— La formule Or revient à huit mille.

— Dollars ?" demanda Daisy.

Easy hocha la tête. "Nous proposons des plans de financement.

— Vous avez quoi d'autre ?

— Nous avons une formule Argent."

Daisy hocha la tête. “Un truc qui soit pas du métal. Enfin, pas ce genre de métal. Vous avez une formule fer-blanc ? Alu ? Bois ?

— Combien envisagez-vous de mettre ?

— Mille dollars.

— Mille dollars”, répéta-t-il. Il regarda Daisy. “OK, on va vous organiser ça. À présent, le cercueil.

— Quoi ? Vous voulez dire que la boîte est pas comprise ?

— Non, madame.

— La moins chère coûte combien ?

— Puis-je vous rappeler que le cher disparu va s'y trouver, dans cette boîte, pour l'éternité, dit Easy. Par éternité, je veux dire pour toujours.”

Daisy le dévisagea.

“Nous avons bien un cercueil sous-classé. Nous le vendons aux autorités locales pour les corps non identifiés.

— Combien ?

— Quatre cents.”

Daisy lâcha un sifflement.

“Trois cents dollars.

— Ça peut le faire.

— Je suppose que Junior Junior devra s'en accommoder, dit Easy.

— Et comment, fit Daisy.

— J'ai un client qui attend, madame Milam. Je suis ravi qu'Easy Rest vous accompagne tout du long de cette épreuve.” Il se leva.

“Ouais, c'est ça, fit Daisy.

— Sylvia, à l'accueil, va vous aider pour les formalités.”

Une fois sortie du bureau, Daisy regarda Charlene dans son dos-nu jaune.

“Alors, c'était comment ? demanda Charlene.

— Plutôt flippant, fit Daisy. Bonne chance.”

28

Red Jetty mordit dans son toast et le reposa sur son assiette. Il était assis à table avec sa femme, Agnes. Son chien, un fox-hound américain, se tenait à côté de lui, son long museau reposant sur la cuisse de Jetty.

“Ça va, Red ? demanda Agnes.

— Oui, ça va.

— Les seules fois où Wallace pose la tête sur tes jambes comme ça, c'est quand tu es contrarié.

— C'est ces meurtres, fit-il.

— Quelle abomination.” La porte arrière était ouverte, laissant entrer une brise fraîche. Elle resserra les pans de sa robe de chambre.

“Tu veux que je ferme la porte ?” demanda Jetty.

Elle secoua la tête. “Non, j'aime bien.

— Deux hommes en deux jours, fit le shérif.

— C'est toujours dur d'apprendre que quelqu'un s'est fait tuer, dit Agnes. Mais personne les aimait trop, ces deux-là. N'empêche, je vois pas qui pourrait, comme ça, d'un coup, décider de les tuer tous les deux.

— C'est tellement étrange.

— Quoi donc ?

— Leurs noms. Leurs familles, c'est comme une seule.

— Peut-être que c'est une de ces brouilles entre parents”, suggéra Agnes. Ellc leva les yeux en entendant une voiture se garer dans la cour. “Qui ça peut bien être ? demanda-t-elle.

— Quelque chose me dit que c’est mon agent de filature.”

Delroy apparut de l’autre côté de la porte-moustiquaire. “Bonjour, tante Agnes.

— Entre, Delroy. Tu veux du café ?

— Ah, j’veux bien.

— Il y a du bacon sur la table. Si tu veux des œufs, il faudra te les faire cuire toi-même.

— Le café suffira, tante Agnes, merci.

— Tu es sacrément poli, dit Agnes. Ta maman a fait du beau travail. Mais bon, rien de surprenant. C’est ma sœur.

— Et puis il y a l’armée de l’air.

— Qu’est-ce qui se passe, Delroy ? demanda enfin le shérif.

— J’ai suivi les deux gars jusqu’à la boîte de disco dans le Derrière. Je suis resté assis devant une heure puis je me suis endormi. Quand je me suis réveillé, la boîte avait fermé, et y avait ce message sur mon pare-brise.” Il tendit un bout de papier à Jetty.

Jetty le lut à voix haute : “« Nous sommes au Motel, au cas où vous nous chercheriez. »

— Désolé, shérif.

— De qui vous parlez, tous les deux ? demanda Agnes.

— La police d’État nous envoie deux agents spéciaux, des vrais durs, pour nous aider, nous les pauv’ péquenauds, dit Jetty.

— Des agents de couleur”, ajouta Delroy.

Agnes s’étrangla à moitié. “Red, tu dois te sentir franchement mal.

— C’est le cas.

— J’me suis mis à penser”, dit Delroy.

Jetty le regarda.

“Et si y avait deux Noirs différents ? Pas les détectives, mais celui qu’on n’arrête pas de retrouver mort. Et si y en avait deux ? Des jumeaux. Ils étaient tellement amochés, qui pourrait vraiment les reconnaître ?

— Deux morts noirs différents qui disparaissent, fit le shérif. Et en quoi c’est mieux, Delroy ? En quoi ça nous aide ? Putain, c’est encore pire. Ça fait deux morts qu’on n’arrive pas à retrouver. Mais continue à penser, surtout.

— Je dois continuer à les suivre ? demanda Delroy.

— Non. Retourne au bureau. Dis à Brady et Jethro que je veux que vous augmentiez le nombre de vos patrouilles dans le Derrière, tous les trois. Peut-être que l’un de vous verra notre nègre porté disparu traverser la rue ou que sais-je.

— À vos ordres.

— Qu’est-ce que tu vas faire, Red ? demanda Agnes. Il y a un meurtrier qui rôde autour de Money ?”

Delroy regardait Jetty, en attente de sa réponse.

Le shérif poussa un soupir. “Ferme bien les portes et les fenêtres.

— Vous venez au poste, shérif ? demanda Delroy.

— Je viendrai plus tard. D’abord, je vais aller parler à une vieille dame.”

29

Debout devant le lavabo de la salle de bains, Ed considérait son visage couvert de mousse à raser. Il n'aimait pas le rasoir acheté à la petite boutique juste à l'entrée de la ville, mais il s'en servait quand même. Jim, assis au tout petit bureau à côté du petit poste de télé, étudiait l'écran de son ordinateur portable.

"Il pourrait y avoir un corps de plus dans cette ville si ma main glisse avec ce rasoir, fit Ed. Comment est-ce qu'un truc peut être affûté et émoussé à la fois ?

— La wifi est nulle ici.

— Tu t'attends à quoi dans un Motel 8 ?

— Je sais pas… deux de mieux que dans un Motel 6 ?

— Sympa.

— Il faut que tu voies ça.

— Aïe." Ed s'était coupé de nouveau.

"Ed, il faut que tu voies ça."

Ed sortit de la salle de bains en s'essuyant le visage et regarda le sang sur la serviette. "Qu'est-ce que je suis censé voir ?"

Jim se décala un peu pour dégager l'écran. Y apparaissait la photo d'un visage qui semblait à peine humain, attaché à un corps dans un cercueil.

"C'est Emmett Till", dit Jim. Il présenta alors la photo de l'homme noir disparu ou disparaissant à répétition.

"Putain d'merde", fit Ed.

30

Charlene était sortie. Les enfants étaient quelque part, mais pas chez eux. Mamie C était donc toute seule à la maison. Elle était parvenue à émerger de son état comateux pendant que la famille était partie à la brocante. En reprenant conscience, elle avait éprouvé du chagrin pour le décès de son fils. On ne pouvait pas dire que Wheat était un cadeau, loin de là, mais c'était son seul enfant. *Aucun parent ne devrait avoir à enterrer son enfant*, songea-t-elle, puis ses pensées remontèrent plus loin en arrière. Une autre mère à Chicago avait enterré son fils et Carolyn Bryant ne savait que trop bien qu'elle était responsable de cette perte. Elle sentit un changement dans le vide de sa maison, d'abord peut-être une odeur, un parfum doux, écœurant. Elle se redressa et s'appuya sur son déambulateur bon marché. Dehors le ciel de la journée ensoleillée s'était couvert. Elle sentit un souffle parcourir la maison, pas un vent normal. Un petit objet, une fourchette, une cuillère, peut-être un couteau, tomba sur le sol dans la cuisine.

“Qui est là ?” lança-t-elle. Pas de réponse. À tout petits pas, elle poussa son déambulateur vers la porte de sa chambre. La porte n'était pas fermée. Elle ne l'était jamais complètement. Elle ne fermait pas complètement. Le bois avait gonflé et était si serré contre l'embrasure au niveau des gonds que la porte ne pouvait pas pivoter sur les dix derniers centimètres. Elle crut voir quelque chose passer devant ces dix centimètres. Une ombre ? "Qui est là ?" Elle tira la porte vers elle et l'ouvrit. Les gonds se plaignirent. Wheat disait toujours qu'il allait passer du spray WD-40 sur ces gonds, mais ne l'avait jamais fait. Où donc était Charlene avec les enfants ? Lulabelle et Tammy étaient à l'école, et on aurait dû laisser là les plus petits, avec elle. Mais elle était toute comateuse au lit. Encore un bruit. De nouveau en provenance de la cuisine. Carolyn Bryant traversa la pièce de devant aussi vite que ses jambes de quatre-vingt-cinq ans et son déambulateur le lui permirent en direction de la chambre de Wheat et Charlene. Elle entra et ferma la porte, la verrouilla avec le crochet fixé assez haut, hors de portée des enfants. Elle-même eut du mal à l'atteindre. Elle marqua une pause pour reprendre son souffle. Elle passa le bras derrière l'armoire pour attraper le calibre 12 à double canon de Wheat, saisit deux ou trois cartouches dans le tiroir supérieur de la commode, et chargea le fusil. Au claquement des munitions dans le barillet, elle se sentit mieux.

À présent, il y avait des pas dans la maison. Depuis la cuisine, ils se rapprochaient d'elle le long du couloir. Elle fit reposer le canon froid du fusil sur l'appuie-main matelassé du déambulateur et s'appuya le dos contre le rebord de fenêtre. "J'sais pas qui vous êtes, mais si vous passez cette porte, j'vous explose. Vous allez l'regretter, ça oui !", hurla-t-elle. Sa chemise de nuit était trempée de sueur et peut-être d'urine. Elle prit une longue et profonde inspiration et se mit à prier : "Seigneur, ô Seigneur, pardonnez-moi pour ce que j'ai fait. Toute ma vie, j'ai essayé d'être bonne depuis qu'j'ai menti pour ce gamin noir. Je savais que j'devrais payer un jour mais pourquoi mon Wheat, mon pauvre imbécile de bébé ? J'ai refait ces rêves alors je savais qu'il allait venir." Il y eut un grand bruit dans la pièce de devant. Elle arma, un chien, puis l'autre. "C'est toi, Charlene ? Je veux pas te tirer dessus, qui que tu sois, si y a pas à le faire. Mais je l'ferai s'il le faut, je le jure sur la tête blonde du petit Jésus !"

La porte moustiquaire à l'avant de la maison s'ouvrit et se referma en claquant. Elle connaissait bien ce bruit. Était-ce quelqu'un qui partait ou qui arrivait ?

"Charlene ?" Son doigt taché par l'âge tremblait contre la détente. Elle n'avait jamais vu ni entendu utiliser cette arme, mais elle pensait qu'elle fonctionnerait. Elle puait l'huile à fusil parce que Wheat en mettait trop et nettoyait son fusil chaque soir en regardant *La Roue de la fortune*. Il adorait crier : "Achète une voyelle, connasse !"

Les pas s'approchèrent de la porte de la chambre. Elle appuya le doigt plus fermement sur la détente. La poignée de porte s'ébranla et se mit à tourner. "Qui est là ?" La porte forçait contre le verrou.

"Dites quelque chose, hurla-t-elle. J'sais qui vous êtes. J'sais qui vous êtes.

— Madame Bryant ? C'est moi, le shérif Jetty !

— Dieu soit loué, fit Mamie C. Merci, doux Jésus, merci."

Red Jetty était assis à la table de cuisine tandis que Mamie C, debout devant la cuisinière électrique, faisait chauffer de l'eau pour le café. "Vous savez ce qu'on dit : c'est pas de surveiller l'eau qui la fait bouillir plus vite." Détournant les yeux de la casserole, elle porta son regard sur la porte coulissante pour observer la piscine vide au-dehors. La moitié d'une tête de sirène lui retourna son regard.

“Je suis bien content que vous m’ayez pas tiré dessus, fit Jetty.

— Moi aussi, dit-elle. Ça aurait fait plus de saletés à nettoyer. Y a déjà assez de morts comme ça par ici.

— Où est la famille ?

— Comment j’pourrais savoir, putain ? On m’dit rien. J’suis quand même surprise qu’on m’laisse comme ça. Vous en dites quoi, vous ?” Elle versa de l’eau sur la poudre de café lyophilisé dans les mugs, en tendit un au shérif.

Jetty regarda le visage de Dolly Parton sur son mug et remua le café. “Elle avait sûrement des formalités à régler au funérarium, dit-il. Elle pouvait pas laisser les petits sans surveillance.

— Ouais, ça doit être ça. Mais abandonner une vieille femme, toute seule, perdue dans une grande maison.

— Pourquoi vous aviez ce fusil à la main, m’dame ?

— Parce que j’avais peur, c’te question. Mon fils vient de se faire assassiner dans cette maison même.” Elle se laissa glisser de son déambulateur à un fauteuil.

L’argument était imparable. “Vous avez hurlé que vous saviez qui j’étais avant de me voir. Vous croyiez que c’était qui ?”

Mamie C garda le silence.

“Madame Bryant ? Vous pensiez que c’était qui, que vous pourriez vouloir descendre ?”

La vieille femme buvait son café à petites gorgées. “Ce gamin, là, Till, fit-elle.

— Pardon ?

— J’ai tué c’gamin, et il est r’venu pour nous tous.

— Madame Bryant, c’était il y a soixante ans, plus de soixante ans.

— Ça change rien. Les morts, ils sentent pas passer le temps, savent pas lire le calendrier. Y z’ont pas de montre avec la date, j'veux dire. Qui creuse une fosse tombera dedans et la pierre reviendra sur celui qui la roule.

— Comment ?

— C'est dans le Livre saint, et là, y a jamais d'erreur, si ?

— Non, madame.

— J'connais ma Bible, moi.

— Vous essayez de me dire qu'un parent de ce gamin tue des gens ? demanda Jetty.

— Un parent ? C'est le gamin lui-même.

— Madame Bryant, ce garçon est mort et enterré.

— Tout c'que j'sais, c'est c'que j'ai vu. J'ai regardé cette photo du gamin mort un million de fois, et après, j'l'ai vu s'faire emporter loin de chez moi, de mes yeux, comme le nez au milieu de la figure. Vous en faites quoi, de ça, hein ?

— Vous savez, en vieillissant, la mémoire nous joue des tours.

— Vous me prenez pour une vieille folle.

— Non, madame. Ce n'est pas du tout ce que je pense. Je pense que votre fils est mort et que vous avez peur. Voilà tout.

— Z'allez voir. Va y en avoir d'autres, des morts, dit Mamie C. Alors gardez les yeux ouverts, et gare à vous.

— Bien madame.

— Buvez votre café avant qu'il refroidisse.

— Oui, madame.

— Vous connaissez l'histoire du vautour ? Un homme entre en ville et voit un vautour atterrir sur une statue à même pas deux mètres de lui. Le vautour le regarde droit dans les yeux. L'homme prend son déjeuner, ressort, et l'oiseau a disparu. Il quitte la ville, sa voiture tombe en panne sur la route. Il lève les yeux et voilà ce vautour qui le fixe. Il lui dit : « Comment ça s'fait que tu m'as suivi et qu't'es encore là ? » Le vautour le toise et fait : « Je t'ai pas suivi. Il se trouve que j'étais en ville, en route vers cet endroit où je t'attendais. »" Mamie C hocha la tête en guise de ponctuation.

"Sacrée histoire, fit le shérif.

— Vous voyez pas que cet homme, c'est moi ?"

Jetty hocha la tête.

"Ce vautour m'attendait.

— Oui, madame."

Ils restèrent assis quelques minutes en silence.

"Ça m'ennuie de vous laisser seule ici, madame Bryant, mais faut que je retourne au travail.

— Ne me laissez pas. Il est là. J'en suis sûre.

— Je vais jeter un coup d'œil avant de partir. Après je file. Et ne tirez sur personne, c'est compris ?

— Je tirerai sur personne, si y a pas à le faire."

31

Au *diner*, Gertrude versa du café aux deux agents spéciaux. Ils étaient assis sur la même banquette qu'auparavant. Ils la remercièrent et elle les examina longuement.

"Tout va bien ? demanda-t-elle.

— Au poil, fit Jim.

— Je reviens prendre la commande dans deux minutes." Elle alla à la caisse pour faire l'addition d'un client.

"Peut-être que Jethro a raison", dit Ed.

Jim répondit en riant : "Ouais, c'est ça. Appelle le bureau et dis au Capitaine Gros Tas qu'il y a un fantôme dans le coin. Un nègre fantôme.

— Il y a bel et bien un tueur qui se balade dans le coin. Il y a un lien, c'est sûr. On ne peut pas le nier.

— Peut-être que c'est un genre de ninja noir, fit Jim en riant. Tu sais, une sorte de fils de pute de justicier avec une bobine de barbelé. Comme Bruce Lee, genre. Jamal Lee fait tournoyer son lasso de barbelé à Money, Mississippi.

— Ça serait du *bob wire**. C'est comme ça qu'ils disent par ici. *Bob wire. Bob wire* empêche le bétail de se sauver.

* *Bob wire* fait ici référence au *barbed wire*, le barbelé.

— Ça y est, t'as fini ?" demanda Jim.

Gertrude revint et ils se turent.

"Ah d'accord, silence radio", fit-elle.

Jim leva les yeux sur elle, sans rien dire, en sirotant son café.

Gertrude s'assit à côté d'Ed et regarda Jim en face. "Bon, alors dites-moi : qu'est-ce qui se passe, putain ?

— Rien, dit Jim. À part une paire de meurtres. Des meurtres atroces, irrésolus, dégueu, dérangeants.

— Et un corps qui disparaît, fit Ed.

— Sinon, il ne se passe rien. De toute façon, c'est une affaire en cours et on n'a pas le droit d'en parler." Jim posa son mug et regarda un pickup dually passer en cahotant. "Gertrude, qui est-ce qui sait tout ce qui se passe dans cette ville ?

— Tout le monde sait tout ici.

— Non, je veux dire quelqu'un de spécial. Qui connaît l'histoire de la ville, les ragots, tout.

— Je ne vois pas ce que vous voulez dire.

— Moi non plus, fit Jim. Je ne sais pas ce que je demande.

— Il y a un sorcier en ville ? demanda Ed. C'est juste qu'il a peur de le dire. Un sorcier. Un guérisseur."

Gertrude lâcha un rire. "Je savais que c'était ce qu'il voulait dire. Je voulais juste l'entendre le dire. C'est Mama Z que vous cherchez."

Ed regarda Jim. "Un vrai guérisseur ? demanda-t-il.

— Une guérisseuse, oui, c'est ce qu'elle prétend.

— Ça peut pas faire de mal de lui parler ? fit Jim.

— Il faut que j'y aille avec vous, dit-elle.

— Mieux vaut que vous restiez en dehors de tout ça.

— Vous ne la trouverez pas sans moi."

32

Au sous-sol du défunt drugstore Bryant General Store, le révérend Dr Fondle se tenait debout devant dix hommes blancs. Ils avaient tous le même air insensible. Ils étaient gros, presque sans exception. Un homme de grande taille, extrêmement maigre, était assis à côté de la porte.

"OK, allez, prêtons serment, dit Fondle. Tous ensemble."

Et tous de se lever : "J'ai passé le Yellow Dog* et me trouve ici membre du Grand Empire invisible. Je fais le vœu de protéger les droits donnés par Dieu à la race blanche contre tous les étrangers, qu'ils soient noirs, jaunes, rouges ou juifs. Je m'engage à suivre à la lettre les ordres de mon supérieur, le Grand Dragon du Majestueux Ordre des chevaliers du Ku Klux Klan, transmis par le Grand Kleagle de mon chapitre, dûment élu. Rocka rocka shu ba da ! Nous sommes le Klan des USA !"

Au geste de Fondle, ils s'assirent.

"Je déclare la séance ouverte, fit le sergent d'armes maigrichon.

— On est dans le pétrin, mes frères blancs, dit Fondle. Je crains qu'on ne se trouve face à un soulèvement de nègres. Deux de nos propres frères sont morts, et un

* "Yellow Dog" : rituel initiatique d'admission dans le Klan.

putain d'tueur nègre est en cavale. Je l'ai vu, et de près, balafré par Satan lui-même. Un nègre qui feint d'être mort comme personne. Je l'ai vu mort et puis il l'était plus.

— Qu'est-ce qu'on fait ?" demanda un homme à l'avant.

Fondle les regarda chacun tour à tour. "On rctourne aux bonnes vieilles méthodes éprouvées de nos prédécesseurs du KKK : les méthodes sacrées, de la fureur, du feu et de la corde. D'abord, on va s'enflammer une belle grande croix ce soir dans Smithson's Field, pour que toutes ces faces de cirage du Derrière la voient bien.

— Et ces nègres de la police ? lança le maigrichon au fond de la salle. Qu'est-ce qu'ils foutent là, putain ?

— L'État du Mississippi pense qu'on est qu'un tas de rednecks incapables de se gérer et de régler leurs problèmes, dit Fondle.

— Ben, on est un tas de rednecks, fit l'un des hommes, déclenchant des gloussements. Le pouvoir aux péquenauds !" Et il brandit le poing.

"Ferme-la, Donald, dit Fondle. Je réfléchis à ce qu'on peut faire pour ces détectives."

Donald reprit : "Tu sais, ça fait longtemps qu'on n'a pas eu d'élections dans notre chapitre. Comment ça se fait que t'es toujours le Grand Kleagle ? Et que t'as décidé que tu pouvais juste camper au pouvoir comme ça ? Dans d'autres clubs, il y a des élections, et y en a d'autres qui se présentent. Pourquoi on n'a pas eu d'élections ? Comment ça se fait ?

— C'est très simple. C'est qu'on n'a pas eu d'élections depuis que j'ai été élu, dit Fondle.

— C'était il y a douze ans, fit le maigrichon. C'est pas censé être un mandat à vie, si ?

— Non, c'en est pas un, fit un autre homme.

— Putain, on n'a pas eu d'élections parce qu'on n'a pas eu de réunion, dit encore un autre.

— C'est vrai, Jared, dit Donald.

— Du temps qu'mon père était en vie, on avait des réunions tout le temps, une par semaine, dit Jared.

— Et des élections aussi, fit un autre. Ils votaient sans arrêt à l'époque, pas vrai ?

— Pis y avait beaucoup plus de croix enflammées, des pique-niques en famille et des matchs de foot et tout ça, dit Donald. Je me rappelle que j'ai mangé du gâteau à côté de cette croix toute rouge. J'adorais le gâteau de ma mère.

— Ouais, acquiescèrent plusieurs voix.

— On fait plus rien maintenant, se plaignit un homme. J'sais même pas où est ma capuche. J'ai pas de corde chez moi.

— Vous voulez dire que vous voulez tenir une élection maintenant ? demanda Fondle.

— Ouais, ouais, élection, élection ! reprirent-ils tous en chœur.

— Mais pas de discours, hein, fit Donald.

— Pas de discours, pas de discours.

— Je propose l'élection du Grand Kleagle du chapitre de Money, Mississippi", dit Donald.

Le maigrichon appuya la motion.

"Pour ? demanda Fondle.

— Oui !" firent-ils tous.

— Contre ?"

Rien.

"Les oui l'emportent, dit Fondle.

— Et, attends, qui prend les notes ? demanda Donald.

— Oh tu fais chier, Donald. T'as qu'à les prendre, toi, dit Fondle.

— Personne peut lire ses putains d'pattes de mouche, fit un autre.

— Allez, vas-y, Donald", dit Jared.

Donald tira un stylo de sa poche. Fondle lui tendit le petit carnet qu'il utilisait au travail.

"Je nomme le révérend Dr Fondle Grand Kleagle du chapitre de Money, Mississippi, chapitre de l'Ordre suprême des chevaliers du Majestueux Ku Klux Klan des États-Unis d'Amérique, dit Jared.

— Second !" fit le maigrichon.

Les autres se retournèrent vers lui.

"J'aime bien seconder, dit-il.

— Tous pour ? demanda Fondle.

— Oui, firent-ils tous.

— Contre ?"

Rien.

33

Jim et Ed passèrent prendre Gertrude au Dinah après l'heure de pointe du déjeuner, si tant est qu'on pût parler de pointe. Elle s'assit au milieu de la banquette arrière et se pencha en avant.

"Reculez-vous et attachez votre ceinture, dit Ed.

— C'est vous qui avez des enfants, dit-elle.

— Un enfant, dit Ed. Elle a sept ans.

— Tournez à gauche au feu, dit Gertrude. Restez sur cette voie jusqu'à ce qu'elle se change en chemin de terre. Là, réveillez-moi." Elle se cala le dos contre la banquette et ferma les yeux.

"Sa ceinture est attachée ? demanda Ed à Jim.

— Oui, elle est attachée, dit Gertrude.

— J'ai parlé au capitaine, dit Jim.

— Qu'est-ce que tu lui as dit ? fit Ed.

— Rien qu'il ne savait déjà. Maintenant je sais ce que ressentent les pilotes qui voient des ovnis. Si tu en parles à tout le monde, tout le monde te croit fou. Si tu ne dis rien, ben, tu dis rien. Alors c'est l'invasion des aliens, ils se mettent à travailler dans les drugstores sous une apparence humaine, tuent tous ceux que tu connais, et prennent leur place. Tu pourrais en être un.

— J'suis désolé, faut l'excuser", dit Ed.

Comme il n'y eut pas de réponse, Jim se retourna. "Elle dort.

— Si seulement ma fille pouvait s'endormir aussi vite.

— Elle ferait semblant, dit Gertrude. J'aime bien fermer les yeux, c'est tout.

— Tout le monde aime ça, non ? fit Ed.

— Est-ce que l'un de vous va me dire ce que vous avez vu ? demanda-t-elle.

— En fait, on n'a pas vu grand-chose. Mais si on se fie à ce que disent les habitants du coin, il y aurait un homme noir en cavale, sauvagement défiguré et vraisemblablement mort, et qui tuerait peut-être des gens. Des gars blancs avec un historique glauque.

— Oh.

— Vous voyez ce qui se passe quand on pose des questions ? fit Jim.

— Il y a des choses qu'on devrait savoir à propos de cette Mama Z ? demanda Ed.

— Elle se dit sorcière. Qu'est-ce que vous pourriez avoir besoin de savoir de plus ? Elle est plutôt bizarre, elle fiche plutôt la trouille.

— Comment la connaissez-vous ? demanda Ed.

— C'est mon arrière-grand-mère."

La petite maison, isolée, était prise dans un enchevêtrement de branches, en retrait de la cour spacieuse, tout au fond, comme si on l'avait délibérément camouflée. Gertrude s'avança d'un pas leste et frappa à la porte moustiquaire.

"Vous frappez comme un flic, dit Jim.

— Il paraît", fit Gertrude.

Elle frappa de nouveau. "Mama Z !

— Arrête de frapper et entre !" cria la femme.

La pièce de devant était remplie de livres, du sol au plafond, d'un mur à l'autre, mais soigneusement, avec ordre. Une table en bois aux pieds massifs était centrée sur un tapis de jute au milieu du plancher. Mama Z était une femme aux larges épaules mais peu corpulente, grande. Elle les accueillit avec un regard lointain, comme si elle scrutait l'horizon, mais sans regarder aucun d'eux tandis qu'elle leur tendait la main.

Jim et Ed lui prirent la main tour à tour, en venant à croire tous deux qu'elle était aveugle, jusqu'à ce qu'elle lâche un rire. "J'vous fais marcher, c'est tout, dit-elle. J'y vois mieux que vous deux réunis.

— Mama, ces messieurs sont des détectives de…", commença Gertrude.

Mama Z l'interrompit. "De Hattiesburg. Morgan et Davis. Comment ça se fait que votre bureau est pas au Capitole ? Je trouve ça bizarre."

Jim et Ed furent un peu désarçonnés.

"Oh, Mama Z sait tout, dit la vieille femme. Je sais que vous logez au Motel 8, et que vous roulez dans un monospace familial, un Toyota quelque chose."

Jim secoua la tête. "Vous en savez beaucoup, Mama Z.

— Et je sais me caler sur la fréquence de la police, ajouta-t-elle. J'écoute ces blancos jour et nuit. Je sais ce qui se passe parce que j'écoute. Ça paye d'écouter. Ces imbéciles d'adjoints de police peuvent pas péter ou roter sans en parler à la radio. Ah, ils aiment ça, parler à la radio. Asseyez-vous."

Ils s'assirent à table avec Mama Z.

"Fais du thé pour nos invités, ma fille, dit-elle à Gertrude en lui donnant une tape sur les fesses quand elle passa à côté d'elle. "Faut que je la nourrisse pour mettre de la chair sur ces os de café au lait. C'est mon arrière-petite-fille, donc je peux la commander comme ça. Dieu sait que je suis sûrement la seule. C'est un sacré numéro.

— Donc vous savez pourquoi on est là, dit Ed.

— Vous cherchez celui qui a tué ces deux Blancs.

— En gros, c'est ça, m'dame, fit Ed. On essaye de comprendre cette histoire de Noir apparemment mort qui n'arrête pas de revenir et de disparaître. Vous savez qui c'est ?

— Pas la moindre idée, dit Mama Z. Mais je sais ce qui vous perturbe, et je l'ai pas entendu à la radio de la police.

— Et c'est ? demanda Jim.

— Le lien entre Wheat Bryant et ce Milam.

— Exact, dit Ed.

— Vous avez déjà trouvé pour leurs papas, dit-elle. Roy Bryant et Robert Milam étaient de la pire engeance. Du Klan jusqu'à la moelle, et pareil pour leurs deux abrutis de fils.

— Vous savez quelque chose de ce Noir qui n'arrête pas de revenir et de disparaître ?" demanda Jim.

Arrivant de la cuisine avec une théière et des tasses sur un plateau, Gertrude entendit son arrière-grand-mère déclarer : "Je ne crois pas aux fantômes.

— Première nouvelle, dit Gertrude.

— Très drôle, fit Mama Z.

— On m'avait dit que vous étiez sorcière, dit Jim.

— Oui, mais pas de ce genre." Elle se servit du thé et se mit à le boire à petites gorgées. "J'ai vu sur CNN qu'un Blanc a été tué à Chicago.

— On est au courant, dit Ed.

— Il paraît que c'est arrivé la semaine dernière, dit Mama Z.

— OK, fit Jim, en se penchant en avant.

— Ils ont écorché son nom à la télé. Ils ont dit Milan, mais je soupçonne que c'était Milam. Le frère de Junior. Je le sais parce que Robert avait un fils qui s'appelait Lester, Lester William. On l'appelle L. W.

— Putain, fit Jim.

— Je ne vous l'fais pas dire, enchaîna la vieille femme. Il y a de la vengeance dans l'air.

— Mais je me demande pourquoi maintenant ? dit Gertrude.

— Ce pauvre gosse s'est fait lyncher il y a soixante-cinq ans. Peut-être que les esprits en ont eu assez, dit Mama Z.

— Vous venez de dire que vous ne croyiez pas aux fantômes, fit Ed.

— Je n'ai jamais dit que j'avais toujours raison." La vieille femme posa sa tasse et tapota la table. "Mais je vais vous dire : si les esprits sont partis pour se venger, il va y avoir encore un paquet de morts par ici. Ils vont se lancer dans les grandes manœuvres, les esprits. Y a pas un Blanc dans ce pays qu'a pas lui-même lynché quelqu'un, ou alors c'est un membre de sa famille qui l'a fait. S'il y a une chose en laquelle vous pouvez croire, c'est ça.

— Qu'en savez-vous ? demanda Jim. La radio de la police ?

— Venez avec moi." La vieille femme se leva, prenant appui sur la table pour se redresser de toute sa hauteur.

Ils suivirent Mama Z le long d'un petit couloir bordé de photos de famille puis entrèrent dans une autre pièce. Elle était pleine d'armoires à classeurs à hauteur de poitrine sur les quatre murs, certains moins hauts devant l'unique fenêtre.

"Qu'est-ce que c'est ? demanda Ed.

— Les archives, dit Mama Z. Ce sont les archives. Dis-leur, petite, fit-elle à Gertrude.

— Il y a là presque tout ce qui a été écrit sur quasi tous les lynchages qui ont eu lieu aux États-Unis d'Amérique depuis 1913, l'année de naissance de Mama Z.

— Attendez voir, fit Jim. Ça vous ferait…

— Cent cinq ans, dit-elle.

— Tous les lynchages ? demanda Ed.

— Ben pas loin, dit Mama Z. Jadis j'allais dans les bibliothèques partout dans l'État pour lire tous les journaux. Maintenant j'utilise internet. Il faut que vous sachiez que je considère les fusillades policières comme des lynchages, sauf le respect que je vous dois.

— Pas de problème, dit Jim.

— Pourquoi faites-vous ça ? demanda Ed.

— Parce que quelqu'un doit le faire. À ma mort, quand l'existence de cet endroit sera révélée, j'espère qu'on en fera un monument aux morts."

Les yeux de Gertrude s'emplirent de larmes.

Jim Davis et Ed Morgan, qui avaient tout vu ou presque, qui avaient tiré et s'étaient fait tirer dessus, qui avaient vu la mort et la douleur, avaient tué par devoir, firent soudain silence. Ils restèrent plantés là à contempler la face avant grise des armoires. Jim fit le calcul dans sa tête. Il y en avait vingt-trois. Les tiroirs ressemblaient à ceux d'une morgue.

Ed posa la main sur l'armoire la plus proche de lui. "Ils ont d'autres parents, Bryant et Milam ? demanda-t-il.

— Je crois avoir entendu parler d'un autre Milam, mais je ne suis pas sûre, et je n'ai pas la moindre idée d'où il est, fit Mama Z. Bien sûr, il y a Carolyn Bryant. Même si elle n'en a pas l'air, elle est toujours vivante.

— Oui, nous l'avons rencontrée, dit Jim. Ça s'est mal passé. Elle était un peu, disons, perturbée. C'est vrai que son fils venait de se faire assassiner dans sa propre maison. Il y a de quoi perturber même un raciste.

— Est-ce que vous avez vu des inconnus en ville, ou entendu parler d'inconnus ? demanda Ed. Noir ou blanc."

Mama Z secoua la tête. "Ce n'est pas la bonne question, dit-elle. La mort n'est jamais inconnue. C'est pourquoi nous avons peur.

— Est-ce que c'est censé être un truc que disent les sorcières ? demanda Jim. Je pose la question parce que ça a l'air important mais je ne comprends pas.

— Y m'plaît bien, celui-là, dit la vieille femme à Gertrude. Vous pourriez parler au diacre Wright. Il était tout gamin à l'époque, et il était avec Emmett Till dans ce magasin. Je doute qu'il sache quoi que ce soit. Et puis il y a Betty Smith.

— Qui est-ce ? demanda Jim.

— Son frère aîné Lamar s'est fait abattre devant le tribunal de Brookhaven juste avant l'arrivée d'Emmett ici, à Money. Il y avait beaucoup de haine dans cet État à l'époque. Peut-être plus qu'aujourd'hui. Lamar était fermier, et il travaillait déjà pour les droits civiques dans le coin. Personne ne parle jamais de lui. Abattu. Mon père m'a emmenée là-bas, et j'ai vu l'endroit où son sang a coulé. Il y a un trottoir neuf maintenant.

— Pourquoi pensez-vous qu'il faille parler à sa sœur ? demanda Ed.

— Quand on veut connaître un endroit, on parle à son histoire", répondit Mama Z.

34

Red Jetty se gara et coupa le moteur de son véhicule de patrouille. Il se trouvait au milieu du pont sur la Tallahatchie. De là, il voyait la croix en feu. Il se rappelait les cérémonies de croix en feu de sa jeunesse. Son père l'avait conduit à quelques rassemblements du Klan mais sa mère catholique avait protesté. Il n'avait jamais vu de lynchage à proprement parler, et il s'en réjouissait, mais son père en avait vu ou y avait participé. Cette pensée l'attristait, mais lui permettait aussi de comprendre, dans la mesure du possible, pourquoi il y avait tant de tensions et de frictions entre lui et son père. Sa mère finit par s'enfuir à Detroit avec un homme qu'il ne rencontra jamais. Il savait seulement qu'il vendait des scies à viande. Les flammes envoyaient de la fumée noire dans le ciel du crépuscule. Même à cette distance, la croix avait un air triste, non pour des raisons sociales ou politiques mais parce qu'elle avait été à l'évidence bien piètrement construite. La poutre fichée en travers s'écroulait déjà et les flammes, perdant leur enthousiasme, cherchaient à lécher l'air alentour comme si elles étaient épuisées. Tout le kérosène qu'on pouvait trouver dans le pays ne suffirait pas à relancer ce feu. Le plus triste était que toute la ville connaissait chacun des membres masqués de cet exercice terroriste. Selon une ancienne blague à Money, Mississippi, le moyen de découvrir qui appartenait au Klan était de faire la queue au Pressing de Russell.

35

Les enfants étaient enfin couchés dans la maison Bryant. Tour à tour, ils s'étaient endormis en pleurant, mais aucun ne comprenait ce qui se passait. Comment l'auraient-ils pu ? La radio CB de Charlene était posée sur le rebord de fenêtre au-dessus de l'évier de la cuisine. Elle était assise devant, sur un tabouret haut, le récepteur près de la bouche quand elle parlait et niché sur ses genoux quand elle ne parlait pas.

"Ici Big Ten-Forty, je suis sur la 118 direction nord, en route vers Money. Hot Mama Yeller, tu es là, ma poupée, que je te fasse hello au passage ? Parlez." fut le message qui s'éleva de l'émetteur en grésillant.

Charlene prit maladroitement le récepteur, appuya sur le bouton et dit "Je suis là, Big Ten-Forty. Parlez.

— Comment ça va, poupée ? J'étais franchement désolé d'apprendre cette histoire, pour ton homme. Terrible. Parlez.

— Ouais, ça a été horrible. Il y avait beaucoup de sang, mais j'ai presque tout nettoyé. Tu conduis toujours cette espèce de fourmilier ? Parlez.

— Moi, j'suis un routier Kenworth p-p-pur jus. J'aurais vraiment aimé pouvoir m'arrêter te saluer, Hot Mama Yeller, mais j'ai un chargement de lait et d'œufs tout frais sortis de la ferme, et la chambre froide est foireuse. Parlez.

— Une autre fois, pas de problème. T'étais passé où ? Parlez.

— Bordel, j'me suis bien éclaté à Yazoo City. J'suis allé à un de ces meetings de Trump et j'ai fichu la trouille à deux trois de ces diffuseurs de *fake news*. Youhou ! Ah, qu'est-ce que je me suis marré. Tu sais, ce type, il est comme nous au fond." Big Ten-Forty lâcha un rire. "J'veux dire il a pas plus d'cervelle qu'un porc-épic, mais il sait r'mettre en place les intellos. Parlez.

— Putain. Il est aussi orange qu'il a l'air à la télé ? Parlez.

— Oh, il est orange, pas de doute. Naturellement. J'y croyais pas. Y avait aussi cette Melangia, là. On dirait une poupée Barbie, l'a des yeux pareils. Parlez.

— Bon, ben, Big Ten-Forty, faut qu'je file, j'dois nettoyer le congélo de la galerie de derrière. Parlez.

— Ça marche, Hot Mama Yeller. J'espère te choper au retour. Portez-vous bien. *Over*."

"Nettoyer le congélo" était leur code pour passer sur une fréquence privée. Ce qu'ils firent.

Charlene susurra dans le récepteur : "Hot Mama Yeller cherche cette grosse Ten-Forty. Parlez ?

— *Hello*, ma poupée. T'es habillée comment ?"

Mamie C était couchée. Elle s'était endormie avec l'applique allumée au-dessus de sa tête, ainsi que les deux lampes de part et d'autre du lit. Elle ne voulait pas, mais elle s'était endormie quand même, sur le dos, une position très vulnérable, selon elle. Elle émit un petit ronflement et se trouva éveillée, et surprise surtout de s'être endormie. De l'autre côté de la chambre, enfoncé dans le fauteuil dont elle ne se servait jamais parce qu'il était trop mou, elle crut voir l'homme noir défiguré, celui qu'on avait déclaré mort et emporté de sa maison, l'homme qui devait avoir tué son fils. La vieille femme regarda le visage, crut voir à travers les cicatrices, par-delà le sang séché, par-delà les ans, pénétrer ces yeux bruns fermés par la chair boursouflée, pour retourner à cette petite boutique en ce jour de la fin du mois d'août. Elle ne dit rien, ne pensa rien, elle mourut, tout simplement.

36

Le portable d'Ed Morgan se mit à vibrer et à se déplacer sur le bureau à l'autre bout de la pièce. Ed se trouvait dans la salle de bains, où il se rasait avec une marque de rasoir différente. Jim prit le téléphone, regarda l'écran. Il reconnut le numéro du bureau du shérif de Money.

"Davis à l'appareil", dit-il.

Il écouta.

Ed entra dans la pièce tandis que son partenaire reposait le téléphone. "Qu'est-ce qui se passe ? demanda-t-il.

— Faut qu'on s'magne, dit Jim. Apparemment, les péquenauds ont trouvé notre mort."

Ed s'essuyait le visage avec une serviette éponge. "Ah ouais ?

— À la maison Bryant."

La maison Bryant grouillait de monde – officiers de police, Fondle et Dill, les enfants Bryant, les enfants Milam, Daisy Milam et bien sûr Charlene. Les enfants, comme un chœur, étaient assis par terre à côté de la maison, tout près de la Pontiac GTO décrépite. Charlene descendait et montait les marches du perron. Le shérif Jetty, trônant au centre de la scène, observait la route comme dans l'attente des agents spéciaux.

Son visage ne changea pas d'expression quand les deux hommes s'approchèrent. Sa bouche formait une ligne droite, et ses yeux aussi.

"Alors vous en êtes où, shérif ? demanda Ed.

— J'aimerais bien le savoir, fit Jetty. Venez." Ils grimpèrent derrière lui sur la galerie, passant devant Charlene qui faisait les cent pas. Elle ne les remarqua pas du tout. Jethro était à l'intérieur, debout dans l'embrasure d'une porte, les yeux rivés sur quelque chose dans la pièce. Il ne tourna pas la tête à leur approche.

"Tu peux sortir maintenant, Jethro, lui dit Jetty.

— OK, shérif.

— Je lui ai dit de monter la garde sans détourner les yeux. On va le garder dans notre champ de vision en non-stop", dit Jetty.

Ed et Jim s'arrêtèrent net. Dans un fauteuil tapissé se tenait le personnage noir défiguré des photographies. Les photographies des scènes de crime récentes et d'un enterrement qui datait de plus de soixante ans. Ed et Jim s'approchèrent.

"Il est mort, dit Jetty. Bien sûr, il était mort aussi les deux dernières fois que je l'ai vu. Il va rester mort combien de temps, cette fois, à votre avis ?"

Jim tendit la main et posa quand même l'index et le majeur sur le cou de l'homme. Sa peau était glacée. Il n'y avait pas de vie ici.

Jetty lui décocha un regard qui semblait signifier "Ah, vous voyez ?".

Ed regarda de l'autre côté de la pièce et tira sur la manche de Jim. Carolyn Bryant était là. Jim se tourna vers Jetty.

"Vous pouvez lui palper le cou, à elle aussi, dit le shérif.

— Qu'a dit le médecin légiste ? demanda Ed.

— Qu'elle était morte. Il ne sait pas de quoi. On s'attend à ce qu'elle reste morte. Apparemment les Blancs ont la bonne idée de rester morts quand ils meurent.

— Je vais appeler le bureau, dit Ed en sortant de la pièce.

— Bon, donc qu'est-ce que vous voulez faire ? demanda Jetty. J'peux pas garder un homme les yeux rivés sur ce corps toute la journée.

— Qu'est-ce qu'il a d'autre à faire ?" demanda Jim.

Ed revint dans la pièce. "Nous allons reprendre la surveillance de l'individu décédé, dit-il.

— L'individu décédé ? répéta Jetty. Vous voulez dire ce négro ?

— Oui, fit Ed. Donnez-nous un sac. On va le sceller, puisque c'est une pièce à conviction, et il sera récupéré dans la journée ou demain.

— Peut-être.

— Je ne suis pas inquiet, dit Jim. C'est un humain mort. Il ne va pas partir en courant. Ni en marchant. Il n'ira nulle part sauf si quelqu'un l'y porte.

— OK", fit Jetty.

De nouveau, Ed considéra le visage de l'homme noir. "Il faut que je prenne ses empreintes et des échantillons d'ADN. Je sors chercher le kit."

Jim se tourna vers la morte. "Qu'est-ce que vous en pensez, shérif ?"

Jetty la regarda aussi mais sans rien dire.

"Elle a causé beaucoup de souffrance, dit Jim.

— De quoi parlez-vous ?

— Vous le savez très bien", fit Jim.

Red Jetty regarda par la fenêtre et poussa un léger soupir. "Vous avez vu la croix en feu la nuit dernière ? demanda-t-il.

— C'était une croix ?" Jim secoua la tête. "Je ne savais pas ce que c'était. J'ai cru que c'était un incendie de voiture ou quelque chose comme ça."

Ed revint avec son kit.

"Ed, fit Jim, le feu hier soir, c'était une croix.

— T'es sérieux ? dit le plus corpulent. Tu veux dire comme une croix enflammée du KKK ?"

Jim se tourna vers Jetty pour avoir confirmation. Le shérif hocha la tête.

"Je regrette de pas l'avoir su, dit Jim. J'ai oublié d'avoir peur.

— Ouais, franchement dommage", dit Jetty.

Jim sourit : "Une prochaine fois, peut-être ?"

37

Damon Nathan Thruff était maître de conférences à l'université de Chicago. Il était titulaire d'une thèse de Harvard en biologie moléculaire, d'une thèse de Yale en psychobiologie, et d'une thèse de Columbia en philosophie orientale. Il avait vingt-sept ans. Il avait publié trois livres sur la régénération cellulaire, tous aux Presses universitaires de Cambridge, ainsi qu'un ouvrage en deux volumes sur les origines biologiques et philosophiques de la violence raciale aux États-Unis, aux Presses universitaires de Harvard. Ce jour-là, assis à la table de son minuscule bureau dans le département d'études ethniques (parce qu'on "ne savait pas où le mettre"), il tentait de compiler une liste de noms de personnes susceptibles d'écrire des lettres de recommandation pour appuyer sa demande de titularisation. On lui avait refusé la titularisation l'année précédente, mais on lui donnait une "deuxième chance", que l'administration universitaire appelait une reconsidération affirmative. La raison alléguée pour ce refus était sa productivité. Le président lui avait déclaré tout de go que personne ne le croyait vraiment capable de produire une telle masse de travail d'une telle qualité en si peu de temps. Il se retrouvait donc coincé pour un an sur un poste nommé la chaire Phyllis Wheatley en études de remédiation. Une partie du deal pour cette deuxième chance (offerte) requérait qu'il ne publie rien pendant un an. "Pareille retenue dans l'activité de recherche pourrait montrer l'engagement requis pour la titularisation", lui avait dit le président. Son téléphone sonna.

Le téléphone sonna sept fois avant qu'il finisse par décrocher. C'était sa vieille amie d'université, Gertrude Penstock. Elle était en licence à Cornell à l'époque où il faisait ses études de droit. "Ça me fait vraiment plaisir d'entendre ta voix, Gertrude, dit-il. Toute voix amicale me fait plaisir à entendre.

— Je suis désolée de ne pas avoir appelé pendant un moment, dit Gertrude. Comment vas-tu ?

— Ça va ça va. C'est les grands sauts pour moi.

— Tu veux dire le grand saut ?

— Non non, il y en a plusieurs. Et toi, quoi de neuf ? Comment ça va ta famille, là-bas, à… t'es où déjà ?

— Money, Mississippi.

— Sérieux ?

— Faut que tu te ramènes, dit Gertrude.

— Ah ouais ? Il y a une plage ?

— Pas de plage. Juste des rednecks et le corps d'un homme noir mort."

Damon se redressa. "C'est quoi cette histoire ?

— Il y a quelqu'un qui tue des Blancs ici, et le même homme noir est retrouvé mort sur chaque scène de crime.

— T'as bu ou quoi ? J'veux bien venir picoler avec toi mais dis-moi que c'est ce que tu veux.

— Je ne plaisante pas. Deux hommes blancs et une vieille femme blanche. Morts, dit Gertrude. Mais vraiment massacrés. Enfin, les hommes en tout cas. Non seulement morts réellement, mais vraiment, sincèrement. La femme, je crois qu'elle est morte de peur.

— Morte de peur, c'est étrange, fit Damon.

— Je me suis dit que c'est ce que tu penserais.

— Et c'est quoi cette histoire d'homme noir ? Il est accusé des meurtres ?

— L'homme noir est mort, Damon. On l'a trouvé mort à côté de chaque corps. Dans des lieux différents, à des moments différents.

— Pardon ?

— C'est compliqué.

— OK.

— J'ai sympathisé avec deux frères du MBI et je te dis, cette histoire est complètement délirante.

— Le MBI ? demanda Damon.

— Le Mississippi Bureau of Investigation, dit Gertrude.

— Je vais devoir raccrocher.

— Mais ça existe vraiment, fit-elle. La femme qui est morte, c'est celle qui a accusé Emmett Till de lui avoir fait des avances. Les deux hommes blancs sont des fils des assassins de Till. Je veux que tu viennes. Il se passe quelque chose. Je ne sais pas quoi, mais c'est quelque chose, et c'est ultra-bizarre."

Damon regarda le bureau qu'il détestait tant. "Comment on fait pour aller à Money, Mississippi ?"

38

Elle aurait pu en vouloir à ses parents, Barry et Bertha Hind, de l'avoir prénommée Herberta. Un peu d'imagination suffisait à concevoir les surnoms qui ne manqueraient pas de naître dans les esprits. Ce prénom laissait tout le monde perplexe car il n'y avait aucun Herbert ni d'un côté de la famille ni de l'autre, et encore moins d'Herberta. Nonobstant, Berta aurait été un surnom parfait. Ou Bertie. Mais ses parents avaient jeté leur dévolu sur Herbie*, selon eux parce qu'ils adoraient le musicien de jazz Herbie Hancock, même si Herberta Hind y voyait une tentative cruelle de faire d'elle une personne plus forte. Cela avait marché. Elle devint agent spécial du FBI, à la grande surprise et au grand désarroi de ses parents qui, dans leur jeunesse à Berkeley, avaient été repérés par le Federal Bureau of Investigation comme individus d'intérêt. Herbie était à présent assise dans le bureau, parfaitement équipé, de l'agent spécial superviseur Ajax Kinney, à l'agence régionale du Sud-Est à Atlanta.

"Je veux que tu ailles à Money, Mississippi."

L'agent spécial Hind lâcha un rire.

* "Herbie Hind", un surnom possible, sonne comme *her behind*, "son derrière".

“Je ne plaisante pas, fit Kinney.

— Ça n’existe pas, cet endroit, dit Hind.

— Si, Herbie, ça existe, et tu vas y aller. Il y a eu quatre homicides, et peut-être davantage, qui pourraient être liés à des crimes haineux.

— La haine joue souvent dans les homicides, dit Hind.

— Pas ce genre de haine, dit Kinney. La haine raciale. Tu sais, un groupe qui n’en aime vraiment pas un autre. Parfois ils se vouent une haine à mort. Tu pars dans le Mississippi pour voir ce qui se passe. C’est un gros bordel. Apparemment, il y a un cadavre noir qui disparaît. Enfin, qui disparaît et réapparaît.

— Attends, quoi ?

— Je ne sais pas trop ce qui se passe. Mais enfin, quoi qu’il en soit, je sais que tu es experte en la matière. C’est ton boulot. Va le faire. Comme d’habitude, avec ton charme habituel, mets-moi les clowns du coin au garde-à-vous, et reviens remplir la paperasse qui prouvera qu’on est intervenus.” Kinney fit glisser vers Hind le dossier posé sur le bureau.

“Money, Mississippi.

— Money, Mississippi, répéta Kinney.

— Je te déteste, Ajax. Je crois que je t’ai toujours détesté. Parfois je me réveille la nuit juste pour me rappeler à quel point je te hais.

— Je sais. Bon, allez, rentre chez toi, prépare ton sac et en route pour Money, Mississippi. Et au boulot, *pronto*.

— Comment on va à Money, Mississippi ?

— D’abord, tu vas à Hattiesburg, dit Kinney. Ça, ça devrait pas poser de problème. C’est marqué en gros sur la carte.

— Qu’est-ce qu’il y a là-bas ?

— Le MBI. Le Mississippi Bureau of Investigation.

— Et on n'entendit plus jamais parler d'elle."

Kinney observa l'agent Hind qui s'approchait de la porte. "Et fous-leur pas trop la trouille, aux péquenauds. Ils ont pas l'habitude de voir une Noire qui porte un Glock.

— Je ferai de mon mieux. À mon retour, je veux que toi, tu te rappelles que je suis armée.

— Je n'oublie jamais, dit Kinney. Parfois je me réveille en pleine nuit juste pour me rappeler que tu portes une arme.

— Et c'est un Sig, pas un Glock."

Hind ouvrit le dossier d'un coup et s'arrêta net, se retourna vers Kinney. "Tu as vu cette photo ? Celle de l'homme noir ?"

Kinney hocha la tête.

"C'est horrible.

— Oui, horrible.

— Il te rappelle pas quelqu'un ? demanda-t-elle.

— Si, il me rappelle quelqu'un."

39

Jim Davis et Ed Morgan se garèrent en épi devant le bureau du médecin légiste. Le révérend Dr Fondle, debout devant le bâtiment, conversait avec le shérif Jetty. L'adjoint Brady fumait une cigarette à quelques mètres de là. Il décocha aux deux hommes noirs qui approchaient le regard le plus dur possible. Ce regard était tellement cliché que Jim et Ed ne purent se retenir de rire. Brady cracha sa cigarette, l'écrasa du talon d'un coup sec, et partit en trombe vers sa voiture de patrouille.

"Bonjour shérif, fit Jim. Notre suspect est toujours sous surveillance ?

— Autant que je le sache", répondit Jetty. Il se tourna vers Fondle. "Il est toujours dans son tiroir, le type noir ?"

— Autant que je le sache. J'ai pas regardé, répondit Fondle.

— Eh bien, si on allait voir pour voir", dit Jim.

Les trois hommes suivirent Fondle à travers le hall, passèrent devant Dill à son bureau, et entrèrent dans la salle d'examen.

"Il est dans le numéro 3", dit Fondle.

Ed vint se placer devant le tiroir, posa la main sur la poignée, marqua une pause. Il regarda Jim. "J'ouvre ?"

Jim jeta un coup d'œil à Jetty, observa l'expression sur son visage. "Ouais, vas-y, ouvre." Jim s'approcha tout près, se pencha pour examiner le contenu du tiroir. “Allez, ouvre.”

Quand Ed tira la poignée, lui et Jim lâchèrent un cri. Fondle se précipita sur le tiroir. La main de Jetty s’abattit sur son arme. Ed et Jim se mirent à rire.

“On vous fait marcher, c’est tout, fit Jim. Il est bien là. Et, vous serez heureux de le savoir, toujours mort.

— Vous en savez plus sur son identité ? demanda Jetty.

— Pas encore, dit Ed. Le bureau a envoyé un agent pour rassembler les preuves mais il n’est pas encore arrivé.”

Jetty poussa un soupir.

“Ben oui, dit Jim. On est là pour un bout de temps. Croyez-moi, ça me réjouit pas non plus. Mais rien de personnel.

— OK, fit Jetty. Révérend docteur, que savez-vous de la femme Bryant ? Quelle cause de mort avez-vous indiquée ? Est-ce qu’elle a été… vous savez ?”

Fondle secoua la tête.

“Pfff, franchement, je suis soulagé qu’elle n’ait pas été vous-savée, dit Jim.

— Je ne sais pas ce qui l’a tuée, dit Fondle. Il n’y avait pas une marque sur elle. Pas une coupure, pas un bleu. Elle était vieille.

— On connaît des cas où ça a tué des gens, dit Ed.

— Merci beaucoup, dit Fondle. Moi, je pense que cette vieille femme, elle a eu peur et elle en est morte.

— Les analyses de sang le montrent ? demanda Jim. Messieurs, vu ce que nous savons, elle peut aussi bien être morte avant que le mort vivant ne se pointe et… ben, être morte une deuxième fois. J’y crois pas que je viens de dire ça.”

40

L'aéroport Greenwood-Leflore était un brillant modèle d'obsolescence. Malgré son nom, il se trouvait dans le comté de Carroll, ce que les habitants du comté détestaient, parce que le comté de Leflore en profitait, et adoraient, puisqu'ils pouvaient ainsi faire la nique à leurs voisins. Cela se traduisait par une pratique qui persistait jusqu'à ce jour. Une femme, bien trop vieille pour être lycéenne, mais vêtue en pom-pom girl, accueillait les avions à l'atterrissage, selon le style hawaïen, avec guirlandes de fleurs et tout le tralala, et disait aux passagers : "Bienvenue dans le comté de Carroll, Mississippi, le cadre de *Carroll County Accident*, le hit de Porter Wagoner, mille six cents kilomètres carrés d'hospitalité du Sud."

Damon Thruff fut amusé et troublé à la fois par le lei de fleurs rouges et blanches et la pom-pom girl étonnamment âgée qui le lui avait tendu au lieu de le lui passer au cou. Gertrude Penstock l'accueillit à la porte de débarquement. Ils se donnèrent une accolade maladroite, comme toujours. Gertrude disait souvent que prendre Damon dans ses bras c'était comme étreindre une chaise Adirondack.

"Je suis garée juste là, dit Gertrude.

— Rappelle-moi pourquoi tu vis ici, fit Damon.

— Pour être près de mon arrière-grand-mère, dit-elle.
— Je croyais que tu étais de Baltimore.
— Oui, mais mon arrière-grand-mère est d'ici.
— Comment va-t-elle ? Elle est vraiment vieille ? Les vieilles personnes me fascinent, dit Damon.
— Elle a plus de cent ans.
— Non, c'est une blague ? dit Damon. Je veux vraiment lui parler. Et elle est d'ici ? Elle doit en avoir vu, des choses.
— Oui, elle en a vu beaucoup, dit Gertrude.
— Et ces flics alors ? demanda Damon.
— Oh, ils sont franchement cools. Intelligents.
— Pourquoi est-ce que je suis là ? Tu peux me le rappeler ? Enfin, plutôt, dis-le-moi pour la première fois.
— Il se passe des choses vraiment étranges. Si quelqu'un est capable d'expliquer au monde ce qui se trame ici, c'est bien toi.
— C'est très flatteur, mais pourquoi tu ne me dis pas ce qui se passe."

Gertrude le mit au courant durant le trajet en voiture jusqu'à Money. Damon contemplait, ébahi, le paysage qui défilait, les cabanes en papier goudronné, les allées de terre qui partaient de la nationale, les vaches maigrichonnes. "J'ai faim, dit-il. Je me demande quel goût a cette vache.
— Depuis quand tu manges de la viande ? demanda Gertrude.
— C'est que je me suis dit, qu'est-ce que ça change ? J'allais sûrement prolonger ma vie de quelques minutes, au mieux. Et puis aussi, combien de vaches j'allais sauver ? En fait, quand on y songe, puisque personne n'élève de vaches domestiques juste pour le plaisir, et qu'elles sont trop bêtes pour survivre à l'état sauvage, la vérité c'est que j'aide à empêcher l'extinction de l'espèce.

— Il est foireux, ton raisonnement, dit Gertrude.

— Mais c'est un raisonnement néanmoins.

— Il y a un endroit un peu plus loin où on peut manger, dit-elle. Ça te donnera une idée d'où on se trouve.

— Je crois que je vois où on se trouve. Je suis déjà allé au fin fond de nulle part et ça ressemblait exactement à ça." Damon regarda la cabane à frites décrépite de bord de route devant laquelle Gertrude s'arrêta dans un dérapage sur le gravier. "Peut-être que j'ai plus si faim.

— Ferme-la", dit-elle.

Le panneau annonçait "Bluegum's*". C'était un bâtiment en parpaings sans devanture. De la fumée sortait d'une cheminée. Il y avait trois autres voitures, tout aussi banales que celle de Gertrude.

"C'est un restaurant ?

— Fais-moi confiance."

* *Bluegum* est un terme d'argot insultant désignant une personne originaire d'Afrique noire.

41

Au QG du MBI, à Hattiesburg, Jim Davis et Ed Morgan étaient assis à une table de réunion dans une pièce dotée de grandes fenêtres. Leur regard plongeait sur le monument confédéré se trouvant juste en face, à côté du tribunal.

“Regarde cette merde, fit Jim. On dirait une grosse bite blanche.

— Ah, super drôle, dit Ed.

— Tu trouves.

— Arrêtez de vous moquer des Blancs”, dit le directeur de l’Agence en entrant dans la pièce. Il se nommait Lester Safer. Né dans le Mississippi, il avait fait ses études à Washington DC et croyait sincèrement que le Mississippi n’avait pas à être le Mississippi. Il était accompagné par une femme de grande taille à l’attitude sérieuse. “Les gars, je vous présente l’agent spécial Herberta Hind, du FBI. Apparemment, les fantômes sont l’affaire des Feds.”

Ed et Jim firent un salut de la tête.

“Autant que je sache, le Bureau ne s’intéresse pas aux fantômes, dit Hind. En revanche, nous sommes intéressés par de potentiels crimes haineux.” Elle se tourna vers Ed et Jim. “Bonjour messieurs. Que pouvez-vous me dire de Money, Mississippi ?

— Eh bien, c'est un repaire de péquenauds débiles qui sont restés bloqués au XIXe d'avant-guerre et offrent la preuve vivante que la consanguinité ne conduit pas à l'extinction, dit Jim. Sauf votre respect, chef.

— Pour ça je veux bien te croire, dit Safer. Toutefois, je tiens à souligner que je suis originaire de cet État du Mississippi et que j'ai grandi avec ces péquenauds consanguins débiles d'avant la guerre de Sécession.

— Alors vous ne trouvez pas que ce sont des scélérats stupides ? demanda Hind.

— Si, si, je suis d'accord, dit Safer. C'est juste que si c'est moi qui le dis, ça passe, en quelque sorte, parce que c'est ma famille, en gros. Et sans doute que je ne suis pas complètement d'accord.

— Avec quoi n'êtes-vous pas d'accord ? demanda Hind.

— L'histoire d'extinction. Ils sont quand même en train de disparaître.

— Alors qui a tué qui ? demanda-t-elle.

— Je suis sûr que vous avez lu le dossier", dit Ed. Il marqua une pause. "Je suppose que vous avez lu le dossier.

— Oui, fit Hind.

— Alors vous en savez autant que nous, dit Ed, jetant un coup d'œil à Jim.

— Ces braves gens de Money veulent croire que notre homme noir décédé a tué les deux Blancs, dit Jim.

— Qu'en pensez-vous ? demanda Hind.

— Je ne sais pas. Il tenait leurs testicules serrés dans ses poings. Mais je ne vois vraiment pas comment ils auraient pu le tuer pendant qu'il les tuait."

Ed plaça entre ses lèvres la cigarette qu'il n'allumait jamais.

"En tout cas, pas deux fois de suite, dit Jim. Vous avez déjà entendu parler de quelqu'un qui meurt deux fois, à part dans un James Bond ?"

Hind fit non de la tête. “D’après le rapport, vous avez ramené le corps noir à Hattiesburg.

— À Money, ils n’arrivaient pas à le suivre, apparemment, fit Ed.

— Alors vous pensez que quelqu’un a pris ce corps ?

— Les morts ne marchent pas, dit Jim.

— À part Jésus, dit Safer.

— Ouais, lui, peut-être, dit Jim. Quoi qu’il en soit, le corps est en bas, pour l’examen médical, si vous voulez bien venir avec nous.

— Allons-y”, fit Hind.

Le médecin chargé de l’examen médical était une Anglaise de cinquante ans nommée Helvetica Quip. Elle était venue dans le Mississippi avec son mari mississippien, qui s’était révélé être un escroc spécialisé en vente pyramidale. Ferris New, le mari, avait décampé et quitté l’État la nuit précédant sa mise en accusation. Helvetica Quip ne montrait pas d’amertume envers cet homme et refusait de jouer les victimes, mais disait seulement qu’elle était soulagée de ne pas avoir pris son nom. “Helvetica New, disait-elle, on dirait un nom de police typographique. Si je dois vraiment porter un nom de police typographique, autant que ce soit Oriya Sangam ou quelque chose avec un parfum exotique.”

“Alors, dis-nous, Helvetica, fit Jim en entrant dans le laboratoire d’examens.

— Surprise ! L’échantillon d’ADN n’a rien donné parce qu’il ne valait rien, dit-elle.

— Comment est-ce possible ? fit Ed. Je l’ai prélevé dans les règles de l’art.

— Vous ne vous y êtes pas mal pris, dit Helvetica. Mais il n’y a pas une goutte de sang dans ce type. Il est plein d'un mélange de formaldéhyde, de glutaraldéhyde, de méthanol et de solvants que je n'ai pas pris la peine d'identifier."

Jim, Ed et Hind restèrent stupéfaits, les yeux rivés sur elle.

"C'est un liquide d'embaumement. Cet homme a été embaumé."

Ils digérèrent l'information en silence.

"OK, mais tu nous dis qu'il n'y a pas moyen d'obtenir d'ADN ? fit Jim.

— Je n'ai pas dit ça, fit Helvetica. J'avais tout ce qu'il fallait de tissus pour travailler. Et j'ai trouvé une piste. Cet homme était dans la base de données. Il a été arrêté pour vol de voiture et kidnapping il y a douze ans dans l'Illinois.

— Mais c'est absurde, dit Ed.

— Et il y a mieux, fit Helvetica. Il est mort en prison. Au centre de détention Big Muddy River, pour être précise. Comment, on ne sait pas trop. Mais il a été roué de coups, portés au visage." Elle marqua une pause. "Et il y a encore mieux. Le corps de M. Hemphill – c'est son nom, Robert Hemphill – a été, comme on dit, donné à la science.

— Donné à la science ? fit Hind.

— Oui, vous savez, pour une école de médecine, ou un laboratoire quelconque. Je ne sais pas. C'est là que je le perds. Il a été emporté par Acme, Fournisseur de cadavres de Chicago. C'est tout.

— Donc ce n'est pas le corps d'Emmett Till ?" demanda Ed.

Tous se tournèrent vers lui.

"Il fallait bien que quelqu'un pose la question, fit-il.

— Ce n'est pas Emmett Till", dit Quip.

42

Le révérend Dr Cad Fondle était assis dans son salon avec sa femme Fancel. Fancel était une grosse femme, assez pour ne presque jamais bouger de son fauteuil inclinable en velours côtelé, coincé en position allongée. Une demi-pizza "cannibale" et deux bières se trouvaient sur le plateau pliant entre son fauteuil et celui de son mari. Ils regardaient la télévision, en zappant entre Fox News et de la lutte professionnelle.

"Z'ont raison, dit Fancel. Cet Obamacare, ça vaut pas un pet de lapin. On a souscrit parce qu'y avait pas l'choix, et j'ai pas perdu un gramme."

Fondle but une longue gorgée de bière. "Ma foi, pour le pays, c'est fini, cette expérience. Putain d'prétentieux qui fait l'malin. Tu sais, y s'croit mieux qu'nous.

— Il est mignon, ce Hannity, fit Fancel. Si j'pouvais m'mettre la main où j'pense, j'me rentrerais bien deux doigts en l'regardant.

— Tu peux pas, avec ton ventre, alors ferme-la.

— Comment c'est allé, pour brûler la croix, l'autre soir ? demanda Fancel.

— Ça s'appelle une croix enflammée, pas croix brûlée. C'est mal de brûler un symbole de Notre-Seigneur Jésus H. Christ. J'aurais cru que tu le savais depuis l'temps."

Fancel poussa un soupir. “C’est pour quoi le H ?
— Quoi ?
— Le H dans Jésus H. Christ, ça veut dire quoi ?” Elle enleva un bout de saucisse coincé dans un pli de sa robe de chambre.
Fondle marqua une pause pour la considérer, tête inclinée. “Ben, c’est le H de, heu… hostie, oui, c’est ça.
— Jésus Hostie Christ ? Mais ça peut pas aller.
— Et qu’est-ce qui irait, d’après toi ? demanda Fondle.
— Je sais pas… Howard, peut-être.
— Pourquoi ?
— C’est un joli nom, et c’est un nom. Hostie, c’est pas un nom.
— C’est le nom d’un sacrement, donc c’est un nom. De fait, il tient son nom du Seigneur, dit Fondle, les yeux réduits à une fente.
— Mais pourquoi ça s’appelle pas juste Jésus ou Sacré Jésus ?
— Tais-toi et mange.
— Et ce gamin, là, raconte, dit Fancel. Ce gamin noir mort qui revient tout le temps. Comment ça se fait ?
— Peut-être bien qu’il était pas mort. J’en sais rien, bon sang.
— Tu sais ce qu’on raconte, dit-elle.
— Non, quoi donc ?
— Que c’est le fantôme de ce gamin que Robert Bryant et J. W. ont tué y a tout ce temps. On dit qu’il est revenu se venger. Ben ma foi, il l’a eue, sa revanche.
— Mais tais-toi donc, femme ! Y a rien d’vrai là-d’dans.
— Ben comment t’expliques tout ça, alors ? fit Fancel, un doigt boudiné pointé sur lui. Et t’avise pas de me dire de la fermer. Parce que ça pourrait mal tourner.”
Fondle voulait lui dire de la fermer, commença mais renonça. Il attrapa plutôt sa bible en nouvelle version

sous son La-Z-boy et l'ouvrit. Il la garda ouverte sur ses genoux tout en montrant les lutteurs à la télévision. "Big Bob Burgess va l'tuer, ce morveux d'nègre."

43

Tout le monde était noir dans le Bluegum sauf un serveur, qui s'approcha de la table de Gertrude et Damon. Il était grand, mince, et portait un tee-shirt avec l'inscription "Sauvé par Jésus" sur le devant. Il y avait quelques clients, de jeunes hommes et femmes noirs bien habillés. Ils ne levèrent pas les yeux à l'entrée de Gertrude et Damon, ni ne semblèrent leur prêter aucune attention. Depuis un guichet au fond, un cuisinier fit tinter une sonnette et un homme musclé alla récupérer les assiettes.

"Salut Gertrude, dit le serveur.

— Salut Chester, répondit-elle. Chester Hobnobber*, je te présente Damon Thruff. Damon, Chester.

— *Hey, man*, ça va ? dit Chester.

— Oui, très bien, merci. Et vous ? demanda Damon.

— Ouais ouais, cool." Chester se tourna vers Gertrude. "Alors qu'est-ce qui t'amène par ici ? T'en as ta claque de la grande ville ?

— Grande ville ? demanda Damon.

— Il plaisante, dit Gertrude. Il parle de Money. Ce n'est pas une ville. C'est un trou de merde où on a mis deux trois bâtiments.

* *Hobnobber* : personne qui cherche à fréquenter les individus haut placés pour s'introduire dans leurs grâces.

— Qu'est-ce que vous voulez boire ? demanda Chester.

— Donne-moi un Kool-Aid, dit Gertrude. Tu devrais essayer, fit-elle à Damon. C'est extra.

— J'aime pas trop le nom, dit Damon. Mais d'accord.

— Je reviens de suite." Chester s'éloigna.

"C'est quoi le tee-shirt ? demanda Damon. Jésus ?

— On est dans le Mississippi, Damon.

— Tu le connais d'où ? demanda Damon.

— Je connais tout le monde ici, fit-elle. C'est une toute petite communauté. C'est comment déjà, la chanson de Disney ? *It's a small world after all*", chanta-t-elle.

Damon regarda la pièce autour d'eux et s'aperçut que tout le monde avait les yeux rivés sur eux. Ils ne souriaient pas vraiment mais hochaient la tête d'un air amical. C'est là qu'il se rendit compte qu'il y avait plus de monde qu'il ne l'avait cru d'abord.

"Qu'est-ce qui se passe ici ? demanda Damon.

— Rien, c'est juste un restaurant. Un restaurant avec des gens sympathiques. Tu n'aimes pas les restaurants avec des gens sympathiques ?

— Je remarque que tu t'exprimes de façon cryptique. Qu'est-ce que tu essaies de me dire ? Tu essaies de me dire quelque chose ?

— Et pourquoi donc est-ce que j'essaierais de te dire quelque chose ?" Elle inclina la tête comme un chiot.

"Ah, tu vois, c'est cryptique."

Gertrude lâcha un rire. "Chaque chose en son temps, mon frère."

44

“Bouge pas, Charlene, fit Daisy Milam. Y en a un gros, là. Mais vraiment gros. Comment tu peux les laisser grossir comme ça ?”

Charlene Bryant était allongée sur le ventre devant la télévision. “Tu crois que Nicole Kidman, elle en a dans le dos ? Non mais regarde-la. Elle est si parfaite, si grande, si blanche. Et puis mariée à ce chanteur.

— C’est vrai qu’elle est grande, fit Daisy. Triple J, descends tout de suite de cette armoire à porcelaine. Il va tout casser dans ce truc, putain. Mais bouge pas, j’te dis.

— Hot Mama Yeller, dit Lulabelle, quand Tante Daisy aura fini d’t’éclater les boutons, on peut rentrer chez nous ?

— Non *baby*, on va manger de la pizza ici.

— Pffffff, fit l’enfant.

— Mais ça va être sympa, Lulabelle. On s’est commandé une « cannibale » en rentrant, avec un supplément saucisse, dit Daisy. Viens voir ce gros bouton.”

Lulabelle s’approcha. “Berk.

— Ah, ça y est, ça vient, fit Daisy.

— Bêêêê, dit l’enfant.

— Et voilà !

— Aïe ! hurla Charlene.
— C'est dégueulasse, cria Lulabelle.
— Ça a giclé partout, dit Daisy. Lulabelle, va m'chercher un paquet de serviettes en papier et mouilles-en une.
— Daisy, dit Charlene, t'as fini par nettoyer tout ce sang ? Parce que moi, rien à faire. Ces joints, ils vont rester roses pour toujours.
— C'est dans les fentes, dit Daisy. Mais j'ai trouvé un truc en nettoyant.
— C'était une petite croix ?
— Ben oui. Comment t'as su ? demanda Daisy.
— J'en ai trouvé une aussi. Et je sais que Wheat avait pas de petite croix.
— Tu penses que ce nègre a laissé ces croix pour qu'on les trouve ? Tu penses que p't'êt' c'était un chrétien ?
— En général les nègres, oui. J'me demande pourquoi il les a laissées. T'as la tienne ? demanda Charlene.
— Ouais, juste là, dit Daisy. J'l'ai mise sur une chaîne à mon cou.
— C'est exactement la même que la mienne. J'l'ai dans la petite poche de mon jean. È sont jolies, ces petites croix."
Daisy hocha la tête.
"Ça me fait du bien de frotter la mienne à travers mon jean.
— Voilà les serviettes en papier, dit Lulabelle.
— Ben t'a mis l'temps, fit Charlene.
— Bon, allez, faut que j'nettoie tout ce pus. La pizza va arriver d'une minute à l'autre.
— Maman, Triple J joue dans la pièce arrière, vint rapporter l'un des enfants de Daisy, tout essoufflé.
— Doux Jésus, fit Daisy. Il est vraiment neuneu, ce gamin. Y saurait même pas vider la pisse d'une botte

avec le mode d'emploi écrit sur le talon. Lulabelle, viens ici et essuie cette merde sur le dos de ta mère.

— D'accord, Tante Daisy. Bouge pas, Hot Mama Yeller", dit la fillette.

45

Ed Morgan était assis à l'arrière de la Cadillac Escalade noire. Herberta Hind conduisait, et Jim Davis était assis sur le siège passager. Ils filaient sur la nationale en direction de Money, dépassant des cabanes surélevées posées sur de gros piliers de brique, des champs de maïs en friche et des vaches rachitiques à l'air triste.

Jim passa la main contre le tableau de bord noir. "Vous ne trouvez pas qu'il fait un peu cliché, ce véhicule ?

— Moi, il me plaît, fit Ed depuis l'arrière. Je suis bien installé.

— On les a choisis justement parce qu'ils sont clichés, fit Hind. Au FBI, on est des clichés ambulants.

— Ça vous plaît, l'Agence ?" demanda Jim.

Hind pencha la tête et le regarda. "Je déteste tous ces fils de pute, jusqu'au dernier, Blancs, Noirs et Asiates compris.

— Ne mâchez pas vos mots surtout, fit Ed.

— Alors pourquoi rester ? demanda Jim.

— Et vous, qu'est-ce que vous faites au, comment déjà, au MBI ? C'est drôle.

— On est dans le Mississippi, dit Ed. Il vaut mieux qu'il y ait un Noir pour surveiller les Blancs du coin. Parce que pour beaucoup de ces tarés, on est toujours en 1950.

— Putain, tu peux dire 1850, fit Jim.
— Il n'y a pas qu'ici", dit Hind.

Trois ou quatre kilomètres de plus passèrent.

"Vous pensez vraiment que d'aller à Money va faire avancer l'enquête ? demanda Ed.

— Non, pas vraiment, mais c'est comme ça qu'on mène les enquêtes, non ?" dit-elle.

Jim grommela quelque chose en signe d'assentiment.

"Quoi qu'il en soit, ça vaut le coup de voir le coin, les gens, dit Ed. Et puis aussi, je crois qu'on n'est pas au bout de nos peines. L'espace d'un instant, j'ai cru qu'on avait affaire au fantôme d'Emmett Till. C'est pas fou, ça ?

— Peut-être bien qu'on a affaire à un fantôme", dit Hind.

Jim lui glissa un regard oblique. "Mais c'est quoi c't'histoire, Willis* ?

— À moins que vous ne pensiez que les habitants de Money sont victimes d'hallucinations collectives, un type mort a vraiment disparu d'une scène de crime pour réapparaître sur une autre. Et ça ne s'arrange pas quand on découvre que le type en question est mort depuis des années. La théorie du fantôme a l'air de coller pas mal.

— Dans tous les cas, c'est un beau merdier, dit Jim.

— Vous êtes du Mississippi, vous deux ?

— Biloxi, fit Ed.

— La Nouvelle-Orléans, dit Jim. Ma mère était de Hattiesburg. Et vous ? Vous êtes d'où, agent spécial Hind ?

— Washington, DC, dit-elle. Sixteenth Street and T, pour être précise. Une petite Noire pauvre qui entre dans le FBI. Une histoire américaine classique.

* Allusion à James A. Willis, fondateur de l'association de recherche paranormale *The Ghosts of Ohio* (1999) et auteur de plusieurs ouvrages sur la question des fantômes et de la hantise.

— Pourquoi êtes-vous devenue flic ? demanda Jim.

— Et vous ?"

Jim et Ed répondirent ensemble : "Pour qu'les blancos soient pas les seuls à être armés dans la pièce."

Hind fit un check à Jim.

Elle ajusta le rétroviseur. "Tiens, mais qui voilà", fit-elle.

Ed jeta un coup d'œil derrière eux. "Un véhicule de padcouille du Mississippi, fit-il. Qui, bien sûr, nous vise.

— Vous voulez rire un peu ? demanda Hind.

— N'allez pas nous faire abattre, agent spécial Hind, dit Ed. N'oubliez pas, nous sommes dans l'État souverain du Mississippi."

Hind se gara sur le bas-côté.

Jim se mit à chanter *"Je voudrais être dans la police du Mississippi, c'est ça ma seule envie, car si dans le Mississippi j'étais policier, j'pourrais flinguer les Noirs en toute légalité."*

"Ah, c'est entraînant, dit Hind. Non mais c'est une blague ?" Elle regardait dans le rétro.

Le grand flic qui s'approchait d'eux portait un chapeau à large bord et des lunettes de soleil miroirs. Il avait la démarche chaloupée à souhait. Sa main trouva et se posa sur son arme de côté tandis qu'il arrivait à la vitre de Hind.

Elle appuya sur le bouton pour la baisser. "Ben quoi, y a un problème, m'sieu l'agent ?" fit-elle d'une voix aiguë et fluette.

Le flic se pencha en avant pour observer Jim, parut un peu surpris de trouver le gros baraqué, Ed, à l'arrière.

"Vous allez où comme ça ? demanda-t-il.

— Ben, on est en route pour Money, Mississippi, fit Hind. On a des trucs à faire à Money. J'roulais trop vite, m'sieu l'agent ?

— Vous rouliez à trois kilomètres-heure au-dessus de la limite. Ça peut être très dangereux. Surtout vu l'état des routes.

— Les routes sont vraiment en mauvais état, dit Jim. Vous avez bien raison sur ce point, officier Pecker*."

Le flic toucha son badge. "Officier Peck, dit-il.

— Mais oui, bien sûr, dit Jim. officier Peck. Comment ai-je pu commettre une erreur aussi stupide. Ce doit être mes yeux."

Le flic était troublé par le tour qu'avait pris la conversation. De nouveau, il examina Jim et Ed. "Jolis costumes, dit-il. Vous êtes du coin, vous deux ?

— Quel coin ? demanda Jim.

— L'État du Mississippi." Le flic avait les nerfs à vif et était visiblement contrarié.

"Oh, le Mississippi, dit Jim. Dans ce cas, non.

— Permis de conduire et carte grise.

— Mais officier, monsieur Peck, c'est une voiture de location, y m'ont pas donné la carte grise, dit Hind.

— OK, les bronzés, vous voulez faire les marioles. Allez, dehors, les deux mains sur la vitre." Il tendit un doigt vers Jim. "Pose les mains sur ce tableau de bord." Puis dit à Ed : "Mains sur l'appuie-tête devant toi.

— Ça vous dérange si j'enlève mon insigne d'abord ? demanda Ed.

— Quoi ? fit le flic.

— Moi aussi, il faut que j'enlève le mien, dit Hind.

— Et moi itou", renchérit Jim.

Tous trois mirent leur insigne sous le nez de l'homme.

Le flic poussa un soupir, regardant chacun de leurs visages l'un après l'autre. "Allez tous vous faire foutre. J'devrais juste vous descendre tous les trois.

* *Pecker* : terme d'argot désignant le pénis.

— Je pourrais avoir à tirer à mon tour", dit Hind.

L'officier Peck resta quelques instants tout raide. "Allez, filez. Amusez-vous bien à Money. Putains d'fils de pute.

— Merci beaucoup, officier Peck, dit Hind. Je vais m'efforcer de respecter le Code de la route."

Tandis qu'ils s'éloignaient, laissant Peck debout tout seul sur la route poussiéreuse, Ed fit : "J'ai bien cru un instant qu'il allait vraiment nous tirer dessus.

— L'idée m'a traversé l'esprit aussi, dit Jim.

— C'est une saloperie, l'histoire", dit Hind.

46

Le révérend Dr Fondle fit passer de l'air en force à travers ses lèvres serrées, qui se mirent à vibrer comme celles d'un joueur de trompette. Il émit une longue enfilade bégayante de *b*, sa main étirant un fil imaginaire depuis sa bouche en un unique mouvement continu. Il remonta la gamme puis redescendit en faisant "lalala", paupières battantes et montrant le blanc de ses yeux. Douze étudiants de la Bible, comme il les appelait, deux hommes et dix femmes, de bons chrétiens, se trouvaient dans sa maison du Seigneur improvisée, c'est-à-dire son garage. Lui, dans sa chambre, déliait ses lèvres, sa langue, ses pensées, son esprit. Il s'apprêtait à apporter la parole de Jésus Notre-Seigneur à ses enfants, à mettre à nu son âme de pécheur et donc la leur, à leur montrer le chemin, la voie, le vrai chemin de la gloire et du salut. Regardant fixement son visage dans le miroir, il essaya de convoquer le feu de Jésus, Seigneur tout-puissant. Il imagina ses yeux comme des flammes et c'étaient des flammes. Il imagina sa voix comme une sirène et c'était une sirène. Il imagina le visage d'un homme noir derrière lui dans le miroir et il y en avait un. Avant qu'il ait pu dire Bon Dieu, avant qu'il ait pu dire Doux Jésus, avant qu'il ait pu dire négro, un bout de fil de fer barbelé fut passé deux fois autour de son gros cou de grenouille. Ses artères se percèrent des deux côtés, du sang se mit à jaillir comme d'un tuyau d'arrosage et à éclabousser le mur opposé. Sa bouche s'ouvrit pour former un cri, mais pas même un souffle ne s'en échappa. Ses yeux roulèrent en arrière vers son front dégarni, montrant de nouveau du blanc ; ses bras se raidirent, ses mains s'écartèrent de son corps à la façon d'un épouvantail. On le fit pivoter pour qu'il se trouve face à son lit non défait, et là, sur les draps à fleurs jaunes, gisait le corps d'un Noir mort. Une image lui traversa l'esprit, d'un homme noir, tant d'années plus tôt, tombant sur le trottoir devant un bâtiment administratif, mort de blessures par balle à la tête. Alors il reconnut le tribunal de Brookhaven, Mississippi, l'horloge peinte en rouge se dressant juste à côté, son père, épaules affaissées, penché sur le corps brisé du mort. Lui n'était qu'un gamin, assis dans le pickup Ford une demi-tonne de son père. Il regarda ce dernier cracher un jet de salive tout bruni de tabac sur l'homme sans vie. Dans sa chambre, à présent, il sentit son pantalon lui tomber sur les chevilles, et le barbelé se resserrer pour le maintenir sur ses pieds. Il vit l'éclat d'une large lame incurvée. Ce fut la dernière chose que le révérend Dr Fondle vit dans ce monde. Sa dernière sensation ne fut pas la douleur, mais le sentiment d'un son, celui, humide, de la séparation presque nette de la peau, de la graisse et des muscles. Sa dernière pensée, si tant est qu'il en fût capable, pourrait avoir été que ces autres noirauds avaient peut-être vu juste avec leur histoire de karma. Quoi qu'il en soit, il n'avait plus le temps d'implorer le pardon de son Seigneur Jésus-Christ.

47

La seule personne présente dans le bâtiment du service de police de Money était Hattie, la réceptionniste/régulatrice. Elle était émue à l'évidence, et encore plus blanche qu'elle ne l'avait été quelques minutes plus tôt. Sa coiffure volumineuse semblait fragile, et ses yeux étaient rouges de larmes sur le point de couler. Néanmoins, elle parvint à être surprise de trouver Ed, Jim, et à présent l'agent spécial Herberta Hind debout devant elle.

"Où est passé tout le monde ? demanda Ed.

— Oh, c'est terrible, vraiment terrible, dit Hattie.

— Qu'est-ce qui est terrible ?" demanda Hind.

Hattie lui décocha un regard haineux. "Je ne vous connais pas. Ces deux-là, j'les connais parce qu'ils sont déjà venus, mais pas vous.

— Je suis l'agent spécial Herberta Hind, du FBI.

— Doux Jésus, mais c'est pas vrai, il en sort de partout !

— Est-ce que vous voulez bien nous dire enfin ce qu'il y a de si terrible ? demanda Jim.

— C'est le révérend Dr Fondle, dit Hattie.

— Le médecin légiste ? fit Ed.

— Oui, il est mort. On l'a tué dans sa chambre pendant qu'il s'habillait pour aller à l'assemblée. C'est tout c'que je sais.

— Le shérif y est ?" demanda Ed.

Hattie hocha la tête.

"Donnez-nous l'adresse, Hattie.

— Le shérif a pas dit qu'il voulait d'vous là-bas, dit Hattie.

— Et si j'vous descendais, tout simplement ? fit Hind. Hein, qu'en dites-vous ?"

Hattie donna l'adresse.

48

“Alors, c’était bon ce que t’as mangé, ou quoi ? demanda Gertrude.

— Je sais que tu ne m’as pas emmené ici pour la gastronomie, dit Damon. Alors s’il te plaît, termine le débriefing.

— Plus tard, dit-elle. Allez, monte en voiture.

— Pourquoi j’ai peur ? demanda Damon.

— Quoi ?

— J’ai peur et je ne sais pas vraiment pourquoi. Mais toi, si, je pense. Je veux dire, tu sais pourquoi j’ai peur.

— Monte.”

Damon s’exécuta. Gertrude démarra et entreprit de rejoindre la nationale. “Je peux te poser une question ?” fit Gertrude.

Damon la regarda.

“On t’a déjà traité de nègre ?

— Non, de fait, non. Et toi ?

— Pas personnellement.

— Comment ça, pas personnellement ?”

Concentrée sur la route, Gertrude semblait s’évertuer à ne pas regarder son ami. “Chaque fois que quelqu’un se fait traiter de nègre, je me fais traiter de nègre.

— C’est quoi, ça ? Un slogan qu’on colle à l’arrière d’une voiture ?

— Ouais. Il te plaît ? J'en ai d'autres. Que dis-tu de celui-ci : Si tu vires au noir, t'es mort. Ou : Mort, c'est le nouveau Noir.

— Mais est-ce que tu vas enfin me dire ce qui se passe ? dit Damon.

— Je veux te faire rencontrer quelqu'un."

49

Il n'était pas rare que la neige tombe si tôt à Duluth, dans le Minnesota, mais l'intensité en était inattendue, la chute débutant en milieu de matinée pour se faire aussitôt massive. Elle prit de court les équipes de déblaiement des routes. Les parents se démenaient pour trouver un moyen de récupérer leurs enfants, renvoyés chez eux plus tôt. La tempête s'annonçait sévère. Taggert Muldoon n'avait à se soucier de rien de tout cela. Il venait de remplir son réfrigérateur de nourriture, et c'était au tour de sa femme de s'occuper des enfants cette semaine. Si c'était compliqué de les ramener, tant pis pour elle. Il prononça ces mots dans le vide. La semaine suivante, quand il n'y aurait plus de neige, il conduirait sa fille pour la vingtième fois à la maison de Judy Garland, où l'actrice était née. Il n'y avait pas grand-chose d'autre à faire. Quand il était seul, il aimait bien aller regarder les gros navires. Il se demandait si le lac allait geler au bord. Il s'était récemment fait licencier de l'usine d'emballage de viande et avait besoin de choses à voir. Ces putains de Latinos avaient débarqué et raflé tous les boulots. Les usines les embauchaient, les renvoyaient avant qu'ils ne touchent les indemnités puis en amenaient une nouvelle fournée. Putains d'prolos de *wetbacks**, songea-t-il. On devrait tous les chasser de la ville, du pays, juste comme son grand-père avait aidé à chasser les nègres de la ville au bon vieux temps, dans les années 1920.

"Muldoon ?" l'appela une voix d'homme. Il sursauta car il était seul dans la maison. Du moins le croyait-il.

"Qui est-ce ?" fit-il.

Liam Murphy était détective dans les forces de police de Duluth depuis près de dix ans. Cinq ans avant ça, il patrouillait dans la petite ville, à pied puis en voiture. Durant toutes ces années, en tant que patrouilleur et détective, la chose la plus horrible qu'il ait vue était un léopard des neiges se faisant tirer dessus après s'être échappé de son enclos au zoo du Lac Supérieur. Les flics qui l'avaient encerclé avaient paniqué et tiré une centaine de balles sur le félin, le touchant trois fois. La pauvre bête avait surtout paru troublée par le bruit.

Mais là, il se trouvait dans un déprimant duplex typique de Duluth, les yeux rivés sur deux corps au sol. L'un était celui d'un certain Taggert Muldoon, mort apparemment des coups qu'il avait reçus, ou d'hémorragie, ses testicules sectionnés se trouvant à présent dans la main de la seconde victime, un homme noir non identifié. Le cou de Muldoon avait été tranché par ce qui devait être une lame assez longue, et sa tête quasiment séparée du corps. Le sol en lino concave s'était changé en lac de sang, le sang de l'homme blanc seul,

* *Wetbacks*, "dos mouillé" : désignation insultante des immigrés mexicains qui franchissaient clandestinement la frontière du Río Grande.

étonnamment. Une télévision était allumée. C'était du foot, l'avant-match des Vikings.

"Je savais même pas qu'on était jeudi, dit Murphy.

— Alors, qu'est-ce que t'en penses, Murph ? Vas-y, repasse-moi la scène", dit le détective Wesley Snipes – un Blanc, aucun lien de parenté –, qui buvait un café à petites gorgées dans un gobelet Starbucks.

"T'as trouvé ça où ? demanda Murphy.

— L'équipe de journal télé, dehors. La chaîne 8. Ils en ont installé une pleine table. Tu veux que j'aille t'en prendre un ?

— Non, merci. J'aime pas le café de Starbucks, de toute façon. J'arrive pas à le reconstituer, comme qui dirait." Il contourna la mare de sang. "Il semble y avoir eu une lutte, mais regarde ce type." Il montrait du doigt l'homme noir. "Il doit pas peser plus de cinquante kilos, et Muldoon, là, il en fait bien cent vingt, cent trente.

— Ben, peut-être que c'était un petit dur à cuire, dit Wesley. Tu sais, peut-être qu'il cognait comme George Foreman ou un truc du genre.

— Et ils ont juste réussi à s'entretuer", dit Murphy, mais sur le ton d'une question. Il s'agenouilla à côté du corps de l'homme noir.

"Ça pourrait arriver. Double KO. Boum.

— Et pendant ce temps, il tranche les couilles du gros.

— Ah oui, c'est vrai, y a ça.

— Et il perd pas de sang, celui-là. On dirait que son visage a même pas été touché. Mais il est mort.

— Ça oui, il l'est, dit Wesley.

— Dis à Ernie que je veux des photos sous tous les angles. Et inspecte les alentours. Je veux savoir comment ce type" – il tendit un doigt vers l'homme noir – "est entré. Je veux savoir si Muldoon le connaissait, sortait avec lui, sautait sa copine, remplissait sa déclaration d'impôts.

— Et pour les testicules ? demanda Snipes.

— Comment ça, pour ?

— Je ne crois pas qu'ils ont été tranchés, dit Wesley.

— Ah oui ?

— Nan, je crois qu'ils ont été arrachés. Comme dans un truc d'arts martiaux, genre. Tu sais, comme ils peuvent t'ouvrir la gorge ?

— Tu regardes trop de films, dit Murphy.

— Peut-être, mais les testicules de cet homme sont dans les mains de l'autre. Ce n'est pas complètement normal. Et on dirait pas qu'ils ont été tranchés. On dirait qu'ils ont été arrachés.

— J'ai rien à objecter à ça, dit Murphy.

— Muldoon a une ex et deux enfants, dit Snipes. J'ai déjà envoyé quelqu'un du service Famille pour annoncer la nouvelle.

— On ferait bien d'aller parler à l'ex, dit Murphy.

— On fait quc ça, parler à des ex.

— Exact. Et tu sais pourquoi ?

— Parce que l'ex est toujours coupable.

— Coupable de quelque chose en tout cas."

50

Le shérif adjoint du comté de Carbon, Rake Kearney, était en train de déjeuner au nouveau Burger King sur la route commerciale de la nationale 80. Il n'aimait pas son burger parce qu'il n'avait pas un goût de bœuf. C'était peut-être de la viande, mais pas du bœuf. Il aimait le bœuf, et s'il avait pu travailler dans le bœuf plutôt qu'au service de police du comté de Carbon, il l'aurait fait sans hésiter. Toute son enfance, il avait voulu être cow-boy, un vrai cow-boy, pas l'espèce urbaine, pas les types du rodéo. Certes, il avait une arme sur la hanche, mais ça, c'était le style du cow-boy de cinéma ; lui, il aspirait au genre de cow-boy de l'époque de son père et de son grand-père. Sa famille n'avait plus de terres, sur lesquelles on aurait pu élever des bœufs, aussi n'avait-il pas de bétail. À dire vrai, il était maladroit en selle, et ne savait pas manipuler le lasso. Finalement, il n'était pas taillé pour être cow-boy.

Un appel arriva à la radio qu'il portait à la ceinture. Il y avait un corps sur la voie d'accès parallèle à l'autoroute, non loin d'où il se trouvait. Il avait toujours envie de rire quand le standard ou un autre officier lui demandait son 20* au lieu de simplement où il était. Il jeta

* 10-20 : code radio utilisé par la police pour indiquer la localisation ; le "10" est souvent omis.

plus de la moitié de son sandwich et de ses frites dans la poubelle et monta dans le Ford Explorer qui était son véhicule de patrouille.

Deux automobilistes, comme le shérif aimait à les nommer, étaient debout sur le bas-côté. Ils semblaient jeter des coups d'œil furtifs à ce qui se trouvait entre l'autoroute et la voie d'accès. Rake descendit de son véhicule et s'approcha d'eux. Il fut accueilli par un jeune homme aux cheveux longs très excité.

“Hé, mec, tu vas pas l'croire, dit-il. J'me suis arrêté pour pisser au bord de la route et je les ai vus. Putain, ça m'a fichu une trouille.

— Les ? demanda Rake.

— Ben ouais, mec. Y en a deux. Et pas beaux à voir. Enfin, c'est plutôt franchement dégueu, mec.”

Dans la luzerne, le maïs doux et le trèfle, gisaient, de fait, deux corps. L'un était tout contorsionné, enchevêtré dans la clôture de fil de fer barbelé parallèle à l'autoroute. Il avait la gorge tranchée, sa tête penchée de côté formant un angle impossible. Il portait l'uniforme rayé de l'ancienne prison territoriale, maculé en haut de rouge et de brun qui semblaient être du sang. Le pantalon de prisonnier était baissé sur les chevilles. Entre les jambes, un chaos d'herbe, de brindilles, de sang et de poils. Quelques mètres plus loin gisait un autre homme, plus corpulent, le teint cendré, et à l'évidence, mort. Une chose ensanglantée reposait sur les doigts relâchés de sa main gauche. Il y avait des mouches partout, mais pas encore de puanteur de mort.

“Quand même, c'est que'qu'chose, hein, fit le jeune homme qui avait accueilli Rake. C'est que'qu'chose.”

Rake passa un appel radio. “Standard, c'est dix-sept. Je vais avoir besoin d'un superviseur sur site, et fissa. On a une sacrée scène de crime, là, c'est du sérieux. Je crois que j'ai un prisonnier en cavale mort. Il a la tête quasiment arrachée, putain. Homme blanc, crâne rasé, un mètre quatre-vingts, peut-être. Et un autre homme blanc, petit et mince, cheveux clairs, vêtements de ville, et baskets.

— On n'a pas été informés qu'un prisonnier se serait échappé, fit l'homme à la radio. Ni détenu en provisoire.

— Tout ce que je sais, c'est qu'il a l'uniforme à rayures, comme dans l'ancienne prison territoriale, et des chaussures de prison." Rake reporta son attention sur les gens qui commençaient lentement à s'approcher de la scène du crime. "Tout le monde recule. Allez, reculez s'il vous plaît. Ne partez pas, mais reculez." Il regarda le jeune homme aux cheveux longs. "Vous êtes le premier à vous être arrêté ?

— Non, mec.

— Qui est la première personne qui s'est arrêtée ?" demanda Rake à la foule.

Une femme hispanique et son jeune fils s'avancèrent.

"Pourquoi vous êtes-vous arrêtée là, madame ?

— Mon fils a dit qu'il croyait avoir vu un ballon de foot dans l'herbe, alors je me suis arrêtée, dit-elle. Il est parti le chercher en courant et il est revenu en hurlant.

— C'est à ce moment-là que je me suis garé, dit un homme blanc plus âgé. Le gamin pleurait, je suis allé voir et j'ai appelé les urgences.

— Vous avez vu quelqu'un d'autre ? demanda Rake. Des voitures qui repartaient quand vous vous êtes arrêtés ?"

L'homme et la femme firent non de la tête.

Le shérif arriva sur les lieux du crime. Il arpenta rapidement le site, en fit le tour, puis vint se poster à côté de Rake.

"Vous en pensez quoi, chef ? demanda Rake.

— Affreux, dit le shérif. En fait, il y a bien un prisonnier qui s'est évadé. Personne ne s'en est aperçu jusqu'à ce qu'ils recomptent les détenus. Il s'appelle Aaron Henderson.

— C'est lui ? demanda Rake.

— T'as pigé."

La brigade criminelle arriva et le shérif lui ordonna d'attaquer l'analyse des lieux. La température avait considérablement baissé depuis l'arrivée de Rake et de la neige commençait à tomber. Le vent se mit à souffler.

"Qu'est-ce qu'il a dans la main ? demanda le shérif à l'un de ses hommes.

— Ce doit être des testicules, shérif, répondit l'homme.

— Quoi ?

— Des testicules. Et je soupçonne qu'ils lui appartiennent." Il montrait du doigt le mort en tenue de prisonnier. "Je dis ça parce qu'il les a plus."

51

Jim Davis et Ed Morgan entrèrent dans la maison du révérend Dr Fondle, suivis par Herberta Hind. Les officiers de police, apparemment habitués à la présence de Jim et Ed, les ignorèrent passablement, mais remarquèrent Hind.

"Et qui est la petite dame ? demanda le shérif Jetty.

— Agent spécial Herberta Hind, du FBI.

— Dieux du ciel, protégez-nous, fit Jetty. Un autre *spécial.* Et ensuite, ce sera quoi ? Quelqu'un de spécial de la CIA, de la NSA, la Nasa ?

— Très drôle, dit Hind. Je comprends que vous êtes le shérif Jetty.

— C'est bien ça.

— Ce meurtre est-il lié à nos autres meurtres ? demanda-t-elle.

— *Nos* meurtres ? demanda Jetty. La situation relève du comté de Leflore."

Dill et Digby passèrent devant eux en portant un corps recouvert et sortirent. Brady et Jethro suivaient avec un deuxième corps.

"Un deuxième corps ? fit Ed.

— C'est comme les deux autres ?" demanda Jim.

Jetty laissa tomber sa tête. "Et merde. Ben oui. Fondle a été étranglé avec du fil de fer barbelé et il y avait un nè… un homme noir mort dans la pièce avec lui. Alors, qu'est-ce que vous dites de ça ? Vous avez du pain sur la planche, les spéciaux, parce que moi, putain, j'ai pas la moindre idée de ce qui se passe."

Jim s'éclaircit la gorge. "Ça me gêne de poser la question, mais est-ce que l'homme noir est le même que celui que vous avez trouvé sur les autres lieux de crime ?

— Non, ce n'est pas le même, dit le shérif. C'est un gentleman négro tout neuf qu'aucun de nous ne reconnaît.

— Nous emportons les corps, dit Hind.

— Elle a dit quoi ?" demanda Jetty.

Elle s'adressa à Jim et Ed : "Faites livrer ces corps à notre laboratoire médical à Hattiesburg. En fait, je veux que tous les corps y soient envoyés.

— Attendez voir, dit Jetty. Et les familles ?

— Juste les corps, dit-elle.

— Ah, je vois. Une petite comique du FBI. Mais quoi, et les obsèques alors ? Par chez nous, les gens veulent donner à leurs proches des obsèques chrétiennes.

— Il n'y a pas besoin d'un corps pour des obsèques, dit Hind. Ils pourront les enterrer quand on en aura fini avec eux.

— Shérif, pour Fondle, il y avait tous les morceaux ? demanda Ed.

— Quoi ?

— Est-ce qu'on lui a coupé les couilles ?" demanda Jim.

Comme si ça lui faisait mal de le dire, Jetty marmonna un "Oui" discret. Puis, d'une voix claire et distincte : "Ses couilles étaient dans la main de l'homme noir. Vous vouliez vraiment m'entendre dire ça, hein ?

— Pour ainsi dire, oui, fit Jim.

— Je veux inspecter les lieux du crime, et voir les deux corps, dit Hind.

— Et ça va servir à quoi ? demanda Jetty.

— Peut-être n'êtes-vous pas familier de ce qu'est une enquête, dit-elle. Mais ça consiste à observer et à rechercher activement des preuves."

Le shérif ne dit rien.

"Vous pouvez voir l'homme noir. Nous savons qui est la victime.

— Je vais les voir tous les deux. Et l'homme noir n'est-il pas une victime ?"

Hind était considérablement plus petite que Jetty mais le regardait droit dans les yeux.

"J'vois pas pourquoi vous devriez voir le corps d'un homme mutilé, dit Jetty. Un bon chrétien.

— Ne vous inquiétez pas. Je peux le supporter, dit-elle. Et cela ne le dérangera pas.

— Il a une femme, des enfants.

— Je ne vais pas toucher ses testicules, si c'est ce qui vous préoccupe.

— Seigneur Dieu, murmura Jetty.

— Je vais chercher mon kit de prélèvement d'indices, dit Ed.

— Vous savez qui est l'homme noir ? demanda Jim.

— Aucune idée, putain, dit Jetty. Personne l'a jamais vu. On n'a même pas encore eu le temps de prendre ses empreintes. C'est pas possible, ces Noirs qui sortent de tous les côtés, comme s'ils s'étaient donné le mot.

— Ne vous mettez pas en peine. On va s'en occuper, dit Hind.

— J'en doute pas, fit le shérif.

— Shérif, ça vous pose un problème que je prenne cette affaire en mains ?" demanda Hind.

Jetty ôta son chapeau et plaqua ses cheveux clairsemés sur sa tête en sueur. "Eh bien, il se trouve que oui. Le meurtre, c'est une affaire locale. On peut s'occuper de nos affaires. On n'a pas besoin de *carpetbagueurs** qui viennent nous dire comment faire.

— Ben faites-vous une raison, Jetty. Je suis là. Allez-y, enquêtez sur votre meurtre. Et nous on va trouver ce qui se trame ici."

* *Carpetbagger*, ou *carpetbagueur* : surnom donné aux nordistes venus dans le Sud des États-Unis pour s'enrichir, après la guerre de Sécession.

52

Mama Z était en train de repeindre l'avant de sa galerie couverte quand Gertrude arriva avec Damon. "Hé, bonjour, mon arrière-petite-fille, dit-elle.

— Mama Z, je te présente mon ami, Damon.

— Je suis ravi de faire votre connaissance", dit Damon.

Mama Z lâcha un rire. "Faire votre connaissance ? Tu viens de quel siècle, jeune homme ? Moi aussi, je suis contente de te rencontrer.

— Comment dois-je vous appeler ? demanda Damon.

— Appelle-moi Mama Z, comme tout le monde.

— Damon écrit des livres, dit Gertrude.

— Ah oui ? On peut peut-être te trouver un sujet pour le prochain livre.

— Je ne comprends pas, dit Damon.

— Qu'est-ce que tu sais du lynchage ? demanda Mama Z.

— J'ai quelques notions. J'ai écrit un livre sur la violence raciale.

— Je sais, dit la vieille femme. J'en ai un exemplaire dans la maison. C'est très…" – elle chercha le mot – "scolastique.

— Il me semble que vous l'entendez de manière péjorative."

Mama Z haussa les épaules.

Damon se tourna vers Gertrude, comme dans l'attente d'éclaircissements, mais elle aussi haussa les épaules. "Scolastique, répéta-t-il.

— Ne le prends pas mal, dit Gertrude.

— Ton livre est très intéressant, dit Mama Z, parce que tu es parvenu à construire trois cent sept pages sur un sujet pareil sans un iota de révolte."

Damon fut visiblement ennuyé par cette remarque. "Il y a toujours l'espoir que la recherche scientifique, dépassionnée, puisse générer la révolte appropriée.

— C'est joliment tourné, vraiment, fit Mama Z. Dis-moi, mon arrière-petite-fille, tu ne trouves pas que c'est joliment tourné ?

— Si, approuva Gertrude.

— Il se passe beaucoup de choses étranges dans le comté de Leflore, Damon, dit Mama Z. Et ailleurs aussi. Pas seulement dans le Mississippi. Des choses surnaturelles.

— Non, franchement ?" fit Damon en souriant à Gertrude.

Gertrude hocha la tête.

"La couleur te plaît ?" demanda Mama Z. Elle s'écarta du garde-corps de sa galerie.

"C'est noir, dit Damon.

— Je sais quelle couleur c'est, dit la vieille femme. Je t'ai demandé si ça te plaisait.

— Ce ne sera pas facile à voir dans le noir, dit Damon.

— C'est très vrai, petit, très vrai. Je veux que tu te le rappelles.

— Mais de quoi parlez-vous ? demanda-t-il.

— Gertrude, conduis Damon à l'intérieur, dans la bibliothèque, et montre-lui les archives.

— Viens, dit Gertrude. Il y a quelque chose à l'intérieur que tu dois voir. Tu veux un thé ?

— Non, pas de thé. Je veux juste en savoir plus et comprendre. Surnaturel ? Qu'est-ce qu'il y a de surnaturel ? Qu'est-ce que c'est que ces sornettes ? Et que sont ces archives ? Pourquoi se comporte-t-elle de manière si flippante ? Quelle idée de peindre une galerie couverte en noir ?" Damon traversa la pièce de devant sur les talons de Gertrude. Il observait les étagères. "Elle a beaucoup de livres."

Gertrude le conduisit dans la bibliothèque et d'un ample geste l'invita à considérer toute la panoplie d'armoires à classeurs.

"Qu'est-ce que j'ai sous les yeux ? demanda Damon.

— Ce sont les archives, dit-elle. Il y a ici un dossier pour presque chaque personne qui s'est fait lyncher dans ce pays depuis 1913."

Damon en eut la chique coupée. Des yeux, il passa en revue les armoires, d'un mur à l'autre. "Cette vieille femme a compilé tout ça ?" Il s'avança et fit courir ses doigts sur l'une des armoires.

"Ouvre. Lis.

— Pourquoi 1913 ?

— Mama Z est née en 1913. Peu après sa naissance, son père a été lynché. C'était un activiste du droit de vote. C'est le premier dossier.

— Combien y en a-t-il ? demanda Damon.

— Je ne sais pas.

— Comment est-ce qu'elle a fait tout ça ?

— Elle n'est pas comme nous autres", dit Gertrude.

53

“Le nom de ce type, c’est vraiment McDonald McDonald ?” dit le lieutenant Hal Chi, du comté d’Orange. Il se trouvait debout dans l’entrée d’une massive demeure de Huntington Beach. Des membres de la brigade criminelle lui passaient devant sans cesse en marchant ou en avançant à tout petits pas. Des flics en uniforme étaient postés devant chaque porte.

“Ouais, c’est son nom”, confirma son partenaire, Daryl Ho. Il jeta un coup d’œil à ses notes. “Sans lien avec le restaurant.

— N’empêche qu’il est plutôt aisé, dit Hal.

— Il paraît que c’est une fortune ancienne.

— On dirait pas. Regarde autour de toi. On se croirait dans un catalogue d’Abercrombie.

— Ouais. Ou Pottery Barn, fit Daryl.

— Bon. Quoi qu’il en soit, la maison a été achetée par des friqués, dit Hal.

— Oh, faut que tu voies ça, fit Daryl en fermant son carnet. La scène du crime est à l’étage. Les équipes sont intervenues sur le reste de la maison mais n’ont pas encore touché à cette pièce. À part deux ou trois photos. Le légiste y était, bien sûr.

— Eh bien, allons voir.”

Hal gravit les marches de l'escalier en colimaçon derrière Daryl. Ils ne marquèrent pas de temps d'arrêt devant la porte mais entrèrent directement.

"Putain d'merde", dit Hal. Il traversa la pièce et se pencha sur le corps d'un homme blanc vêtu d'un pyjama, la soixantaine, dégarni, et la gorge tranchée. "Bordel, c'est sacrément profond. Katana ?

— Bien vu, dit Daryl. Il est sous la fenêtre.

— Qui l'a découvert ?

— La bonne. Il vit seul. Non mais t'y crois, toi ? Une maison immense comme ça. Elle l'a trouvé, s'est précipitée en bas pour appeler les urgences. Les uniformes ont débarqué, trouvé le propriétaire et… " Daryl attira l'attention de Hal de l'autre côté de la pièce.

Hal, se retournant, découvrit un autre corps. *"Nĭ hăo"*, dit-il. Sans se pencher, il discernait le visage d'un Asiatique mort, âgé de quarante ans peut-être. "Qu'est-ce que tu fous là, *bèndàn* ?

— Regarde dans sa main, dit Daryl.

— Mais qu'est-ce que c'est que ça ? Mais t'as vu tout ce sang ?

— Tout semble indiquer que ce sont des testicules. Et pas les siens."

Hal se retourna pour regarder l'homme blanc. Il vit que la braguette du pantalon de pyjama était ouverte et maculée de sang. "Je croyais que le sang venait de sa gorge.

— En partie, sans doute, mais notre ami ici présent lui a arraché les castagnettes. En tout cas, c'est ce qu'on dirait.

— Le petit gars a fait ça avec un grand sabre, dit Hal. Mais qui l'a *tué* ?

— C'est au légiste de résoudre ça. Moi, je suis qu'un type ordinaire, avec un insigne, un pistolet et des menottes.

— Pas de papiers sur l'Asiatique ?"

Daryl fit non de la tête.

"J'en ai vu assez, dit Hal. Fais-les venir pour qu'ils examinent cette pièce aussi." Il regarda les lieux du crime. "J'arrive pas à me rejouer la scène. Et toi ?"

Daryl secoua la tête. "Moi non plus."

54

Le premier homme noir mort était toujours bien rangé dans son tiroir d'acier à Hattiesburg et le deuxième était en route. L'agent spécial du FBI Herberta Hind et les agents spéciaux du MBI Ed Morgan et Jim Davis étaient assis sur ce qui était devenu une banquette familière pour les deux hommes. Gertrude leur apporta trois verres d'eau avec glaçons et les salua.

"Gertrude, voici Herberta Hind, dit Jim. Elle est du FBI.

— Bureau du Flop Incorporated ? plaisanta Gertrude. Bureau Fédéral d'Intimidation ?" Elle se ressaisit. "Désolée. Ravie de faire votre connaissance."

Hind sourit, du moins autant qu'elle en était capable. "Ravie moi aussi, jeune fille. Votre badge indique Dixie.

— C'est mon nom de scène.

— Je vois.

— Est-ce que les gens vous appellent Berta ou Herberta ?" demanda Gertrude.

Hind considéra la jeune femme l'espace d'une longue seconde. "Dans ma famille, on m'appelait Herbie."

Tous quatre gardèrent le silence un moment.

"Je vais chercher votre café, dit Gertrude avant de s'éloigner.

— Bon, alors qu'est-ce qu'on fait maintenant ? demanda Jim.

— Je crois qu'on devrait suivre le corps, dit Ed. Est-ce qu'il y a un dossier pour ce cadavre que le meurtrier aurait pu utiliser ?

— Je pense que c'est ce qu'il faut faire. Vous me croirez ou pas, mon bureau n'affecte plus d'hommes, pardonnez l'expression, à notre enquête. Personnellement, ça ne me surprend pas. J'ai toutefois demandé à votre agence de me prêter vos services. Et ils ont accepté.

— Ça marche, boss, dit Jim. Donc, ma question demeure : on fait quoi, agent spécial Hind ?

— Herbie, dit-elle.

— Sérieux ?! fit Jim.

— Ça me va si ça vous va, dit-elle. Jim, je voudrais que, comme l'a dit Ed, tu suives le corps. Et que tu te renseignes sur ce meurtre à Chicago, où le type s'est fait arracher les couilles. Donc il va falloir que tu prennes l'avion demain."

Gertrude revint avec le café. "Vraiment désolée pour l'attente. J'ai dû refaire une cafetière.

— Gertrude, fit Ed, tu penses que tu pourrais présenter l'agent spécial Hind à Mama Z ?"

Gertrude hésita un instant puis dit : "Bien sûr.

— On devrait commander, dit Hind. Pour moi, ce sera le chili.

— Vous aimez le chili ? demanda Gertrude. Le sandwich au poulet, ce serait une idée aussi.

— Trois sandwichs poulet, dit Jim.

— Ça marche." Gertrude tourna les talons.

Hind la regarda s'éloigner. "Jolie fille. Vous lui faites confiance ?

— Il ne nous est pas venu à l'idée de ne pas le faire, dit Jim. Pourquoi, pas toi ?

— Je ne me fie pas à grand monde." Herbie Hind mit ses couverts en place et posa sa serviette en papier sur ses genoux. “Ed, je voudrais que tu te renseignes sur les hommes blancs qui sont morts ici à Money.”

Ed hocha la tête.

“Moi, je retourne Hattiesburg pour examiner les pièces à conviction et parler au légiste.”

55

Damon Thruff était assis à la table de la bibliothèque, au centre de la pièce pleine d'armoires à classeurs grises, un dossier rouge fermé posé sur la surface plane devant lui. Mama Z, appuyée contre le montant de la porte, l'observait.

"Alors, tu ne l'ouvres pas ? fit la vieille femme.

— Si, je vais finir par l'ouvrir", dit Damon. Il regarda autour de lui. "Je n'arrive pas à croire à tout ça. Comment avez-vous fait ?"

Mama Z haussa les épaules.

"Tous ?

— Je ne dirais pas tous. Beaucoup d'entre eux.

— Celui-là date de 1913, dit-il, ou était-ce une question.

— Exact, dit Mama Z. Mon père.

— Votre père a été lynché ?

— L'année de ma naissance. Il s'appelait Julius Lynch. Ce n'est pas une blague. Il a été pendu puis tué par arme à feu à cinq kilomètres au sud de Hattiesburg. Ma mère est morte de la scarlatine trois mois plus tard. J'ai été élevée par mon oncle, John Lynch. Mais rien de ce qui est là-dedans ne me concerne."

56

Julius Randolph Lynch

Date de naissance : 19 août 1859

Lieu de naissance : plantation Tacony, paroisse de Concorde, Louisiane

Mère : Catherine White, métisse, esclave

Père : Patrick Lynch, blanc, contremaître

Date du lynchage : 21 décembre 1913

Lieu du lynchage : sud de Hattiesburg, Mississippi, embranchement de la route 49

Document 1

Rapport de police du comté de Forrest

Cas # : 1221191381a

Date : 21 décembre 1913

Officier auteur du rapport : shérif adjoint Donald Sessions

Préparé par : shérif Larry Bolton

Incident : Le corps d'un homme noir de peau claire a été découvert à sept kilomètres au sud de Hattiesburg dans un bosquet de sycomores. L'individu a été trouvé attaché aux chevilles et aux poignets au moyen d'une sorte de câble gainé. L'individu a été trouvé pendu à une grosse branche d'un chêne par une corde brun clair passée en nœud coulant autour de son cou. L'individu a été déclaré mort sur les lieux par le médecin légiste. La cause du décès a été identifiée comme une blessure au couteau que la victime s'est infligée elle-même dans le cou. Le corps a été d'abord découvert par un métayer nègre nommé Chancey Boatwright. Il a signalé le corps à l'officier de police Donald Sessions, garé dans une station-service à un peu plus d'un kilomètre. Boatwright a été conduit au poste pour faire sa déposition puis relâché.

Déposition de Chancey Boatwright (recueillie par le shérif Bolton) : J'avais pris un raccourci depuis chez moi pour aller au drugstore de M. Sims. J'suis pas sûr quelle heure c'était. J'ai pas d'montre, mais c'était tôt. Le sol était encore tout humide de rosée. Le bout de mes bottes était noirci. J'voulais y être à l'ouverture. D'abord j'ai pas su ce que je voyais dans cet arbre, à cause du soleil derrière. J'ai cru qu'c'était p'têt' un cerf-volant, ou du linge qui séchait ou autre. Mais bon, en m'approchant j'ai vu qu'c'était un homme et, nom de Dieu, ça m'a fichu une trouille du diable. Ce pauvre type, on aurait dit qu'il avait plus de sang, plus une goutte. J'ai prié Dieu puis j'ai couru jusqu'à la station-service pour dire au pompiste d'appeler la police. Mais cet officier, là, ce Sessions, était là, et je lui ai dit ce que j'avais vu. Il m'a fait monter à l'arrière de sa voiture et il m'a emmené là où était le mort. Je suis resté planté là pendant qu'il jetait un coup d'œil.

Déclaration de l'officier de police Donald Sessions : À 9h30, je vérifiais la pression de mes pneus à la station-service de la route 49. Un nègre que je connaissais, du nom de Chancey, est arrivé en courant, tout excité, haletant comme un chien. Il a dit qu'il avait trouvé un homme lynché. Je lui ai ordonné de se calmer. Puis il est monté dans ma voiture de patrouille et m'a montré l'endroit où il avait vu le corps. J'ai identifié le corps comme étant celui du nègre nommé Julius Lynch. J'ai informé le shérif, qui a appelé le médecin légiste. J'ai inspecté toute la zone, sans trouver trace de qui que ce soit d'autre. Puis j'ai fouillé la zone en attendant l'arrivée du shérif et découvert ce qui ressemblait à un portefeuille et une paire de ce qui ressemblait à des lunettes. Le portefeuille ne contenait ni papiers d'identité ni argent.

Notes : Le corps de Julius Lynch fut réclamé par son frère, John Lynch. Le corps fut récupéré par les pompes funèbres de Pierce. Personne ne fut interrogé. Aucun suspect ne fut identifié. Personne ne fut arrêté. Personne ne fut inculpé. Ça n'intéressait personne.

57

Helvetica Quip, une tasse de camomille entre les mains, était assise au bureau en acier inoxydable de la salle d'autopsie se trouvant au sous-sol du quartier général du MBI à Hattiesburg. L'agent spécial Herberta Hind buvait une canette de Coca et tenait une mince cigarette non allumée entre les doigts de l'autre main.

"On ne voit plus guère de cigarettes aujourd'hui, dit Helvetica.

— J'en tiens à la main mais je ne les fume pas. Enfin plus. Mon père fumait le cigare, dit Hind. Il était agent de ménage à la Maison-Blanche.

— Vous voulez dire au 1600 Pennsylvania Avenue ?

— Oui, c'est ça.

— Ça devait être intéressant.

— Oui, c'est ce qu'on croirait. Surtout parce qu'il y était pendant la présidence Nixon. Mais d'après lui, ce n'était pas si palpitant. Il disait que Kissinger était poli, aussi surprenant que cela puisse paraître. John Dean était nerveux.

— Wow. Nixon, quand même.

— Mon père travaillait de nuit. Il disait que Nixon était toujours dans le Bureau ovale. Il devait souvent lui passer autour pour nettoyer parce que Nixon dormait à son bureau." Hind acheva son soda et jeta la canette vide dans la corbeille toute proche. “Il disait que Nixon l’avait vu plus de mille fois, sans jamais le saluer.

— Raciste ? demanda Helvetica.

— Ivre. Absent. Qui sait ?

— Je n’ai pas connu mon père.

— Il est parti quand vous étiez encore enfant ? demanda Hind.

— Non, il a habité dans la maison toute ma vie durant, mais je ne l’ai jamais connu. Il était anesthésiste, et on aurait dit qu’il s’endormait lui-même tous les jours. Je ne me rappelle même pas le son de sa voix. Je crois que moi aussi, il m’a endormie, et que c’est comme ça que j’ai fini par épouser un type aussi absent que lui. Vous voulez entendre un truc drôle ?”

Hind hocha la tête.

“Je suis tombée amoureuse de l’accent du Sud de mon mari. Non mais vous y croyez ? Un accent du Mississippi.”

Hind répondit en riant : “Eh bien, docteur Quip, je suis sûre qu’il est tombé amoureux de votre accent britannique si exotique.

— Mon accent ne semble pas impressionner qui que ce soit par ici.”

Hind considéra la chose un instant. “Mon père en était malade que je finisse par travailler pour le Bureau.

— Et pourquoi ?

— Il ne faisait pas confiance aux Blancs.

— Et pourtant, il travaillait à la Maison-Blanche, dit Helvetica.

— Il en appréciait même l’ironie.”

L’ordinateur placé derrière Helvetica se mit à sonner. “Mesdames et messieurs, voilà des infos, dirait-on.” Elle ouvrit une fenêtre à l’écran et l’examina. “L’ADN de notre deuxième cadavre appartient à un certain

M. Gerald Mister : « monsieur », en voilà un bon nom. Apparemment, Mr Mister a passé deux trois ans à la prison du comté de Cook. Relâché il y a déjà un moment. Mort l'an dernier. Et devinez quoi : son corps a été livré à Acme, Fournisseur de cadavres de Chicago. Le même que l'autre corps.

— Je suppose que c'est notre prochaine étape.

— Mais qu'est-ce qui se passe, bon sang, agent spécial Hind ?

— Je ne sais pas, docteur Quip. Je ne sais pas. J'ai envoyé Davis à Chicago."

58

Il faisait extrêmement froid à Chicago, du moins pour Jim Davis. Il venait de La Nouvelle-Orléans, et son corps le lui rappela quand le vent de Chicago vint le frapper de toutes parts. Il croyait s'être habillé de manière adéquate, avec un pardessus en laine en plus de sa veste de costume en laine, mais il avait tort. Jim se rendit au poste de police du secteur Brighton Park et entra dans le bâtiment surchauffé.

Il s'approcha de l'officier à l'accueil. "Je voudrais parler au sergent détective Daniel Moon.

— Et vous, vous êtes qui, putain ? demanda le gros officier.

— Agent spécial Jim Davis, du Bureau d'Investigations du Mississippi" dit-il, entendant résonner ses propres mots avec détestation.

— Ah ouais ? fit l'homme.

— Je fais partie d'une équipe inter-étatique qui travaille avec le FBI. Je peux avoir votre nom, officier ?"

L'homme se replia sur lui-même et prit le téléphone. "J'appelle le détective Moon. Asseyez-vous là-bas."

Jim s'assit dans un fauteuil contre le mur à côté d'une femme menottée. Il la salua d'un signe de tête.

"J'ai été interpellée pour prostitution, dit-elle.

— Désolé pour vous, dit Jim. Ils sont sévères là-dessus par ici ?

— Si on est dans la rue, fit-elle. Sur internet, dans les hôtels ou autres, ils s'en fichent.

— Vraiment ?

— Oh oui. Sauf si le réceptionniste à l'hôtel te repère et que ta tête lui revient pas. C'est ce qui m'est arrivé.

— Désolé, franchement." Jim ôta son pardessus.

"Cette espèce de fils de pute, dit-elle. Tout ça parce que je lui ai refusé une passe.

— C'est habituel ?" demanda Jim.

La femme le regarda fixement un instant puis se renfrogna. "Tu sais quoi, dit-elle, va t'faire."

Jim hocha la tête, laissa sa tête reposer contre le mur derrière lui.

"T'es qui pour me juger ?" dit la femme.

Sans ouvrir les yeux, Jim répondit : "Écoute, ma belle, je suis de La Nouvelle-Orléans, en Louisiane. Là-bas, on peut faire la pute tant qu'on veut du moment qu'on fait pas les poches du client. Alors t'énerve pas."

"Agent Davis ?" dit un homme.

Jim, en ouvrant les yeux, découvrit un grand Asiatique debout à côté de lui. "Je suis Moon. Suivez-moi."

Jim s'assit dans le fauteuil devant le bureau de Moon. Moon s'assit sur le bord de son bureau. "Alors vous vous intéressez au meurtre Milam.

— Vous avez observé les lieux, déclara Jim plus qu'il ne le demanda.

— C'est la pire chose que j'aie jamais vue.

— Y avait-il du fil de fer barbelé ? demanda Jim.

— Oui, il y en avait", dit Moon.

Jim tira une enveloppe en papier kraft pliée en deux de sa poche de pardessus. "Est-ce que la scène ressemblait à celles-ci ?"

Moon examina les photos puis releva des yeux écarquillés sur Jim. “Mais c’est quoi ce bordel ? Qu’est-ce qui se passe, putain ?

— Votre crime ressemble à ceux-là ?”

De nouveau, Moon regarda les photos. “Presque exactement. Sauf qu’il n’y avait qu’un corps.

— Il n’y avait aucun signe qu’un autre corps s’était trouvé là ? demanda Jim.

— Que voulez-vous dire ?

— N’avez-vous rien trouvé d’étrange ?” Jim se reprit. “En dehors de l’ordinaire. Rien qui vous taraude ?

— Les criminologues ont bien trouvé des fibres noires dont on ne s’explique pas la présence. Il n’y avait pas de trace de lutte, mais ces fibres doivent venir du meurtrier. Le laboratoire dit qu’elles étaient pourries.

— Est-ce que ça vous dérangerait de me montrer les lieux du crime ?”

Moon regarda Jim puis de nouveau les photos. “Ouais, je vous y conduis en voiture.

— Merci, détective.

— C’est sacrément moche, tout ça, vous savez ? fit Moon.

— Oui, je sais.

— Vous pourriez me dire ce qui se passe ?

— Je voudrais bien le savoir.”

59

Ed Morgan était un peu plus dans le flou que son partenaire quant à sa mission. Il lui incombait d'en apprendre autant que possible sur le compte des quatre victimes blanches. Le problème au départ était que, de son point de vue, les trois hommes et la femme étaient si peu remarquables qu'il n'y aurait pas grand-chose à découvrir. C'étaient des personnes simples au sens strict, et peu élogieux, du terme. Il n'était pas surprenant, dans une ville de cette taille, qu'ils se connaissent tous. De fait, Carolyn Bryant, Wheat Bryant et le Milam qu'on nommait Junior Junior étaient parents. Le médecin légiste, Fondle, était l'exception. Aussi Ed décida-t-il de commencer par lui. Il se rendit à son domicile, frappa. Fancel Fondle lui cria d'entrer. Il la trouva remplissant un fauteuil inclinable dans le salon.

"Veuillez m'excuser de vous déranger en ce triste moment, madame, mais je mène une enquête sur la mort de votre époux, dit Ed.

— Mais vous êtes pas shérif, putain, fit-elle.

— Non, madame, c'est vrai. Je suis du Bureau d'Investigations du Mississippi, à Hattiesburg. On m'a mis sur l'affaire.

— À Hattiesburg ?" Elle parut momentanément impressionnée.

"Oui, madame." Ed décida de saisir l'occasion. "Votre époux étant un officier du gouvernement, le Bureau accorde un intérêt tout particulier à son décès, aussi triste qu'inopportun.

— Allez vous faire foutre, dit-elle.

— Pardon ?

— Je suis peut-être grosse et blanche, mais je suis pas débile.

— Je m'excuse, madame Fondle.

— Alors c'est vous qu'on envoie.

— Je suis un agent spécial.

— Ben posez vos fesses là."

Le seul autre siège dans la pièce était un autre fauteuil inclinable, pas tout à fait assorti, en vinyle, à côté du sien. Le siège fit un bruit embarrassant quand Ed s'assit. "Désolé, fit-il.

— Tout le monde fait ce bruit en s'asseyant là, dit-elle. Vous savez, vous aussi vous pourriez vous permettre de perdre un peu de poids.

— Oui, madame. Veuillez m'excuser si je vous pose des questions auxquelles vous avez déjà répondu, dit Ed.

— Oh, c'est pas grave", dit-elle. Elle était plus jeune que son mari, peut-être la quarantaine, mais comment savoir, avec son poids et la rude vie qu'elle avait menée. Elle avait un léger strabisme. "Vous êtes plutôt sympa, en fait, dit-elle, pour un nègre. On dirait que vous avez fait des études. Vous avez fait des études ?

— Oui, madame. Dites-moi, voyez-vous qui que ce soit qui aurait pu vouloir faire du mal à votre époux ?"

Fancel Fondle étouffa un tout petit rire. "Y a sûrement un paquet de monde qui aurait voulu lui faire du mal, mais pas le tuer. Il était pas trop aimé.

— Je vois.

— Il croyait que d'être médecin légiste, ça faisait de lui quelqu'un de spécial, et les gens du coin l'entendaient pas de cette oreille. C'était pas un vrai médecin, vous le saviez ?" Elle prit une pastille à la menthe non emballée dans une coupe sur la table à côté de l'accoudoir et se la mit dans la bouche. "Mais on l'appelait docteur quand même.

— Il était révérend ? demanda Ed.

— Je suppose qu'on pourrait le dire comme ça. Je ne sais pas ce qui fait de quelqu'un un prêtre. Il est pas allé à l'école pour ça. Il prêchait. Mais putain, il était pas bon. Il se plantait toujours en citant la Bible.

— Peut-être était-il doué pour réconforter les gens", dit Ed parce que sa mère lui avait toujours appris à trouver quelque chose de bien et à dire quelque chose de gentil.

"Je ne dirais pas ça, dit Fancel Fondle. C'était plutôt un balourd. Je crois que c'est le mot. Il disait jamais les bonnes paroles.

— Il y a des gens qui le détestaient ?

— Personne en particulier, mais plein de monde en général, dit-elle en secouant la tête. Lui en tout cas, sûr qu'il détestait des tas de gens.

— Qui est-ce qu'il détestait ?

— Les gens de couleur, dit-elle. Désolée."

Ed haussa les épaules.

"Y a beaucoup de monde par ici qui déteste les gens de couleur. Lui, il en faisait partie, c'est tout.

— Vous n'avez pas l'air de beaucoup aimer votre mari. Pourquoi donc l'avez-vous épousé ?

— On est à Money, Mississippi, monsieur le détective. Comté de Leflore, Mississippi. Mon mari, il payait pas de mine, l'avait pas trop de conversation, mais il avait un métier stable. J'suis pas allée au bout du lycée, je chante comme une casserole, et j'suis pas belle à voir sans fringues. J'essayais juste d'avoir une vie. Une vie à moi."

Il regrettait d'avoir posé la question, se rendait compte qu'il n'aurait pas dû. "Donnez-moi deux ou trois noms de gens qu'il détestait.

— Il détestait Red Jetty, dit-elle. Oh, Red s'en serait jamais aperçu. Cad le lui montrait jamais en face. Il avait peur de lui, d'une certaine façon.

— Pourquoi est-ce qu'il le détestait ? demanda Ed.

— À cause du papa de Red.

— Le papa de Red ?"

Fancel Fondle examina Ed un long moment. "Le papa de Red Jetty a quitté le Klan il y a très longtemps, quand le papa de Cad, Philibert, était Grand Kleagle. Le papa de Cad avait détesté ça, il le traitait de traître et toutes sortes d'insultes pas ragoûtantes. Quoi qu'il en soit, un petit groupe de gens a quitté le Klan avec lui. C'est ça qui lui a vraiment pas plu, qu'il en ait entraîné d'autres avec lui. Il a transmis un peu de sa colère à son fils.

— Pourquoi le père de Jetty a-t-il quitté le Klan ? demanda Ed.

— Je ne sais pas. Une histoire de meurtre." Elle marqua une pause, de nouveau considéra Ed. "Je suis désolée de parler de ça avec vous.

— Pas de problème, madame.

— Une histoire de nè… de Noir qui s'était fait tuer." Elle se fourra deux autres bonbons dans la bouche. "C'est pour ça que je suis grosse.

— Êtes-vous en train de me dire que le père de votre époux a tué un homme ? demanda Ed.

— Je sais pas. Peut-être. Oui.

— Vous pensez que beaucoup de gens savaient qu'il avait tué un homme ? demanda Ed.

— C'était un de ces secrets que tout le monde sait." Elle marqua une pause, repoussa la coupe de bonbons. "À part ma femme de ménage, Sadie, vous êtes la première personne de couleur à entrer dans cette maison.

— Vraiment ?

— Vous êtes sympa.

— Votre époux était-il membre du Ku Klux Klan, madame Fondle ?"

Elle ne répondit pas.

"Plus rien ne peut lui faire de mal maintenant, dit Ed.

— Oui." Elle semblait avoir honte.

"Il faut que j'y aille, m'dame. Merci beaucoup du temps que vous m'avez accordé.

— Cad n'était pas vraiment agréable avec qui que ce soit, blanc ou de couleur, dit-elle.

— Oui, m'dame.

— Mais j'suppose que ça change rien pour vous." Elle secoua la tête.

"Non, madame."

60

Damon Thruff lisait les dossiers l'un après l'autre, un nom après l'autre. D'abord il veilla scrupuleusement à remettre chaque classeur à sa place précise avant d'en sélectionner un nouveau. Les vingt premiers environ se suivaient, mais à présent il les prenait au hasard dans n'importe quel tiroir de n'importe quelle armoire. Et il ne se donnait plus la peine de les remettre en place, plusieurs restant ouverts sur la table, exposés à l'air et à la lumière. Le plus dérangeant était qu'ils se ressemblent tant à la lecture, non que ce ne fût pas prévisible, mais la réalité du fait n'en était pas moins étourdissante. On aurait dit des zèbres, songea-t-il, dont aucun n'avait exactement les mêmes rayures que les autres, et pourtant qui aurait pu distinguer un zèbre d'un autre ? Il trouvait cela déprimant, non que le lynchage ait pu susciter aucune autre réaction. Toutefois, le crime, la pratique, la religion du lynchage devenaient plus pernicieux à mesure qu'il se rendait compte que les similarités entre leurs morts avaient fait disparaître ces hommes et ces femmes, les avaient fondus en un seul corps. Ils faisaient tous nombre mais ne comptaient pas, ils étaient nombreux et uniques à la fois, un symptôme, un signe.

Mama Z entra dans la pièce et posa un plateau en plastique avec du thé noir et des petits biscuits.

Damon regarda la femme puis la faible lueur venant du dehors par la fenêtre. "Est-ce déjà le soir ? demanda-t-il.

— C'est l'aube, dit la vieille femme.

— J'ai passé toute la nuit à ça ?"

Elle eut un petit "Mm-mmh" d'assentiment.

"C'est vous qui avez tout fait ?" demanda Damon.

Mama Z servit le thé. "Oui.

— C'est incroyable, dit-il.

— Je fais la chronique de l'œuvre du diable.

— Le diable ?

— Je ne crois en aucun dieu, monsieur Thruff. On ne peut pas s'asseoir dans cette pièce, toucher tous ces dossiers, lire toutes ces pages, et croire en l'existence d'un dieu. En revanche, je crois, comme toi, j'en suis certaine, au cercle du diable.

— Et de l'enfer ? demanda Damon.

— Et de l'enfer. C'est l'enfer, monsieur Thruff. Tu ne regardes pas autour de toi ? Les bébés sont plus malins que nous. On dirait qu'ils sont toujours en train d'essayer de se tuer. C'est pour ça qu'il ne faut pas les quitter des yeux, pour les empêcher d'avaler une pièce de monnaie, de boire du désherbant ou de gober du Doliprane comme des bonbons. Après on devient idiot et on veut vivre.

— C'est comment, d'avoir plus de cent ans ?

— Question idiote, dit la vieille femme.

— Désolé.

— Je n'ai pas dit que c'était une mauvaise question, ou déraisonnable."

On frappa à la porte.

"C'est sûrement Gertrude", dit Mama Z.

Gertrude se trouvait sur la galerie avec Herberta Hind. Gertrude ne savait pas comment frapper, d'abord trop doucement et puis trop fort. Hind la rendait nerveuse.

“Cette Mama Z, fit Hind, c’est votre grand-mère ?

— Arrière.

— Je n’ai jamais eu d’arrière-grand-mère. Enfin, si, bien sûr, mais je ne l’ai jamais connue. C’est quelque chose, les générations.”

La porte s’ouvrit et elles entrèrent. Mama Z n’était pas nerveuse. “Et qui m’as-tu amenée ? demanda-t-elle.

— Mama Z, voici l’agent spécial Hind, du FBI.”

Hind serra la main de la vieille femme. “Agent spécial Herberta Hind, du bureau de Washington, DC.

— Mazette, fit Mama Z, prenant l’air impressionné. “Herberta Hind.” Elle lança le nom dans les airs, comme si elle cherchait quelque chose. “J’espère que vos parents ne vous ont pas surnommée Herbie.” Elle éclata de rire.

Hind eut un petit rire poli. Elle ne montra aucune gêne mais à l’évidence était impressionnée par la vivacité d’esprit de la femme.

“L’agent spécial Hind mène l’enquête sur ces meurtres, dit Gertrude.

— Ah oui ? J’ignorais que le FBI enquêtait sur les meurtres, dit Mama Z. Je croyais que c’était l’affaire des autorités locales.

— Il pourrait y avoir une violation des droits civiques en jeu, dit Hind.

— Les droits civiques de qui ?

— Je ne sais pas encore.

— Je vous pose la question parce qu’il faut avoir des droits civiques pour qu’ils soient violés.” Mama Z laissa sa phrase résonner dans l’air. “Désolée. Pardonnez mes mauvaises manières. On peut s’asseoir ici. Gertie, sois gentille, fais-nous du thé et apporte des biscuits. Et veille à ce que le chat ne vienne pas nous déranger.”

Gertrude hocha la tête.

“J’aime bien les chats en fait, dit Hind.

— Celui-là perd ses poils par paquets, dit Mama Z. Votre tailleur serait tout sale avant que vous ayez le temps de dire *Mississippi Goddam**.” Elle fredonna presque les mots.

— Quel est votre nom de famille, Mama Z ? demanda Hind.

— Tout le monde m’appelle juste Mama Z.

— Mais pour mes notes.

— Lynch. Je m’appelle Adelaide Lynch.” À Gertrude : “Va nous chercher ce thé, ma chérie.” Gertrude sortit.

“D’où vient le Z ?

— Je ne me rappelle plus bien, dit la vieille femme. C’est plus facile à écrire qu’oméga.” Mama Z regarda Hind droit dans les yeux.

“Quel âge avez-vous ?

— Cent cinq ans.

— Vous avez l’air en pleine forme. Vous bougez sans problème. Vous vivez seule ?

— Oui.

— Incroyable. Quel est votre secret ?

— Le venin.

— Quoi ? demanda Hind.

— C’est comme ça que j’appelle ma tisane du soir, dit Mama Z, avant d’ajouter, sur le ton de la conspiration : j’ajoute du bourbon.

— Je vois.”

Elles restèrent un instant assises en silence.

“Il paraît que vous savez presque tout ce qui se passe dans le coin, dit Hind. J’imagine que c’est normal quand on a un siècle de vie.

* Chanson engagée écrite et interprétée par Nina Simone.

— J'en sais un peu.

— Vous savez pour le corps de l'homme noir qui est réapparu sur trois lieux de crime différents ?

— Vous êtes plutôt directe, hein ?

— Il n'y a pas vraiment d'autre façon de poser la question, fit Hind.

— J'en ai entendu parler. Tout ça est bien confus. Confondant ? Est-ce que ce serait le terme correct ? On dirait presque de la magie, non ?" Mama Z ouvrit le coffret en bois posé sur la table et en tira un cigare. "Vous en voulez un ?

— Non, merci." Hind regardait fixement le cigare et la vieille femme.

"Je sais que c'est excentrique, dit-elle. J'en fume un par jour depuis soixante-quinze ans. Peut-être que c'est le secret de ma longévité. Ça et le bourbon. Qui sait ? Vous avez déjà fumé le cigare ?

— Non, l'idée ne m'est jamais venue d'essayer.

— Ils sont horriblement chers, mais je trouve que ça vaut le coup. Ils viennent de Cuba. Je ne devrais sans doute pas vous le dire."

Hind balaya son inquiétude d'un geste de la main.

"Je ne voudrais pas vous mettre dans une position compromettante, dit Mama Z.

— Que pouvez-vous me dire des Bryant ?

— Eh bien, vous savez que Carolyn Bryant est la femme qui a accusé Emmett Till de lui avoir dit des choses.

— Une déclaration sur laquelle elle est revenue plus tard, fit Hind.

— Une fois que le coup est parti, c'est trop tard."

Hind hocha la tête.

"Ce que cette femme a fait à cet enfant pourrait bien ne pas être pardonnable même par l'un de ces chrétiens ou leur Dieu.

— Vous n'êtes pas chrétienne ? fit Hind sous forme de question.

— J'ai pas le pardon assez facile. Et vous ?"

Gertrude apporta un plateau avec du thé et des crackers.

"Merci, fit Mama Z. Tu peux nous laisser maintenant, pendant qu'on discute. OK ma douce, ma chère arrière-petite-beauté."

Gertrude ressortit.

"J'étais en train de vous demander votre religion, dit Mama Z en servant le thé. Vous êtes chrétienne ?

— Ça se pourrait. Je ne me suis pas encore décidée. Je le ferai quand je serai aussi sage que vous.

— On ne m'a jamais traitée d'ancêtre avec plus d'élégance." Mama Z sourit.

"On a pris un mauvais départ ou quoi ? demanda Hind.

— Je ne crois pas. Pourquoi ?

— Je sens de la tension, entre nous. Comme si vous ne me faisiez pas confiance. Vous me faites confiance ?"

Mama Z ne répondit rien.

"Et pourquoi non ? demanda Hind.

— Vous êtes du FBI.

— Je suis aussi une femme noire, dit Hind.

— Donc vous voyez mon problème.

— Mais je suppose que vous n'avez pas de problème avec les agents Morgan et Davis.

— Ils ne sont pas du FBI."

Hind poussa un soupir. "Non, mais ils sont du MBI. Question de lettre, non ?"

Mama Z considéra Hind quelques secondes durant puis se tourna vers la porte et lança : "Un peu plus d'eau chaude !

— Vous avez des raisons de craindre le FBI ?

— C'est une question rhétorique ?

— J'imagine.
— Mon père a été lynché.
— Je suis désolée, dit Hind.
— Ce sont des excuses officielles de la part du gouvernement des États-Unis ?
— De la part d'une femme noire.
— Encore une fois, dit Mama Z, vous voyez mon problème. Ce n'est pratiquement rien. Je n'ai rien entendu, et cela sonne exactement comme ça.
— Ne croyez-vous pas qu'il faut qu'il y ait des nôtres au FBI, à la CIA, au Congrès ? fit Hind.
— Non.
— Pourquoi ?
— Mauvaises fréquentations. Je n'ai pas de mauvaises fréquentations."

61

L'immeuble était insignifiant au sens où c'était la copie conforme de tous les autres du pâté de maisons, qui lui-même était la copie conforme de tous les autres du quartier. À l'intérieur, le seul signe distinctif de l'appartement n° 3, en haut à droite à l'avant de l'immeuble, était la rubalise de police jaune tendue devant la porte et le panonceau rouge de format A4 qui y était agrafé. Moon laissa Davis entrer dans l'appartement le premier. Jim regarda d'abord la lumière qui pénétrait par les stores ouverts de la baie vitrée côté rue, puis inspecta la pièce, se rappelant les photos de la scène du crime.

"Le corps était là, au sol, devant le canapé", dit Moon, montrant l'endroit de sa main ouverte.

Jim hocha la tête.

"Un vrai massacre, mais ce qui est étrange, c'est que tout semblait très propre. Enfin, il y a de la poussière maintenant, mais à ce moment-là il n'y en avait pas tant que ça. Et il était mort depuis plus d'une semaine quand on l'a découvert."

Jim hocha la tête. Il examina le sang noir desséché sur le tapis et le plancher en bois. "Pourquoi tout ce temps avant qu'on le découvre ?

— Personne ne l'aimait, je pense. Quant à la puanteur, tout le monde croyait qu'il y avait un rat crevé pris dans un mur quelque part.

— Ça se tient, dit Jim. Une intuition ?”

Moon fit non de la tête. “C’était franchement pas beau à voir. Avec ce fil de fer barbelé – un vieux bout très sale, tout rouillé – enroulé autour du cou, qui l’avait presque traversé. Vous savez la force qu’il faut pour faire ça ?

— Donc, vous, vous le savez ?

— Les gars du labo de criminologie disent que deux hommes qui tireraient de chaque côté n’y arriveraient pas. Qu’est-ce que vous pensez de ça ?

— J’essaie de ne pas y penser.” Jim s’approcha et regarda dans le réfrigérateur. “Trois bières bon marché et un pot de moutarde.

— Exactement ce qu’on a trouvé.

— Un gourmet.

— Votre intuition ? demanda Moon.

— Aucune, putain.

— Où allez-vous à présent ?

— Vous me croirez ou pas, je vais à un endroit nommé Acme, Fournisseur de cadavres de Chicago. Vous voulez venir avec moi ? En fait, j’aimerais que vous veniez. Votre insigne fera plus d’impression que mon bouclier du Mississippi.

— Ça marche, fit Moon. J’en suis.”

62

Ed Morgan se trouvait devant la maison de l'assistant du légiste, Dill. Il ne le connaissait que sous ce nom, Dill. L'homme vivait avec sa mère, à qui tous faisaient toujours référence par son nom et son prénom, Mavis Dill. La cour envahie par une herbe qui manquait d'eau était en piteux état. Plusieurs bancs en béton se trouvaient devant la maison, plus qu'il ne semblait nécessaire ou même utile, et l'un, brisé, formait un V. La Buick Riviera du milieu des années 1970 était garée dans l'allée, près de la porte du garage, le pneu arrière droit à plat depuis un moment. Le coffre et le pare-chocs arrière étaient couverts d'autocollants : Si les Armes sont mises hors-la-loi, seuls les hors-la-loi auront des armes ; Sans le Deuxième Amendement, pas de Premier Amendement ; Défendez l'Amérique, votez républicain ; Son Sacrifice, ton Bénéfice ; Quand les trompettes sonneront, je dégage ; WHTE AM Radio ; TRUMP président ; Mon autre voiture est aussi une Buick. Derrière la Riviera se trouvait une Datsun B210 datant du milieu des années 1970, complètement rouillée.

Ed frappa.

Dill vint ouvrir. Il ne parut pas surpris de voir le détective. Il recula pour laisser entrer Ed. “J'avais entendu dire qu'vous étiez bizarre”, dit-il.

Ils s'assirent dans ce que Dill nommait la pièce de devant, tous les deux sur le canapé. Ed commençait à prendre l'habitude d'être assis à côté de la personne qu'il interrogeait. "Votre mère est là ? Tout le monde parle d'elle, on dirait.

— Ouais, c'est vrai. Elle dort. Mavis Dill." Il laissa planer en l'air le nom qu'il avait prononcé.

"Pourquoi est-ce qu'elle est si connue ?

— Je suppose que c'est parce qu'elle connaît les histoires de tout le monde, apparemment. Que ça la regarde ou pas. C'est la commère de la ville.

— Et tout le monde vous appelle juste Dill. Vous avez un prénom ?"

Dill hocha la tête, d'un air timide. "C'est Pick. Et mon deuxième prénom, c'est Leon.

— Pick L. Dill* ? OK, je vois."

Dill étouffa un petit gloussement. "Ç'a été dur à l'école.

— Je veux bien le croire." Ed regarda par la fenêtre. "Parlez-moi de votre patron.

— Il est mort.

— Mais avant.

— Avant j'aurais bien voulu qu'il meure. Mais je ne l'ai pas tué. C'était une merde humaine ambulante, mais je ne l'ai pas tué." Dill dit tout ça sans sourciller.

"Qu'est-ce qui ne vous plaisait pas chez lui ? demanda Ed.

— Il avait franchement rien pour plaire. C'était un ignare fanatique qui se faisait passer pour un dévot. Il s'est retrouvé légiste et s'est fait une niche bien confortable. Il déclarait les causes de décès selon son humeur, jamais en fonction d'un examen scientifique. C'était un criminel.

* On entend *pickle dill*, cornichon à l'aneth.

— Racontez-moi.

— Bon, ben il est mort maintenant, hein, donc c'est pas comme si vous pouviez l'arrêter ?

— Je pourrais essayer", dit Ed.

Cela fit rire Dill.

"Juste entre nous, ça ne m'intéresse même pas de savoir qui l'a tué. Je veux juste démêler cette embrouille. C'est mon boulot, en gros.

— Vous voulez un café ? J'ai que du déca." Dill était nerveux à présent.

"Non, pas de café, merci. Il y a quelque chose qui ne va pas ? demanda Ed.

— Non.

— Donnez-moi un exemple de l'un des délits de Fondle.

— J'vais vous dire. J'ai peur de m'impliquer moi-même. Parce que j'ai bel et bien fait ce qu'il me demandait de faire. Je voulais pas perdre mon boulot."

Ed lui adressa un sourire qu'il espérait rassurant. "Comme je vous l'ai dit, vous pourriez bien avoir tué Fondle que je m'en ficherais. J'essaie juste de comprendre ce qui se passe. Des corps qui disparaissent, c'est une nouveauté.

— Ça, vous l'avez dit." Dill prit une longue et profonde inspiration. "Il y a quatre ans environ, un officier de police est venu nous informer de la présence d'un corps à l'arrière de l'ancien bâtiment réfrigéré. Il est à l'abandon maintenant. Quelqu'un a essayé d'en faire un dancing il y a quelque temps, mais on est à Money, Mississippi. Pas question de danser.

— Ah non ?

— Vous savez pourquoi les baptistes baisent pas debout ? demanda Dill.

— Dites-moi.

— Ils ont peur que quelqu'un croie qu'ils sont en train de danser."

Ed hocha la tête.

"Quoi qu'il en soit, cet homme noir était mort, son corps jeté dans une décharge, après avoir reçu une balle dans la nuque. Calibre 38 ou peut-être 45. Un gros trou." Dill se posa la main sur la nuque pour montrer. "L'officier de police n'est plus là, Jetty l'a viré, je crois. Il avait l'air franchement nerveux. Il a parlé à Fondle pendant très longtemps. Et vous savez ce qu'a fait Fondle ?"

Ed fit non de la tête.

"Il a tapé *suicide* sur la ligne de la cause du décès. Comme ça, tout simplement ! Qui est-ce qui pourrait aller dans une décharge pour se tirer une balle dans la nuque ?

— Quel était le nom de l'officier ? demanda Ed.

— J'aurais dû dire quelque chose à l'époque. Mais à qui ?

— Le nom de l'officier ?

— Moutarde, ou Ketchum ? Je me rappelle que ça me faisait penser à un condiment. Mayo, c'est ça. Mayo. J'ai oublié son prénom. Si je l'ai su un jour.

— Il est toujours dans le coin ?

— Ça fait une éternité qu'il est parti.

— Et la victime, quel était son nom ?

— Garth Johnson. Je me rappelle parce que je me suis dit *Garth, on dirait un nom de Blanc*, même si je sais qu'il y a pas de nom blanc ou noir, mais vous voyez ce que je veux dire.

— Je suppose que oui.

— Genre, si un Blanc avait un nom comme LaMarcus, vous vous rappelleriez, non ?

— Sans doute. Qui a identifié le corps ?

— On le connaissait tous. Il travaillait à la station-service. Il vivait dans le Derrière, bien sûr.

— Il avait de la famille ? Quelqu'un est-il venu pour l'identifier officiellement ?"

Dill secoua la tête. "S'il avait de la famille, moi, j'en savais rien."

Ed desserra sa cravate. Il était en colère.

"Je suis sûr que ce n'est pas la seule fois que Fondle a fait un truc de ce genre, reprit Dill.

— À part vous, qui aurait pu vouloir tuer Fondle, à votre avis ?

— Tout le monde, je pense.

— Comment a-t-il fait pour rester à son poste ? demanda Ed.

— Difficile de le perdre si on est le seul qui postule.

— Vous voyez quelqu'un qui aurait pu vouloir la mort de Wheat Bryant ou de Junior Junior Milam ?

— C'étaient pas des cadeaux, mais non, je vois pas.

— Merci, monsieur Dill.

— Vous savez, je suis revenu dans cette ville de merde pour m'occuper de ma mère."

Ed hocha la tête.

63

Gertrude partit avant la fin de l'entretien entre l'agent spécial Hind et Mama Z. Elle emprunta le pickup de Mama Z parce qu'elle avait laissé sa voiture en ville pour monter dans le véhicule de la femme du FBI. Elle prit vers le sud, en direction du Bluegum. C'était fermé mais elle composa un code sur le boîtier à la porte et entra. Elle traversa la salle à manger, puis la cuisine, et pénétra enfin dans une grande pièce bien éclairée. Un soleil éclatant se déversait par un ensemble de lucarnes. Les murs étaient d'un blanc impeccable, sans fenêtres, et le sol était couvert de tatamis de diverses couleurs et épaisseurs. Dessus, une vingtaine d'hommes et de femmes vêtus de kimonos noirs pratiquaient les arts martiaux. Deux femmes luttaient à coups de longues lances, leur tête pivotant sauvagement tandis qu'elles évitaient les pointes affûtées. Trois hommes encapuchonnés s'entraînaient à donner des coups de pied dans des poteaux recouverts de corde. Un autre s'entraînait à disparaître. Gertrude le savait seulement parce qu'elle avait vu l'un d'eux se fondre dans les ombres un autre jour. Chester, tout au fond de la pièce, à l'angle, brisait des briques en série avec son front. Gertrude inhala l'air chargé de sueur, sourit.

“Qui a laissé entrer la Blanche ? demanda une femme de petite taille.

— OK, fit Gertrude. On a bien les yeux en face des trous ?

— Pile en face.”

Un homme de grande taille s’avança vers Gertrude. Il se gratta la barbe et fit : “Ça alors, mais c’est Dixie et Pixie.”

La femme plus petite fit : “Tu sais que je peux te botter le cul.

— J’aimerais qu’elle blague, dit l’homme à Gertrude. Bon, alors, on fait parler de nous ?

— Oui.”

64

Damon Thruff écrivait avec un crayon 2H qu'il retaillait sans cesse avec son couteau de poche Phi Beta Kappa de l'université. En un crissement prolongé, il inscrivait un nom après l'autre sur les lignes d'un bloc-notes jaune. Crissement, nom, en boucle :

Bill Gilmer
Shedrick Thompson
Ed Lang
John Henry James
Charles Wright
Henry Scott
Arthur Young
George Dorsey
Mae Dorsey
Dorothy Malcom
Eugene Hamilton
Paul Booker
James Jordan
W. W. Watt
Lemuel Walters
George Holden
Will Wilkins
John Ruffin
Henry Ruffin
Eliza Woods

Anderson Gauss
Huie Conorly
Dago Pete
Laura Nelson
William Fambro
Isadore Banks
homme non identifié
Tony Champion
Michael Kelly
Andrew Ford
Henry Hinson
homme non identifié
Charles Willis
William Rawls
Alfred Daniels
Manny Price
Robert Scruggs
Jumbo Clark
Jack Long
Henry White
homme non identifié
Rev. Josh Baskins
Bert Dennis
Andrew McHenry
Stella Young
Abraham Wilson
George Buddington
Albert Martin
homme non identifié
femme non identifiée
Richard Puryear
John Campbell
John Taylor
Ernest Green

Charles Lang
Ed Johnson
Andrew Clark
Alma Major
Maggie House
Nevlin Porter
Johnson Spencer
James Clark
Levi Harrington
Jack Minho
Elbert Williams
Will Brown
Wyatt Outlaw
John Stephens
Perry McChristian
Felix Williams
homme non identifié
Bartley James
John Campbell
Eugene Williams
Robert Robinson
Bob Ashley
Cleo Wright
Lemuel Walters
Benny Richards
Lloyd Clay
Henry Prince
Jim Waters
Frank Livingston
William Miller
Berry Washington
James Chaney
James Jordon
George Armwood

Sydney Randolph
George Taylor
James Carter
Emmett Divers
Smiles Estes
Dick Lundy
Jennie Steers
homme non identifié
16 hommes adultes
John Peterson
Frank Morris
James Byrd Jr
Albert Young
James Reeb
Frazier Baker
James Scott
Joseph Smith
Francis McIntosh
George White
Zachariah Walker
Tom Moss
homme non identifié
homme non identifié
Calvin McDowell
Elias Clayton
Elmer Jackson
Isaac McGhie
Will Stewart
John Holmes
Thurmond Thomas
Elijah Lovejoy
Amos Miller
Jim Taylor
Elwood Higginbotham

Wade Thomas
Nelson Patton
David Jones
Ephraim Grizzard
Samuel Smith
11 hommes adultes
Angelo Albano
Ficarotta Villarosa
Lorenzo Saladino
Arena Salvatore
Giuseppe Venturella
Francesco DiFatta
Giuseppe DiFatta
Giovanni Cerami
Rosario Fiducia
Sanford Lewis
homme non identifié
Miles Phifer
Will Temple
Robert Crosby
John Heath
Matthew Williams
David Walker
Annie Walker
4 enfants de David et Annie Walker
George Grant
Raymond Gunn
Henry Lowry
Sam Hose
Jan Hartfield
Bunk Richardson
Lee Heflin
Madame Wise
Dave Tillis

George Hughes
William Shorter
Joseph Dye
Orion Anderson
H. Bromley
Allie Thompson
Charles Craven

"Bon, la volaille est partie", dit Mama Z en entrant dans la salle des archives. Elle observa les dossiers ouverts et l'allure hirsute de Thruff.

Damon leva les yeux.

"La dame du FBI", dit Mama Z. Elle examina les yeux rougis de Damon puis de nouveau les pages devant lui. "Qu'est-ce que tu fais ?

— J'écris leurs noms à la main." Damon tailla son crayon au-dessus d'une feuille de papier blanc.

Mama Z tira le bloc-notes vers elle et regarda la liste. "Pourquoi fais-tu ça ? demanda-t-ellc.

— Quand j'écris leurs noms, ils deviennent réels, et plus seulement des statistiques. Quand j'écris leurs noms, ils deviennent réels de nouveau. C'est presque comme s'ils obtenaient quelques secondes de plus ici-bas. Vous voyez ce que je veux dire ? Je n'aurais jamais été capable d'inventer tant de noms. Les noms doivent être réels. Ils doivent l'être. N'est-ce pas ?"

Mama Z posa une main contre la tempe de Damon. "Pourquoi au crayon ?

— Quand j'aurai fini, je vais effacer chaque nom, les libérer.

— Continue, mon enfant", fit la vieille femme.

Benjamin Thompson
John Parker
Joseph McCoy
Magruder Fletcher
Adam
Abraham Smith
Joe Coe
Emmett Till
Anthony Crawford
Leo Jew Foo
Leo Tim Kwong
Hung Qwan Chuen
Tom He Yew
Charles Wright
Claude Neal
Dick Rowland
Mar Tse Choy
Leo Lung Siang
Yip Ah Marn
Leo Lung Hor
Leo Ah Tsun
Leans Ding
Eli Persons
Fred Rochelle
Henry Smith
Jim McIlherron
Yuen Chin Sing
Hsu Ah Tseng
Chun Quan Sing
Jesse Washington
John Carter
July Perry
Leo Frank
Mary Turner

Rueben Stacey
Sam Carter
Slab Pitts
Thomas Shipp
Willie Earle
Will James Howard
Ah Wang
Dr Chee Long Teng
Chang Wan
Ah Long
Matthew Shepard
Wan Foo
Day Kee
Ah Waa
Ho Hing
Lo Hey
An Won
Wing Chee
Wong Chin
Charles Mack Parker
homme non identifié
Michael Donald
Johnny Burrows
Ah Cut
Wa Sin Quai
2 hommes adultes
homme non identifié
femme non identifiée
James Byrd
Jimmy Actchison
Willie McCoy
Emantic Fitzgerald Bradford Jr
D'ettrick Griffin
Jemel Roberson

DeAndre Ballard
Botham Shem Jean
Antwon Rose Jr
Robert Lawrence White
Anthony Lamar Smith
Ramarley Graham
Manuel Loggins Jr
Wendell Allen
Trayvon Martin
Kendrec McDade
Larry Jackson Jr
Jonathan Ferrell
Jordan Baker
Victor White III
Dontre Hamilton
Eric Garner
John Crawford III
Michael Brown
Ezell Ford
Dante Parker
Kajieme Powell
Laquan McDonald
Akai Gurley
Tamir Rice
Rumain Brisbon
Jerame Reid
Charly Keunang
Tony Robinson
Walter Scott
Freddie Gray
Brendon Glenn
Samuel DuBose
Christian Taylor
Jamar Clark

Mario Woods
Quintonio LaGrier
Gregory Gunn
Leo Sun Tsung
Leo Kow Boot
Yii See Yen
Leo Dye Bah
Choo Bah Quot
Sai Bun Ning
Leo Lung Hong
Leo Chih Ming
Liang Tsun Bong
Époux Ah Cheong
Lor Han Lung
Ho Ah Nii
Leo Tse Wing
Akiel Denkins
Alton Sterling
Philando Castile
Terrence Sterling
Terence Crutcher
Keith Scott
Alfred Olango
Jordan Edwards
Stephon Clark
Danny Ray Thomas
DeJuan Guillory
Patrick Harmon
Jonathan Hart
Maurice Granton

65

Acme, Fournisseur de cadavres de Chicago, se trouvait juste au nord de l'aéroport Midway, un bâtiment en forme de crêpe coincé entre une agence de location de voitures et un supermarché d'alimentation à l'air maussade. Une femme solitaire était assise au bureau solitaire surmonté d'un panneau “Réception” dans le très grand et très dépouillé hall d'entrée. Cette femme, qui était bien loin d'être jeune, mais n'avait pas encore atteint l'âge mûr, couverte d'une surcharge de tatouages et un peu éprouvée par le temps, leur adressa un demi-sourire. Son carré court de cheveux blonds oscillait au-dessus de son cou infesté de texte. Malgré le froid, elle portait un mince débardeur blanc. Elle ne parut pas surprise de les voir, mais pour tout dire elle n'avait pas non plus vraiment une allure de réceptionniste. Jim vint se placer devant son bureau et observa les murs nus tout autour.

La femme le regarda fixement.

“Pas de « Je peux vous renseigner ? » ou « Bienvenue chez Acme, Fournisseur de cadavres » ? fit Jim.

— Bienvenue chez Acme, Fournisseur de cadavres de Chicago. Refroidi ? C'est congelé. Je peux vous renseigner ?

— Nous aimerions parler avec une personne du service des archives ou de la comptabilité.

— Poignardé ? C'est embaumé.

— Je suis l'agent spécial Davis, et voici le détective Moon." Jim ne voulait pas dire Mississippi.

"Trucidé ? C'est restauré.

— OK, je m'excuse, dit Jim.

— On voudrait parler au directeur, madame, dit Moon.

— Et moi donc, fit-elle. Je me pointe tous les matins, je m'assieds à ce bureau, je lis trois romans d'amour, pis je rentre chez moi. Mon chèque m'attend sur le bureau le vendredi tous les quinze jours.

— Personne ne vient jamais dans ce hall ? demanda Moon.

— Autant que je sache, ils sont tous morts, là-derrière. Et je risque pas d'aller vérifier. Vous me comprenez."

Les hommes hochèrent la tête.

"Comment on y va, derrière ?" demanda Jim. La femme montra une porte à l'autre bout de la pièce. "Je suppose que c'est la porte qui donne sur l'arrière. C'est la seule porte. Vous pouvez essayer, pas de problème.

— Merci", dit Jim.

Leurs pas ne faisaient pas tant de bruit sur les dalles en lino, mais l'écho était dément. Se retournant, Jim vit que la femme s'était remise à lire. "Vous avez lu le tatouage sur son cou ? demanda Jim.

— J'ai pas réussi à déchiffrer.

— *Briser en cas d'urgence.*

— Sans déconner…

— Non, clair comme de l'eau de roche.

— Je comprends même pas, dit Moon.

— Qu'est-ce qu'il y a à comprendre ? Elle doit être folle."

Jim essaya la poignée de porte mais elle était verrouillée. Il frappa bien fort, comme un flic, et tendit l'oreille. Rien. Il frappa plus fort, avec l'urgence de la police. L'écho était pire que celui de leurs pas.

Finalement, la porte s'entrouvrit d'un centimètre. Un petit homme les regarda par la minuscule ouverture. "Qu'est-ce que vous voulez ?" Il avait un accent, peut-être hispanique.

"Nous voudrions parler au directeur, dit Jim.

— Vous avez frappé à sa porte ? Personne ne frappe jamais à sa porte. Ça fait quinze ans que je travaille ici et personne n'a jamais frappé à sa porte." L'homme semblait perturbé.

"Ma foi, c'est ce que nous venons de faire, dit Moon. Bon, laissez-nous entrer et conduisez-nous au directeur avant que je vous descende."

La porte s'ouvrit en grand d'un coup.

L'entrepôt était glacé. Il n'y a pas grand-chose qui aurait pu préparer Jimmy Moon à ce qu'ils virent. Les lumières étaient assez vives pour les aveugler un peu, même s'ils ne venaient pas du noir complet. On aurait dit un pressing, sauf que, au lieu de chemises, corsages et vestes, des cadavres d'hommes et de femmes passaient en glissant sur des rails suspendus. Plus loin, au centre de la pièce, défilaient des cadavres nus, de la tête aux pieds, sur un tapis roulant. La musique des Jackson Five donnait à plein volume. *A-B-C. One two three.* Des banderoles des Chicago Bears et des Chicago Bulls pendaient au plafond à un peu plus de six mètres au-dessus d'eux. Jim se tourna vers Moon, lui jeta un bref coup d'œil oblique. Le détective se gratta le menton et haussa les épaules. Le morceau d'après était Marvin Gaye. Mais qu'est-ce qui se passait ?

“Comment vous appelez-vous ? demanda Jim au petit homme.

— Ditka.

— Comme Mike Ditka ? demanda Moon.

— Aucun rapport, fit l’homme.

— Alors d’où vient l’accent espagnol ?

— C’est rigolo.

— Où est le directeur ?” demanda Moon.

Ditka montra un bureau en haut d’une volée de marches, derrière le tapis roulant.

“Que faites-vous ici ?” demanda Jim.

L’homme ne parut pas vouloir répondre.

“Monsieur Ditka ?

— OK. Je suis cureur de mamelons.” Quand les détectives le regardèrent, il reprit : “On peut pas envoyer ces corps aux écoles de médecine tout dégueulasses.

— Vous ne faites que ça, laver des mamelons ? demanda Moon.

— D’abord, je récure les mamelons. Et je lave aussi, mais sans récurer, les parties génitales.

— Vous êtes laveur de couilles ? demanda Jim.

— Comme je vous disais, le bureau est là-haut.”

Les marches branlantes étaient un tantinet plus éprouvantes que la promenade au milieu du défilé de corps. Jim, par nature un peu sujet au vertige, essaya de ne pas regarder en bas tandis que l’escalier tremblait en cliquetant sous leurs pas. L’intérieur du bureau était tapissé, aux murs comme au plafond, de photos de femmes nues en double page. La seule personne qui s’y trouvait était une espèce d’androgyne, grand et vieux, en combinaison de travail bleu pastel, qui se retourna pour leur faire face quand ils entrèrent. À la différence du reste du bâtiment, cette pièce était surchauffée.

“Qui êtes-vous et que voulez-vous ?

— Je suis l'agent spécial Davis et voici le détective Moon.

— Et donc ?

— Quel est votre nom, monsieur ?

— Chris Toms. Je suis le directeur de cette entreprise. J'y travaille depuis son ouverture en 75." Chris Toms sourit. "1975.

— Merci pour la clarification.

— J'en suis aussi propriétaire."

Jim baissa les yeux vers l'étage du dessous et crut voir un homme donner un coup de pied dans un crâne. Il regarda de plus près et se rendit compte qu'il voyait deux hommes en train de jouer au foot avec une tête. "Putain de bordel. Moon, regardez."

Ce qu'il fit. Tous deux se tournèrent vers Toms.

"Hé ! Il est mort, le gars, fit Toms.

— Où est le reste du gars en question ? demanda Moon.

— Je ne sais pas. Pittsburgh, peut-être. En tout cas, une partie. Nous envoyons des cadavres complets ou des morceaux de cadavre dans tout le pays. C'est ce en quoi consiste notre entreprise.

— Et ça fonctionne comment exactement, cette entreprise ? demanda Jim.

— Des gens meurent tous les jours – vous le savez, n'est-ce pas ? Et beaucoup d'entre eux n'ont personne. Personne ne réclame les corps, alors on s'en charge. On les nettoie pour les envoyer à des laboratoires et des écoles de médecine sur tout le territoire. D'une certaine façon, on sauve des vies.

— OK, pigé, dit Jim. Dans la mesure où personne ne semble s'intéresser à ces morts, vous êtes peut-être un peu moins scrupuleux dans les inventaires de votre, votre marchandise ?

— Marchandise ?” Toms laissa le mot s’épanouir en bouche. “Ça me plaît.

— Est-ce que vous tenez des comptes stricts ? Si je vous disais qu’il manque un de vos corps, disons, celui de Gerald Mister, pourriez-vous retrouver où il a été envoyé et quand ?

— D’abord, ce ne sont pas mes corps.

— OK, fit Jim.

— Comme je l’ai dit, ils sont tous morts, ces gens.”

Moon se pencha pour examiner la salle en dessous. “Est-ce qu’ils sont en train de se faire des passes avec un œil ?

— Hé, j’vous rappelle qu’ils sont morts. Personne s’intéressait à eux quand ils étaient en vie, et putain c’est sûr que personne s’intéresse à eux maintenant qu’ils sont…” Toms marqua une pause pour souligner l’effet. “Morts. Sauf vous deux, apparemment.

— Vous ne trouvez pas ça un peu sacrilège ? demanda Jim.

— Ils sont morts ! Morts. Morts. Morts. Sacrilège ? Y a pas d’âmes là en bas, que des bras, des jambes, des mains, des têtes et des coudes, des langues, des testicules et des mamelons, des oreilles et des yeux. Il vous faut un œil, on vous expédie un putain d’œil. Y a pas de plaque d’identité qui va avec, ni hommage. Vous recevez juste un œil.

— Est-ce que vous avez seulement des archives ?

— Je sais où récupérer des cadavres. Je sais comment les stocker, les emballer, et à qui les envoyer. Je sais payer mes gens vivants, et mes putains d’impôts. Dites-moi ce que vous voulez, parce que personne n’enfreint la loi ici.

— Est-ce qu’il est déjà arrivé que des colis disparaissent ? demanda Jim. Soit sur le chemin d’ici soit en route vers leur destination.”

Toms regarda dehors par la fenêtre. “Vous savez, ils sont considérés comme des déchets dangereux. On ne me demande pas de garder la trace de leur identité, mais je dois rendre compte de chacun d’eux sans exception. Cela dit, en fait, personne ne nous contrôle. Ce n’est jamais arrivé. Il n’y a pas de bureau pour ça. Pas de contrôle de cadavres d’État.

— Qu’est-ce que vous essayez de nous dire, mons…” Jim se reprit, ne sachant pas si c’était monsieur ou madame. “Oui, quoi donc ?

— Vous ne me ferez pas d’ennuis ?

— Non, aucun.

— Un camion a disparu il y a deux mois environ. Nous avons retrouvé la cabine mais pas l’arrière.

— Et à l’arrière ?

— Vingt et un cadavres.

— Où a-t-on retrouvé le camion ? demanda Jim.

— Au sud de St Louis.

— Et le chauffeur ?” Jim avait sorti son carnet de notes. “Où est-il ?

— Personne ne sait. Il avait un drôle de nom. Charles Hobbit ou une connerie comme ça.” Toms alla consulter ses dossiers, fouilla dans la pile, en retira une chemise. “Le voilà. Chester Hobsinger. J’étais pas loin. J’sais pas ce qu’il est devenu. Un drôle de zozo.

— Comment ça ? demanda Moon.

— Je ne sais pas. Il avait l’air louche. Il a accepté le boulot et il est parti au volant de mon camion. Et je l’ai plus revu. Voici une photocopie de son permis.

— Puis-je emporter cette photocopie ? demanda Jim.

— Je n’en ai pas besoin. Drôle de zozo. Les gars de l’entreprise l’appelaient Blégro.”

Jim pencha la tête de côté.

“Vous savez, un Blanc qui voudrait être noir.”

66

Daryl Ho, assis à son bureau, raccrocha et regarda son partenaire face à lui.

"Du nouveau ? demanda Chi.

— En quelque sorte. Tu te rappelles notre Asiatique mort ?"

Chi le dévisagea.

"Le légiste l'a perdu.

— Comment ça ?

— Un technicien l'a mis dans un tiroir et après le tiroir était vide, fit Ho. Ils ont vérifié tous les tiroirs. Plus de jaune.

— Bon, ben allons voir cette boîte vide", fit Chi.

Quand Chi et Ho arrivèrent devant les bureaux du légiste, les équipes de télé s'y trouvaient déjà, à tirer des câbles, manipuler des caméras, faire des tests de son, et surtout à boire du café en bâillant.

"Est-ce que c'est vrai que l'OCPD* a perdu un corps ?" demanda une femme à Ho, lui fourrant un micro sous le nez.

* "Oklahoma City Police Department" (et aussi *obsessive compulsive personality disorder* – trouble obsessionnel compulsif).

— L'OCPD n'a rien perdu du tout, ni personne." Puis, regrettant d'avoir parlé : "Pas de commentaire.

— Est-ce que cela inclut le meurtre de McDonald ?

— Pas de commentaire."

Chi parvint à contourner la femme pour rejoindre Ho. "Comment ont-ils pu savoir si vite ?"

"On est en Californie du Sud, dit une femme à l'écran. Mieux qu'une course-poursuite sur l'autoroute, non ?"

Chi tendit la main derrière lui et, traînant Ho par le bras, l'éloigna de la femme au micro.

Une fois à l'intérieur, ils se demandèrent pourquoi ils s'étaient même seulement déplacés. Le tiroir à présent contenait un autre corps, et le personnel s'affairait à découper d'autres gens. Une morgue n'était pas adaptée pour une scène de crime.

Chi demanda à regarder la vidéo de la caméra de surveillance, mais le type à l'accueil se contenta de rire. "C'est la morgue ici, putain, mon gars. On va surveiller quoi, des fantômes ?"

Le téléphone de Ho vibra. "Ho à l'appareil.

— Détective Ho, je suis l'agent spécial Herberta Hind, du FBI."

67

Daniel Moon se laissa tomber derrière le volant de la Ford Taurus de service et regarda Jim. “Et maintenant ?

— Ma foi, j’ai l’adresse de M. Hobsinger juste là.”

Moon fit démarrer le véhicule. “Et c’est ?”

L’adresse se trouvait dans le South Side. Les deux hommes échangèrent des banalités sur la vie de flic, leur haine de la vie de flic, leur ignorance de quoi que ce soit d’autrc quc la vic dc flic, puis retombèrent dans le silence normal. Ils se garèrent devant l’immeuble et restèrent debout devant un instant. Il se trouvait à l’angle d’un quartier qui commençait à devenir plus fréquentable. Jim Davis détestait ce mot, qui semblait suggérer une amélioration à venir ou du moins le départ d’un mal.

“Il y a un numéro d’appartement sur ce permis ? demanda Moon.

— Non.

— Je crois que ce n’est qu’une seule maison en fait.”

Ils montèrent sous la véranda. Moon frappa et sonna. Davis essaya de regarder par la fenêtre et derrière les rideaux.

“Personne à la maison, dit Moon.

— Ou il est mort là-dedans, fit Jim. Il a disparu. Relié à une affaire de meurtre. C'est ce que j'appellerais une cause probable.

— Je ne sais pas. Et s'il est en train de sauter sa vieille ?"

Jim ouvrit la porte d'un coup de pied.

"Mais qu'est-ce que vous foutez ? fit Moon.

— MBI ! hurla Jim tandis qu'ils entraient. Tu parles d'une entrée, on a l'air con de hurler ça. MBI ! Ridicule.

— Ça sent le renfermé. Il n'y a personne ici, dit Moon. Mais maintenant qu'on est entrés, jetons un coup d'œil."

Ils passèrent dans toutes les pièces sans trouver personne. Moon examina les rayons d'une bibliothèque. Jim déplaça des papiers sur un bureau.

"Il en a des livres, ce type. Beaucoup d'histoire. Des livres sur les trains. Sur le judo et le karaté." Il prit un grand livre d'arts martiaux illustré. "Avec le nom que j'ai, on pourrait penser que je m'y connais dans ces trucs.

— C'est pas moi qui l'ai dit, fit Jim.

— Hé, regardez." Moon souleva d'un présentoir un sabre exposé dans son fourreau. Il fit sortir la lame de quelques centimètres et poussa un sifflement.

"C'est un vrai sabre ? demanda Jim.

— C'est un vrai katana."

Jim retourna au bureau, placé sous une grande fenêtre donnant sur la cour arrière, où des branches tombées s'étaient amassées sur le gazon passé. Il fourragea parmi les papiers. Des reçus d'épicerie, des factures. Il lâcha un grommellement.

"Vous avez trouvé quelque chose ? demanda Moon.

— Une carte du Mississippi.

— Putain, dis donc.

— Et devinez quoi : il y a un endroit encerclé, la ville de Money.

— Qu'est-ce qui est écrit en haut dans l'angle ?" fit Moon en montrant du doigt.

Jim examina les caractères griffonnés.

68

Ho plaqua le téléphone contre son torse et se tourna vers Chi. “Les Feds au téléphone.” Puis se remettant le combiné à l’oreille : “Que puis-je faire pour vous, agent spécial ?

— Je vois aux infos ici que vous avez perdu un corps, dit Hind.

— En tout cas, un corps a été perdu, rétorqua-t-il, un peu sur la défensive.

— Nous aussi, on a perdu un corps, dans le Mississippi. On l’a retrouvé, mais il a été reperdu. Deux fois, en fait.

— OK. Et vous me dites ça parce que… ?

— Le corps que nous avons trouvé était à côté d’un autre.

— Poursuivez.

— Il y a eu des mutilations dans votre affaire ? demanda-t-elle.

— Seulement si l’ablation des testicules compte.

— Vos techniciens au labo ont réussi à récupérer de l’ADN ?

— Je ne sais pas.

— Très bien. Je vais devoir demander au légiste avec qui je travaille ici dans le Mississippi de contacter votre laboratoire. Oh, et, détective Ho, sachez que ce corps va refaire surface. Vous allez le revoir, votre corps. Quand ça se produira, appelez-moi.

— Qu'est-ce que vous êtes en train d'essayer de me dire ? demanda Ho.

— Appelez-moi quand ça se produira.

— Bien m'dame.

— Vous avez mon numéro maintenant. Herberta Hind.

— Bien m'dame."

Ho rangea le téléphone dans sa poche.

"C'était quoi, c't'histoire ?

— Ah tu peux le dire. Une espèce de folle qui dit qu'elle est du FBI. Elle m'a foutu les jetons, putain. Elle dit que notre corps va revenir. Comme ça, elle a fait : « Vous allez le revoir, votre corps. »"

69

Ed Morgan, en route vers Hattiesburg, se sentait très à l'étroit dans le véhicule du Bureau. Il n'était guère plus avancé après ses interrogatoires, sauf qu'il savait à présent pourquoi il détestait les Blancs du Mississippi. Le mot "détester" était trop fort, se dit-il. Même si son métier l'avait conduit à penser qu'il n'y avait pas de Dieu, il avait été élevé en bon chrétien. Donc non, il ne les détestait pas. Mais leur vouait activement une indifférence intense. Mais là aussi, il se reprit. Même à Money, Mississippi, tous les Blancs n'étaient pas semblables. Il lâcha un petit rire. Il y en avait quand même un bon paquet qui étaient semblables.

Il laissa la voiture dans le garage du MBI et grimpa les cinq étages jusqu'au bureau qu'il partageait avec Jim et, maintenant, avec Herberta Hind. Hind éteignit promptement sa cigarette quand il entra.

"Désolée, fit-elle, en dispersant la fumée.

— Ça ne me dérange pas. Depuis que j'ai arrêté, j'aime plutôt bien l'odeur.

— Je fume encore quand je suis nerveuse", dit Hind. Elle abaissa une des lames de store pour mieux voir par la fenêtre.

Ed s'assit derrière son bureau. "Qu'est-ce qui t'a rendue si nerveuse ?"

Hind l'observa quelques secondes puis répondit : "Mama Z. Mama Z me rend nerveuse.

— Ah oui ?

— Il se passe quelque chose. Je comprends qu'elle ne me fasse pas confiance parce que je suis du FBI. Bordel, même moi, j'ai pas confiance dans les agents du FBI. Mais il y a autre chose. C'était comme si elle essayait de me dire quelque chose. Ou s'attendait à ce que je sache quelque chose.

— Elle a plus de cent ans.

— Et donc ?

— Elle en a vu beaucoup. Elle pourrait bien être difficile à lire pour des gens comme nous. Trop de rides."

Hind considéra la chose.

"Penses-y un peu. Elle a soixante ans d'avance sur nous. Son père a été lynché. Elle vit à Money, Mississippi.

— Ouais OK." Hind porta une cigarette à sa bouche d'un air absent, puis la retira et regarda Ed.

"Vas-y. Je ne dirai rien. Et d'ailleurs, file-m'en une."

Hind lui lança le paquet, puis le briquet. Ed alluma sa cigarette.

"Elle mijote quelque chose, cette vieille femme. Je le sens. Putain, je le sais.

— Quoi que ce soit, en tout cas, elle n'est pas par monts et par vaux à tuer ces péquenauds racistes, et c'est notre boulot, aussi étrange que ça puisse paraître. D'attraper le tueur des tueurs.

— C'est notre boulot, répéta-t-elle. Des nouvelles de Jim ?

— Juste un texto. Il dit qu'il nous rappelle.

— Appelons-le maintenant."

Jim était assis à O'Hare, dans un bar, quand son téléphone vibra. Il répondit.

"Salut Jimmy, fit Ed.

— Partenaire.

— Je suis là aussi, fit Hind.

— Vous êtes en train de fumer ?" demanda Jim.

D'instinct, Ed mit la cigarette dans son dos. "Non, pourquoi ?

— À votre voix, on dirait que vous êtes en train de fumer."

Hind prononça en silence le mot *flippant*.

"Vous avez du nouveau, tous les deux ? demanda Jim.

— Non, pas grand-chose, dit Ed.

— Rien, fit Hind.

— Eh bien, en plus d'avoir découvert qu'il existe un lieu spécialisé dans la fourniture de cadavres, j'ai un nom pour nous. Un certain Chester Hobsinger conduisait un camion qui a été détourné il y a quelques mois. On a retrouvé le camion, mais pas la remorque pleine de morts.

— Et Hobsinger ? demanda Hind.

— Disparu. Je suis allé chez lui. Plutôt un bel endroit. J'ai trouvé une carte du Mississippi. Non mais, vous y croyez ? Si oui, alors vous ne croirez pas la suite : la ville de Money était entourée au marqueur."

Ed lâcha un sifflement.

"Autre chose ? demanda Hind.

— Les mots *blue gun* étaient griffonnés sur la carte, « arme bleue ». Je crois que c'est *blue gun*. Ça pourrait être *blue gun* autant que je puisse en juger. Enfin, en tout cas, j'ai une photocopie de son permis de conduire.

— Envoie-moi une photo et je vais la passer dans le système, fit Hind. Autre chose ?

— Non, c'est tout, en gros."

70

“C’est un putain de dimanche et on roule sur cette putain de Sixty pour aller à cette putain de Corona. Qui n’est même pas dans ce putain d’Orange County. Bon sang, c’est même pas dans ce putain de L.A. County.

— Combien de fois tu vas dire « putain » ?” demanda Ho à son partenaire. On est dans le Riverside County.

— Putain de Riverside County.

— Le capitaine dit qu’on doit aller voir une scène de crime, on y va, point barre.

— Une putain de scène. Dis-moi un truc : pourquoi on est flics ? On est des types compétents. J’ai une belle gueule. On pourrait faire n’importe quoi, gagner du fric. Bon sang, on ferait même de bons criminels.

— Tu tiendrais pas un jour en criminel, fit Ho.

— Et pourquoi ça ?

— T’es pas assez futé.

— OK. Mais tu dois reconnaître que j’ai une belle gueule.”

Ho se gara sur le sol compact rouge devant un bar. Il y avait trois voitures de shérif de Riverside County et deux véhicules de police de Corona. Un cheval sellé était attaché à un poteau juste devant la terrasse en bois.

“Mais on est où, bon sang ?” demanda Chi.

À la porte, ils montrèrent leur insigne à un flic de Corona qui ressemblait à un mur et entrèrent. Toutes les lumières étaient allumées. Deux ou trois cartons de donuts étaient posés sur une table à l’entrée.

Chi attrapa un beignet. Ho le regarda. “Quoi ? J’aime ça, moi, les beignets. On n’en voit pas tous les jours. J’ai faim.

— Ça va pas durer, fit un shérif adjoint. C’est vous qui venez d’Orange County ?

— Ho.

— Chi.

— Minh. Département de police de Riverside.” La femme leur serra la main. “Vous savez écrire atroce ?

— Qu’est-ce qui vous arrive ?” demanda Ho.

Elle les conduisit jusqu’au bureau en traversant le bar puis s’écarta pour les laisser voir.

Chi mordit dans son beignet. “Oh, tu parles d’un merdier.”

Le corps d’un homme blanc était pendu à une poutre, le visage difforme, tirant la langue, maculé de sang à l’entrejambe et à la cuisse.

“On lui a coupé les couilles, fit Minh.

— Ça fait flipper quand vous le dites, fit Chi.

— Ça pourrait être ce type.” Minh retira un drap, révélant le cadavre d’un homme asiatique. Il tenait une masse ensanglantée au poing.

“On l’a déjà vu, fit Ho.

— C’est quoi ce bordel ? dit Chi.

— C’est pour ça qu’on est là, dit Ho à Chi. C’est bien le même type, non ?”

Chi hocha la tête. “Je suis quasi sûr.

— Elle avait dit que ça allait arriver, dit Ho.

— Quoi ? demanda Chi.

— Cet agent du FBI. Elle a dit qu'on le reverrait.

— Mais qu'est-ce qui se passe, putain ?" Chi fit le tour du corps, examina les testicules dans sa main. "Putain c'est le même lascar.

— Je dois donner un coup de fil, dit Ho en s'écartant.

— Qu'est-ce qui se passe ? demanda l'officier Minh. Vous connaissez cet homme ?

— On pourrait le dire comme ça, fit Chi. Il était sur une scène de meurtre qu'on a inspectée il y a deux jours.

— Et maintenant il s'est fait tuer, dit-elle.

— Non, pas exactement. Il était déjà mort la première fois." Il la regarda, puis l'homme pendu. "L'Asiatique mort était sur une autre scène de meurtre, mort, comme j'ai dit, avec les testicules d'un autre homme dans la main. Son corps a disparu du labo du légiste.

— Et il est ici ?

— Dites-m'en plus sur ce type." Il hocha la tête en direction du pendu.

Minh regarda son carnet de notes. "Il s'appelle Jesse Mendel. Copropriétaire de ce bar, et gérant. Son associé est à l'hôpital."

Chi lui lança un regard interrogateur.

"Sans rapport. Il doit subir une intervention, je ne sais pas quoi précisément." Minh poursuivit. "Les deux corps ont été découverts par Becky Wilmer. Elle sert au bar. Ils ouvrent à 10 heures. Elle est arrivée en retard, 10 h 20. Elle est assise dehors dans ma bagnole. Sacrément secouée.

— Tu m'étonnes. Elle connaît l'Asiatique ?

— Elle ne l'avait jamais vu.

— Mendel est marié ? demanda Chi.

— Divorcé. Je crois qu'il y avait quelque chose entre lui et la serveuse. Enfin je dis ça comme ça.

— Vous pensez qu'elle a quelque chose à voir avec cette affaire ?"

Minh secoua la tête. "Et alors, ce beignet ?

— Boh, j'suis plus trop intéressé."

71

Ho à Hind : “Mais qu’est-ce qui se passe, putain ?”

72

Damon Thruff était assis dans un fauteuil pliant de réalisateur, sur la terrasse en bois derrière la maison de Mama Z. Mama Z était assise à côté de lui dans un fauteuil à bascule en bois cintré. Damon prit une profonde inspiration et tourna la tête, le regard perdu dans les arbres.

Mama Z coupa le bout de deux cigares et en tendit un à Damon. Il le prit entre deux doigts et le considéra fixement.

“Tu n'es pas obligé de fumer, dit la vieille femme. Si tu le tiens juste, j'aurai l'impression de ne pas fumer seule.

— OK.” Avec maladresse, Damon fit bouger le cigare entre ses doigts, le porta à ses lèvres, le ressortit, regarda l'étiquette. “Ils viennent de Cuba ?

— Ce serait trop beau.

— Mama Z, est-ce que je peux vous poser une question ?

— Bien sûr.

— Pourquoi est-ce que je suis là ?

— Gertrude voulait que tu viennes. Elle te fait confiance. Elle dit que tu es brillant.

— D'accord, mais ça ne répond pas à la question.

— Elle pense que tu peux écrire une chronique de tout ça, en faire ressortir une signification pour les gens.” Elle souffla sa fumée à l'opposé de Damon.

“Une chronique de quoi ?

— Tu comprendras.” Elle tira une bouffée et fit rougeoyer son cigare. “En temps utile, mon jeune frère. On en est tous là : les choses apparaissent au fur et à mesure qu'on avance.

— J'aimerais bien avoir ne serait-ce qu'une vague idée de ce dont vous parlez.”

Ils restèrent assis en silence durant une minute ou deux. “Ces archives, c'est vraiment quelque chose. Je crois que je serai plus jamais le même. Écrire tous ces noms. C'était trop.

— Non, ce n'était pas trop. Ce n'est pas trop. Le trop reste à venir.

— Il doit y avoir six mille dossiers là-dedans. Comment avez-vous pu faire ça ? Une telle quantité de travail.

— Sept mille six, dit Mama Z. Et ce n'était pas du travail. Chacun d'entre eux sans exception a un nom.

— Il y a beaucoup d'hommes anonymes. Ceux-là étaient durs à écrire, autant que les noms.” Damon ferma les yeux une seconde, paupières serrées.

“Homme anonyme est un nom, dit la vieille femme. Plus encore que les autres noms, d'une certaine façon. On leur a pris un peu plus que la vie.

— Dans tous les dossiers que j'ai lus, pas une seule personne n'a eu à payer. Pas une.

— On aimerait penser que le passage à la caisse intervient au jour du Jugement dernier.

— Vous n'y croyez pas.

— Même si je croyais qu'il y a un dieu, je ne croirais pas ça. Moins d'un pour cent des lyncheurs ont été inculpés un jour. Et seule une fraction d'entre eux a purgé une peine. Teddy Roosevelt prétendait que la principale cause de lynchage était le viol de Blanches par des Noirs. Tu sais quoi ? Ce n'est pas arrivé.

— Pourquoi pensez-vous que les Blancs ont tellement peur de ça ?

— Qui sait. Une déficience sexuelle, peut-être. Une amplification de leur propre désir de viol, qu'ils ont d'ailleurs commis." Mama Z lâcha une bouffée de fumée. "Mais je crois que le viol n'était qu'une excuse.

— Vous pensez que les Blancs ont juste peur des hommes noirs ?

— Je pense que c'est un sport."

73

Le shérif Red Jetty était assis sur une banquette au Dinah. Il suivait du doigt les lignes jaunes sur la surface de la table en formica rouge quand, levant les yeux, il vit s'approcher ses deux adjoints. Il trempa deux frites froides dans sa petite mare de ketchup et les mangea. Les deux hommes se laissèrent tomber sur la banquette en face de la sienne.

"Qu'est-ce qui se passe encore ? T'as froid à la tête, Brady ?"

Braden Brady ôta son chapeau.

"Tout le monde parle de ce détective noir qui a fait toute la ville en parlant aux gens, fit Delroy Digby. Pour les interroger, genre.

— Il fait son travail, dit Jetty. On peut pas en dire autant de tout le monde.

— Qu'est-ce qui vous rend nerveux comme ça, shérif ? demanda Braden.

— Je ne sais pas." Avec son mug, le shérif fit signe à Dixie de rapporter du café. "C'est juste un truc que je sens dans l'air. Je ne sais pas quoi.

— Comme quoi ? demanda Digby.

— Je viens de dire que je ne savais pas.

— Y a une rumeur qui dit que ce détective fait du gringue à la vieille du révérend Fondle, fit Digby.

— Ferme-la, dit Jetty.

— Mon père m'a dit qu'au bon vieux temps, une rumeur comme ça, ça suffisait à passer la corde au cou d'un négro", dit Brady.

Dixie remplit le mug du shérif.

"Salut, Dixie, fit Digby.

— M'sieu l'adjoint, fit-elle avec un petit signe de tête. Vous prenez quelque chose, les gars ?

— Juste du café pour moi, fit Digby.

— Un chili, dit Braden. Et un Coca Light.

— Ça marche."

Quand Dixie se fut éloignée, Jetty reprit : "Ton père, c'était pas le couteau le plus aiguisé du tiroir.

— Faites gaffe à…

— Ta gueule, Brady. Tu le détestes parce qu'il t'a fichu des raclées avec une lanière à affûter les rasoirs."

Brady ne répondit rien.

"Mais quand même, on va laisser ces négros prendre la main ?" Brady se retourna vers Dixie. "J'ai entendu dire que Dixie en a une goutte.

— On en a tous une goutte, pauv' bille. Et prendre la main sur quoi ? Money, Mississippi ? Qui en voudrait putain, de Money, Mississippi ? Qui voudrait de ce putain de Missi putain d'ssippi ?

— Ben bonté, shérif, qu'est-ce qui va pas ?

— Tu n'as pas entendu ? demanda Jetty.

— Entendu quoi ? lâcha Digby.

— Dans la ville de merde d'Hernando, Mississippi, peut-être la seule ville où on voudrait encore moins être qu'à Money, on a retrouvé cinq Blancs morts et un homme noir mort.

— Non, j'ai rien entendu, dit Brady.

— Cinq hommes blancs morts avec les boules coupées.

— C'est quoi ce putain de bordel ? dit Brady.

— Tous étranglés. Dans une pièce bouclée, putain.

— Le nègre les a tous tués ? demanda Brady.

— J'en sais rien, rien de rien. Puis j'imagine qu'il s'est suicidé. Mais ce que je sais, c'est que le monde s'est changé en vingt-cinq litres de merde dans un seau de trois litres. J'y comprends rien à rien, et ça me plaît pas." Jetty regarda ses adjoints et secoua la tête comme s'il était déçu.

"Quoi ?" fit Brady.

Jetty se leva, attrapa son chapeau. "À tout à l'heure au poste."

Gertrude était au téléphone à côté de la caisse. Elle posa une main sur le combiné et salua d'un signe de tête le shérif qui s'en allait.

Il lui retourna son salut. "À bientôt, Dixie."

Quand il eut franchi le seuil, elle glissa un coup d'œil aux adjoints et parla dans le combiné. "Il y a un problème. Je viens de surprendre une conversation de Jetty. Il s'est passé quelque chose à Hernando. Je ne sais pas quoi. Mais renseigne-toi et reviens vers moi et Mama Z."

Les deux numéros de chapitre manquants (74 et 104) sont des clins d'œil, d'une part au Sermon sur la montagne, auquel 74 personnes assistèrent, et d'autre part à la numérologie, qui associe le nombre 104 à la liberté.

75

À Hattiesburg, Helvetica Quip, Herberta Hind, Ed Morgan et Jim Davis étaient assis à une table dans le réfectoire du MBI. Toutes les autres tables étaient vides. Il était 18 heures passées, et fort peu de gens y dînaient de toute façon. Il y avait trois ou quatre restaurants de barbecue à quelques pas seulement dans toutes les directions. Tous quatre comparaient leurs notes en buvant du café de distributeur car ils n'osaient pas consommer la nourriture proposée sur place.

"Tu as fumé", Jim fit à Ed.

Ed glissa un coup d'œil à Hind. "Sûrement pas."

Jim les considéra tous deux. "Vraiment pas doués pour le mensonge", fit-il en secouant la tête. Il regarda Helvetica.

"Vraiment pas doués pour le mensonge, répéta-t-elle.

— Qu'est-ce qui te fait croire que j'ai fumé ?" demanda Ed.

Le téléphone de Jim vibra. Il le tira de la poche de sa veste et le regarda. "Le capitaine", dit-il. Il s'éloigna de quelques pas et répondit.

"Tu sens la clope, dit Helvetica. Plus personne ne fume, alors maintenant c'est facile de sentir l'odeur. Tu devrais porter une combinaison quand tu t'en grilles une. Bien sûr, l'odeur va quand même imprégner tes cheveux.

J'imagine que tu pourrais porter une charlotte de douche." Elle les regarda chacun à leur tour. "Est-ce qu'une cigarette vaut une combinaison et une charlotte de douche ?"

Hind et Ed y réfléchirent un instant puis opinèrent du chef en même temps : "Oui, franchement oui.

— Vous pourriez bien sûr vous pendre autour du cou un de ces désodorisants de taxi en forme de sapin de Noël.

— Je ferai peut-être ça la prochaine fois", dit Hind.

Jim les rejoignit. "Allons-y.

— Où ça ? demanda Ed.

— Toi aussi, Herberta. Nous allons à Hernando. Six hommes morts. Exactement comme l'autre scène de crime.

— Mais c'est où, Hernando, putain ? demanda Hind.

— Juste en banlieue de Memphis, dit Jim. Ça fait quatre bonnes heures de route. Prenez vos baluchons, on se met en route.

— Suis-je invitée ? demanda Helvetica.

— À toi de voir, fit Jim. Tu veux faire un peu de terrain ?

— Je pourrais repérer quelque chose.

— Aucune aide ne sera de trop", dit Ed. Ses épaules s'affaissèrent. "Faut que j'appelle ma future ex.

— Tu veux que je lui parle ? demanda Jim.

— Je suis sûr que ça va arranger les choses."

76

Le restaurant Bluegum n'avait pas fière allure, mais il était tout illuminé dans la nuit et grouillait de monde quand Jim gara la berline du MBI sur le parking en gravier. Le siège d'Ed était reculé, si bien que Quip avait les genoux dans la poitrine.

"Pourquoi on s'arrête ici ? demanda Ed.

— Parce que c'est ici, fit Jim. Helvetica est ratatinée là-derrière et on a tous faim. J'ai pas raison ?

— Si, tu as raison", approuva Hind.

Ils tombèrent presque hors de la voiture, entrèrent dans le restaurant, où une jeune femme avec une énorme afro les plaça à une banquette contre le mur du fond. Du blues à la guitare acoustique était diffusé par des enceintes aux angles du plafond. Blind Blake. Mississippi Fred McDowell. Robert Johnson. Toute la clientèle était noire ; la trentaine pour la plupart, ou plus jeunes. Il y avait une scène près de la porte à deux battants menant aux cuisines, vide hormis un pied à micro et un vieil amplificateur.

"La boîte typique, fit Hind.

— Je me sens vieux soudain, dit Ed.

— Belle assemblée." Quip ouvrit le menu. "Poulet barbecue au quinoa. On voit pas ça tous les jours. Jicama slaw, jambalaya, beignets de piments jalapeño et poulet à la jamaïcaine. Ça fait beaucoup de *j*.

— J'te jjjure, fit Jim. Désolé, j'ai pas pu me retenir."

La jeune femme qui les avait placés revint prendre leurs commandes de boissons. Quip demanda un verre de blanc et regarda les autres demander du café.

"Donc c'est moi le poivrot, fit-elle quand la serveuse eut tourné les talons. Quoi, vous allez me dire que vous êtes en service, c'est ça ?

— Non, c'est juste que j'aime le café", dit Ed. Il vit Jim s'intéresser à quelque chose de l'autre côté de la salle. "Quoi, qu'est-ce qu'il y a ?"

Jim fit un signe de tête en direction de la porte.

Ils se retournèrent tous. "Ce serait pas Gertrude ? demanda Hind.

— Si", fit Ed.

Gertrude fut accueillie par deux des serveuses. Il y eut force embrassades et sourires, rien d'anormal pour des amies se retrouvant, mais après avoir échangé quelques mots, Gertrude se dirigea à grands pas, d'une allure délibérée, peut-être même pressée, vers la porte à deux battants des cuisines. Même cela n'aurait pas semblé étrange si elle ne s'était retournée avant de franchir les portes pour inspecter la salle d'un regard suspicieux.

Jim se tourna vers Ed.

"Quoi ? demanda Ed.

— Il y a quelque chose qui ne tourne pas rond, dit Jim. J'ai un mauvais pressentiment.

— C'est la faim que tu ressens, fit Ed. Moi je vais me prendre de ces beignets jalapeño."

Jim sortit son téléphone.

"Qu'est-ce que tu fais ?" demanda Hind.

Jim leva un doigt pour faire taire les autres. Il sélectionna le numéro de Gertrude et attendit le temps de trois sonneries.

Gertrude répondit. "Bonjour agent spécial, fit-elle, d'un ton moqueur. Que puis-je faire pour vous ?

— Nous sommes en route vers une scène de crime. Où êtes-vous ?

— Là, je suis chez Mama Z.

— Comment va-t-elle ?

— C'est la personne la plus solide que j'aie jamais rencontrée. Cent cinq ans et toujours en pleine forme. C'est pour ça que vous appelez ?

— Je voulais savoir si Mama Z pourrait avoir un moment pour nous parler plus tard dans la semaine. On voudrait en savoir plus sur l'histoire de Money. Elle est là ?

— Pour le moment elle dort, en fait. Je lui demanderai demain et je vous rappelle. Ça marche ?

— Parfait, merci Gertrude."

Jim rangea son téléphone. "Elle est à Money avec Mama Z.

— Ah oui", fit Ed.

La pièce se fit soudain silencieuse, tout le monde reportant son attention sur la scène. Une femme de grande taille avec un impressionnant mohawk brancha un micro dans l'enceinte, causant soudain une amplification à plein volume l'espace d'une seconde, puis se releva et fixa le micro sur le pied. Elle se tint debout en silence face à l'assemblée pendant près d'une demi-minute. Puis elle chanta, d'une voix aussi grave que celle d'un homme, l'enceinte faisant un notable effet d'écho :

Southern trees bear strange fruit
Blood on the leaves and blood at the root
Black bodies swinging in the Southern breeze
Strange fruit hanging from the poplar trees

Pastoral scene of the gallant South
The bulging eyes and the twisted mouth
Scent of magnolias, sweet and fresh
Then the sudden smell of burning flesh

Here is fruit for the crows to pluck
For the rain to gather, for the wind to suck
For the sun to rot, for the trees to drop
Here is a strange and bitter crop

La femme ne tint pas cette dernière note, cette dernière récolte, *"crop"*, mais la laissa retomber comme si elle parlait. Même l'écho se tut. Toutefois le mot resta suspendu dans l'air de la salle. De nouveau, un bref écho strident quand elle s'agenouilla à côté de l'enceinte pour l'éteindre.

"Wow, fit Hind.

— En effet", dit Quip. Son accent britannique semblait offrir la nuance d'émotion appropriée.

Ed regarda Jim. "Il se passe quelque chose."

Le restaurant explosa en acclamations et en applaudissements. L'effet d'ensemble était aussi émouvant que la chanson.

Jim approuva son partenaire d'un signe de tête.

"Qu'est-ce qu'il y a ? demanda Hind.

— Je ne sais pas ce que c'est, fit Jim. Mais il se passe quelque chose dans l'État du Mississippi.

— *Virtute et armis*", fit Ed.

Quip se tourna vers lui.

"Le slogan de l'État du Mississippi. Par le courage et les armes. C'est beau, non ?"

77

Le shérif Jetty était assis dans son sous-sol, pièce unique large et profonde tapissée de fanions et bannières d'Ole Miss, l'université du Mississippi. Un drapeau confédéré était accroché en travers du mur du fond. Jerry passait en revue des photos dans un carton. Il en avait posé plusieurs sur la table devant lui, trois en noir et blanc et deux en couleur presque entièrement effacées.

La femme de Jetty descendit l'escalier et vint se placer derrière lui. "Qu'est-ce que tu cherches, mon chou ? demanda Agnes.

— Je ne sais pas.

— C'est qui, là ? fit-elle, le doigt tendu vers une des images en noir et blanc. C'est ton père ?"

Jetty ne répondit rien.

"Red ? C'est un nègre à côté de lui ? Il est clair, mais je ne m'y trompe pas.

— Non, le nègre, c'est mon grand-père.

— Quoi ?" Elle examina la photo, l'éleva dans la lumière, regarda le visage de son mari. "Doux Jésus, ça se voit en fait. Red, toi t'es noir ?

— Je me suis toujours demandé pourquoi mon père détestait tant les nègres, pourquoi il me détestait. J'ai regardé ces photos toute ma vie, et je viens juste de voir.

— Dieu du ciel, protégez-nous. Ton papy est un nègre. Alors toi t'es…" Elle s'arrêta net.

"Vas-y, dis-le, fit Jetty.

— Ben toi t'es un mot en *n*, Red, dit-elle, comme si elle venait de s'ouvrir à une conscience nouvelle de son langage.

— Oui, c'est bien ça.

— Qui est-ce ? Où est-il ?

— Mon papa l'a tué. Lynché.

— Ton papa a tué ton papy ?

— Ouais.

— Et ta maman ?

— Elle a eu peur de mon père jusqu'au jour où il est mort.

— Tu crois qu'elle aimait ton papy ?

— Une Blanche ne peut pas aimer un nègre." Il regarda sa femme. "Tu sais ce que je veux dire."

78

La scène du crime à Hernando était tout simplement pire parce qu'il y avait tellement plus de sang, tellement plus de barbelé, tellement plus de parties génitales sectionnées. Le corps de l'homme noir n'était pas de même apparence que le cadavre de M. Gerald Mister, sur les scènes de crime à Money. Ed et Jim déclinèrent leur identité auprès du shérif d'Hernando, un homme noir nommé Kwame Wallace. Hind, en rasant les murs, faisait le tour de l'immense salle dans la loge maçonnique d'Hernando. Un coup d'œil jeté sur le sang et Helvetica Quip dut s'excuser et disparut.

"Bon, alors qu'est-ce qu'on a là ? demanda Jim.

— Je commence par les hommes blancs", dit le shérif Wallace. C'était un homme de grande taille avec une voix semblable à celle de Sidney Poitier. Il tendit le doigt vers les corps. "Voici un certain James Cooke, quarante-trois ans, un fermier du coin, un enfant, pas de femme. James Killen, vingt-trois ans, surnommé Jimbo, travaillait au Best Buy à Memphis, marié, neuf enfants, neuf… Lawrence White, trente-quatre ans, connu sous le nom de Larry Dub, a joué l'hymne national à l'harmonica lors d'un match des Grizzlies, divorcé, sans enfant. Joseph Robert Patterson, cinquante et un ans, connu sous le nom de Joey Bobby, vendait des voitures d'occasion, veuf, brièvement soupçonné de la mort de ladite épouse, une fille déjà grande qui fait des passes à Memphis. Et Reginald Dimp, cinquante-neuf ans, surnommé Dimp, contremaître sur le site d'enfouissement des déchets, long historique d'arrestations pour conduite en état d'ivresse, marié à une fille de dix-huit ans tout juste sortie du lycée, deux enfants.

— Très coloré, dit Jim.

— On fait ce qu'on peut, dit Wallace.

— Les causes de décès ?

— Il y a le choix." Il désigna chacun des hommes blancs tour à tour. "Strangulation avec une corde, quasi-décapitation avec du fil de fer barbelé, coup de poignard, balle, et mort par le feu.

— Et lui ?" Ed montrait du doigt l'homme noir.

— Toutes ces causes à la fois, peut-être. Apparemment, c'est un homme noir, couvert de terre. C'est à peu près tout ce que nous savons. Outre qu'il tient un paquet de testicules à la main.

— Ça se fait beaucoup ces temps-ci, fit Jim.

— J'en ai entendu parler à Money. C'est votre affaire ?

— Oui.

— Et elle, qui est-ce ? fit Wallace en montrant Hind d'un signe de tête.

— FBI.

— Vraiment ?

— Mais ça va, elle est bien.

— Comme vous le voyez, c'est un merdier sans nom, dit Wallace. Et on dirait que pour vous, c'est banal.

— J'aimerais que ça ne le soit pas, dit Ed.

— L'homme noir a l'air tellement mort, dit Wallace.

— Que voulez-vous dire ? demanda Jim.

— Ben, les Blancs ont l'air franchement morts, mais au moins on voit qu'ils ont été vivants un jour. Cet homme-là…” Il marqua un temps d’arrêt, s’agenouilla près du corps noir. “On dirait qu’il n’a jamais été en vie. Les Blancs, c’est la terreur sur leur visage. On voit leur peur. Le frère, là, il a l’air presque content.” Il se leva et secoua la tête. “Qu’est-ce que je dis, bon sang !

— Non, on comprend, fit Jim.

— Je ne délire pas complètement ?

— Si seulement”, fit Ed. Il sortit un paquet de cigarettes et s’en mit une au bec. Il surprit le regard de Jim. “Ta gueule.

— Shérif, avez-vous une idée de ce que ces hommes faisaient ici ce soir ? demanda Ed.

— Le gérant des locaux dit qu’il n’y avait aucun événement prévu, ni réunion. C’est lui qui a découvert ce massacre. J’imagine que vous aimeriez lui parler.” Avant qu’ils aient pu répondre, Wallace ajouta : “Eh bien, vous ne pourrez pas. Ce spectacle, c’était vraiment trop pour un vieux type comme lui. Après avoir appelé les urgences, il a porté les mains à sa poitrine et a poursuivi par une crise cardiaque.

— Et il en est où ?” demanda Ed.

Wallace haussa les épaules. “Il a quatre-vingts balais et des poussières et une coronaire bouchée. Peut-être qu’il va mourir, peut-être pas. Quoi qu’il en soit, sûr qu’il dira rien.

— Pas cool, fit Jim.

— Ce vieux con est un raciste pur jus. Même sans la crise cardiaque, il n’y aurait pas moyen d’en tirer quoi que ce soit de cohérent.”

Hind les rejoignit. Elle se présenta au shérif. “Les détectives vous ont informé, en gros ? demanda-t-elle.

— En gros, oui, je suppose, fit Wallace.

— Qu’est-ce que t’en penses ? demanda Jim. C’est ce que tu avais imaginé ?

— Ce cas-là est de loin le pire, dit Ed.

— Minnesota, Wyoming et Californie, dit Hind.

— Eh bien ? demanda Jim.

— Des crimes exactement comme celui-ci. Deux meurtres en Californie." Hind resserra les pans de sa veste. "Il fait froid là-dedans.

— Cinq États ? demanda Jim.

— Le corps non identifié en Californie, tenez-vous bien, était un Asiatique, et il a disparu pour mieux réapparaître sur les lieux d'un autre crime.

— Mais de quoi vous parlez, putain ? demanda le shérif Wallace. Quelqu'un pourrait m'expliquer ?

— Venez, shérif, dit Ed. Allons faire un tour.

— Voilà sa soirée qui s'envole, dit Jim. Alors, tu en dis quoi, d'en voir un de près, de tes propres yeux ?

— Un régal, fit Hind.

— Vous avez des cours obligatoires de litote sarcastique à Quantico, vous les Feds ?

— Non, c'est en option." De nouveau, Hind parcourut la pièce des yeux. "Il y a un truc qui cloche. Pas moyen de reconstituer ne serait-ce qu'un bout de la scène.

— T-I-M.

— Quoi ?

— *This is Mississippi*. Bienvenue."

79

Mama Z se tenait debout dans la cour devant sa maison, la lune d'un blanc de feuille de papier rendant les bois denses tout autour à peine moins noirs que la nuit. Elle fut balayée par les phares de deux ou trois véhicules venant se garer devant les traverses de chemin de fer qui délimitaient sa cour. Elle s'avança entre la voiture et le pickup et parla aux jeunes gens se trouvant à bord.

"Je crois que vous feriez mieux d'aller vous garer à l'arrière de la grange.

— Très bien", fit le chauffeur de la voiture.

Tandis qu'ils disparaissaient à l'angle de la maison, une autre voiture arriva. C'était Gertrude. Elle baissa sa vitre. "Tu veux que j'aille me garer à l'arrière aussi ?

— Non, tu peux rester là, fit Mama Z. Les poulets connaissent ta voiture."

À l'intérieur de la maison, trois femmes et deux hommes rejoignirent Mama Z, Gertrude et un Damon Thruff aux traits tirés. Ils s'installèrent dans la pièce de devant face à un feu de cheminée et deux théières pleines.

"Je ne me lasse pas de dire qu'il y a du thé sur la table à apéritif, fit Mama Z. Et si vous m'expliquiez quel est le problème, les enfants.

— On croyait que tout était fini après la mère Bryant, fit une femme avec un mohawk. Mais il y a eu ce légiste… c'était quoi, son nom ?

— Fondle, dit Gertrude.

— Oui, c'est ça, Fondle. C'est lui qu'on a retrouvé mort après. Qu'est-ce qui s'est passé ? Je veux dire, c'était l'un de nous ?

— Pour commencer, il faut garder son calme, dit Mama Z.

— Facile à dire", fit un homme de petite taille. Il triturait le feu avec un pic en fer. "Gertrude nous a dit que le FBI était venu ici.

— Bien sûr qu'ils sont venus, fit la vieille femme. Ils mènent une enquête sur un crime, un crime historique. Il leur faut des informations sur les lieux donc, bien sûr, ils viennent me trouver.

— Oui, sans doute, fit la femme au mohawk. Mais j'ai peur, Mama Z. On a tous peur. Soit quelqu'un est au courant pour nous, et nous observe, soit il se passe quelque chose de plus grave encore.

— Comme quoi ? demanda une autre femme.

— Et ce n'était pas l'un de nous, dit l'homme devant le feu.

— Et ça a encore empiré, lâcha un homme qui venait juste d'entrer dans la pièce.

— Mais de quoi tu parles ? demanda Gertrude.

— Mets CNN", dit-il.

Gertrude attrapa la télécommande sur la table et alluma le vieux poste de télévision énorme posé sur une console stéréo inutilisée.

"Hernando, fit l'homme. On vient de trouver cinq Blancs morts dans une salle avec un homme noir mort."

Ils reportèrent leur attention sur l'écran. Une publicité pour une assurance de voiture était diffusée.

“Aux nouvelles, ils ont dit que les hommes avaient été mutilés.

— Tu déconnes ou quoi ? fit une autre femme.

— Ils n’ont pas dit comment ni qui avait été mutilé.”

Le logo de Breaking News, “dernière minute”, apparut à l’écran. La femme devant la caméra, venant d’une chaîne locale à Memphis, était tout excitée de passer à la télévision nationale. “À Hernando, Mississippi, petite ville de la banlieue de Memphis, une découverte macabre ce soir. Les corps de six hommes ont été retrouvés assassinés, *horriblement mutilés* sont les termes employés par le shérif Kwame Wallace. Un criminologue, qui préfère garder l’anonymat, a déclaré qu’on a là tous les signes d’une mise à mort rituelle. Les hommes pourraient faire partie d’une secte. Cinq des victimes sont blanches et ont été identifiées, bien qu’aucun nom n’ait été divulgué. La sixième victime est paraît-il un homme noir, d’âge incertain, et il n’a pas été identifié.”

En arrière-plan, en train de parler à un homme en uniforme, se trouvait l’agent spécial du FBI Herberta Hind. Gertrude la repéra puis vit aussi le détective spécial Jim Davis. “Eh bien, le FBI et le MBI y sont, fit-elle. Sans doute aussi la CIA et la TSA.

— Lequel est du FBI ? demanda Mohawk.

— La grande qui parle à l’uniforme, dit Gertrude.

— Elle était au Bluegum ce soir, fit Mohawk.

— Ouais, fit le petit homme. À une banquette avec ces deux types et une Blanche. C’est Brigette qui les a servis.

— Et merde, fit Gertrude. Je me demande si c’est pas pour ça que Davis m’a appelée.

— T’a appelée ? demanda Mama Z.

— Oui, comme ça, je ne m'y attendais pas. Il a dit qu'il voulait te voir, Mama Z. Je venais juste de traverser la salle de restaurant et d'entrer dans la cuisine.

— Et alors ? fit Mama Z. Tu étais dans un restaurant, c'est ton droit.

— Je lui ai menti. J'ai dit que j'étais ici avec toi.

— Oh putain, fit le petit homme.

— Les gens mentent tout le temps, dit Mama Z. Ce n'est pas un crime. Ils ne savent rien. Quant à ces autres crimes, si vous n'y étiez pas, eh bien, il n'y a aucune trace de vous là-bas.

— Qu'est-ce qu'on fait ? demanda Mohawk.

— *Primo*, pas de panique, dit la vieille femme. Si vous décollez tous contre le vent, vous allez attirer l'attention. Restez cools, c'est tout."

Damon, qui avait disparu, enfoncé dans le canapé, secoua la tête, comme s'il sortait d'une transe. "Mais c'est pas possible, vous parlez de quoi ? Des traces de vous sur une scène de crime ? Mais qu'est-ce que vous êtes en train de faire, bon Dieu ? Gertrude ?"

Gertrude s'approcha de Damon et lui posa une main sur l'épaule. "Il faut qu'on parle, mon frère."

80

La pluie arriva soudain, puis une vigilance tornade qui se changea en avertissement, et toute idée de retourner à Hattiesburg en voiture fut promptement abandonnée. Les détectives et le médecin entrèrent dans Memphis et prirent des chambres au Peabody Hotel. Ed émit un sifflement en donnant un coup d'œil circulaire au hall d'entrée.

"Aux frais du gouvernement fédéral. Faut bien qu'il y ait des compensations quand tout le monde vous déteste."

Hind s'acquitta des formalités à la réception.

Helvetica Quip était toujours ébranlée par son aperçu tronqué de la scène de meurtre. "Ça va ? demanda Jim.

— Je ne me suis jamais trouvée sur le terrain. Je ne suis qu'un rat de laboratoire. Pour moi, un corps, c'est un ensemble de signes à analyser sur une table en métal. Mais ces gens-là, ils étaient morts dans le vrai monde, avec du sang plein le plancher où les gens marchent.

— Ça me gêne d'y être habitué, fit Jim.

— Comment peut-on s'habituer à une chose comme ça ?

— Enfin, habitué en quelque sorte.

— Il ne reste que deux chambres. On tire au sort pour savoir qui va crécher avec qui ?"

"Et dire que je partage encore une chambre avec toi. J'y crois pas, dit Jim à Ed en allumant la télévision. *Sports Center* ?

— Oui, pourquoi pas.

— Une chaîne porno ?

— Ça m'endort.

— De toute façon, j'y comprends jamais rien, dit Jim. Les gueules qu'ils font. Je croyais que baiser, c'était censé être bon.

— Ce n'est pas moi qui risque de te le dire. Je suis marié, j'ai un gosse et ce boulot." Ed prit le seau à glace. "On a besoin de glace ?

— Pas moi, dit Jim.

— Moi non plus, je pense. C'est juste que si on a un seau à glace, il faudrait mettre de la glace dedans." Il reposa le seau et s'assit sur son lit.

"Pourquoi est-ce que Gertrude m'a menti à propos d'où elle était ce soir, à ton avis ? demanda Jim.

— Qui sait ? Peut-être tout simplement qu'elle voulait pas expliquer où elle était vraiment. Parfois les gens ont pas envie de parler et ils disent ce qui leur passe par la tête.

— Peut-être.

— Qu'est-ce que tu as pensé de ce qu'a dit ce shérif ? demanda Ed. Que le type noir avait l'air plus mort que les autres ?

— J'ai compris ce qu'il voulait dire, et d'un autre côté, je n'ai pas compris. Les vêtements du type avaient l'air vraiment vieux.

— Il était couvert de terre, dit Ed. Mais tu as raison, ses vêtements étaient comme démodés ou un truc de ce genre.

— Tu veux aller à Beale Street ?"

Ed regarda par la fenêtre, se leva, et s'approcha pour jeter un œil à la rue en bas. "À pied, par ce temps ?

Comment ça se fait que les tornades ne détruisent jamais les grands immeubles ?

— Ce n'est que de la pluie, dit Jim. On pourrait laisser nos cravates ici et aller écouter du blues.

— Un petit moment.

— C'est Beale Street, *man*.

— Mais c'est toujours le Tennessee."

81

Damon était tout tremblant. Il était assis sur le lit dans la chambre d'amis chez Mama Z. Une couverture piquée en patchwork, à dominante violette, était pliée au pied du lit. Il n'aimait pas le violet. "Mais qu'est-ce qui se passe putain ?" demanda-t-il.

Gertrude se tenait debout de l'autre côté de la pièce, appuyée contre la porte fermée comme pour l'empêcher de s'échapper.

"Vous assassinez des gens, c'est ça ? demanda Damon.

— *Assassiner*, le mot est fort. Je ne suis pas sûre qu'il soit approprié. Est-ce que les soldats assassinent quand ils tirent sur l'ennemi qui les attaque ?

— Oui, absolument, répondit Damon sans hésiter. C'est exactement ce que font les soldats.

— Nous ne faisons que dispenser un peu de justice punitive.

— Alors qu'est-ce que je fais ici ? demanda Damon.

— Tu es la personne la plus brillante que je connaisse, dit Gertrude. Tu es ici pour écrire la chronique de ces événements. Pour leur donner du sens. Pour trouver un moyen qu'ils fassent du bruit tout en les gardant secrets.

— Ça n'a aucun sens.

— Mama Z m'a dit que tu écrivais les noms.
— Qu'est-ce que ça a à voir avec tout le reste ?
— Et tu t'es senti comment ?
— C'était horrible.
— Et ?
— Quoi ?
— Quoi d'autre ?
— Libre, dit-il. Bizarrement, je me suis senti libre.
— Vivant, dit Gertrude.
— J'imagine.
— Eh bien ces gens sont morts. Leurs noms sont vivants, mais eux sont morts. Ils n'ont plus l'occasion de dire leur nom. Tu comprends ? Ils n'entendent plus leur nom.
— Qu'est-ce que l'assassinat a à voir avec les noms ?
— Rien, dit-elle. Et tout."

Damon la regarda, éberlué. "Eh bien, la personne la plus brillante que tu connaisses ne comprend rien à ton putain de discours."

Gertrude s'assit sur le lit à côté de lui. "Peut-être que ce que je dis n'a pas de sens. C'est possible. Mais le problème est différent à présent.
— Et quel est-il ?
— Nous n'avons tué que ceux qui avaient un lien avec le meurtre d'Emmett Till. Et celle qui l'a accusé.
— Ça fait combien ? demanda Damon.
— Trois.
— Seulement trois. Mes félicitations. Sacrée modération que vous avez montrée là. Et après, à qui le tour ? Les petits-enfants ?
— Je reconnais que c'est franchement pas propre, mais la justice alors ? Et ne me dis pas qu'elle est entre les mains de Dieu.
— Je ne crois en aucun dieu.

— Justement, fit Gertrude. Il doit y avoir un moyen de donner une dimension symbolique à ces morts. Tu ne vois pas ?

— Mama Z, cette vieille femme, Mama Z du haut de ses cent cinq ans, c'est le cerveau derrière tout ça ? C'est ce que tu es en train de me dire ? Tu t'attends à ce que j'y croie ?

— Oui. Elle a tout vu. Elle en a assez vu.

— Tu es folle. Vous êtes tous fous. Voilà ce que je pense. Je pense qu'aucun d'entre vous n'a tué qui que ce soit. Vous êtes tous sous le coup d'une illusion, d'un genre d'hystérie collective. Peut-être même que c'est viral. Vous avez été contaminés, voilà ce que je pense.

— Arrête." Gertrude lui posa une main sur la jambe.

"Quoi ? Cette main sur ma jambe est censée me calmer ? Elle est censée me faire prendre conscience que vous êtes tous bel et bien des tueurs et en même temps me rassurer ?

— Arrête, répéta-t-elle.

— Donc, quand tu m'as appelé en me parlant de la réapparition du corps sur les scènes de crime, tu savais déjà ce qui se passait ? déclara-t-il sous forme de question. Tu m'as menti, et maintenant, si tout ça est vrai, je suis impliqué dans ces crimes. Je suis complice après l'exécution du meurtre.

— Je sais que ça fait beaucoup. Mais c'est la guerre. Une guerre qui dure depuis quatre cents ans, et à présent, on contre-attaque."

Damon regarda Gertrude un long et dur moment. "Tu crois à tout ça.

— J'y crois parce que c'est vrai.

— Très belle rhétorique mais ça ne change rien au fait que tu m'as menti. Pourquoi voulais-tu que je sois là ? Pourquoi suis-je là ?

— Quelqu'un doit raconter cette histoire, dit Gertrude.
— N'importe quoi.
— Damon."

Damon se rallongea sur le lit et ferma les yeux. "Ferme la porte en sortant. J'ai besoin de digérer tout ça."

82

“Jésus H. Christ sur la croix dans un champ de coton”, fit Harlan Fester. Il portait toujours ses vêtements de travail de l’usine à papier. “Y s’trame que’qu’chose, et ça sent pas bon.” Harlan s’adressait aux autres membres du Comité blanc pour la justice sociale en ligne. Leur réunion virtuelle avait débuté dix minutes plus tôt. Maintenant qu’ils avaient achevé le serment d’allégeance et la prière, Harlan avait initié le sujet du soir. “Comme vous le savez, je mène une veille scrupuleuse sur internet. Sur tous les journaux, les rapports de police et leurs messages radio. Rien ne se passe dans le pays sans que je le sache, et je vous le dis, y s’trame que’qu’-chose.

— T’as appris quoi en espionnant sur le web, frère Harlan ? demanda Pete Rupter, dont le visage apparaissait dans l’angle supérieur gauche de l’écran de Fester.

— Y a quelqu’un ou y en a quelques-uns qui tuent des Blancs.

— Tous les jours, y a des gens qui s’font tuer, dit Morris Lee Morris. Il était assis sur la terrasse de sa maison à Temecula, en Californie. Il y faisait encore jour. Ses mains s’activaient à quelque chose devant lui.

— Qu’est-ce que tu fais, Morris ?

— Je nettoie mes pistolets. Faut qu'on soit prêts.

— On peut pas être plus dans le vrai, dit Fester. Je me suis acheté un nouveau Smith and Wesson calibre 38, cinq coups.

— Fusil de tafiole, dit Morris. Ça, c'est un Desert Eagle, calibre 50.

— De la merde, ça vaut rien, dit Rupter. Le temps que tu lâches une deuxième volée, les nègres t'auront mis vingt balles dans le cul. Avec un de ces, comment ça s'appelle déjà, MAC-10.

— Tu délires, fit Morris.

— Ça suffit, dit Fester. On a du plus gros gibier. Apparemment, y a des nègres suicidaires à la ronde qui tuent des Blancs.

— Comment ça, suicidaires ? demanda Morris.

— Ces nègres nous tuent pis après ils se tuent. En tout cas, c'est ce que disent des flics."

Rupter lâcha un sifflement.

"Il faut rameuter les membres et se préparer. Elle est là, cette guerre de race dont je vous parle depuis un moment, je le sens", dit Morris.

Rupter eut un rire gras.

"Qu'est-ce qui te fait marrer, Rupter ? hurla Morris. Et pourquoi tu te couvres la bouche avec la main comme une Coréenne ?"

Rupter se vexa. "Tu sais que c'est un sujet sensible, les dents qui me manquent. Et qu'est-ce que tu t'y connais en Coréennes ?

— J'ai combattu en Corée.

— Hé, ça va, Morris, dit Fester. T'étais trop jeune pour le Viêtnam. Et trop vieux pour la guerre du Golfe.

— Ta gueule.

— Oui, moi j'vais la fermer, fit Fester sarcastique.

— Mais qu'est-ce qui t'a fait marrer ?" Morris ne lâchait pas.

"T'as fait une rime, dit Rupter.

— Quoi ?

— T'as dit « depuis un moment, je le sens ». T'as rimé. J'ai trouvé ça plutôt drôle. Désolé.

— Seigneur Dieu, fit Morris.

— Fermez-la tous les deux, dit Fester. Vous vous comportez comme des gamins.

— Va t'faire, Harlan.

— Hé, j'suis désolé d'avoir ri, dit Rupter. Qu'est-ce qu'on va faire ?

— Faut réunir tout le monde, répéta Morris.

— À t'entendre, on croirait qu'on est super nombreux, dit Rupter. D'après ce que je vois, y a nous et deux autres gars. C'est où cette guerre ? Mon gamin a compétition cette semaine.

— Ouais, dit Fester. On est éparpillés partout dans le pays. Le truc même qui fout la trouille au FBI, en fait, c'est notre faiblesse.

— Tu l'as dit, fit Morris.

— Ah, putain, j'ai oublié de vous dire le pire, dit Fester.

— C'est quoi ? demanda Morris.

— Les Blancs avaient les boules sectionnées.

— Putain de bordel de Dieu ! s'exclama Rupter. Tu veux dire leurs testicules ?

— C'est exactement ça.

— Tu parles d'un coup de théâtre, fit Rupter.

— Mais quelle sorte d'animal serait capable de faire ça ? demanda Morris.

— On est sûr que c'est des nègres qu'ont fait le coup ? demanda Rupter.

— Je sais pas, dit Fester. Y a un endroit où le nègre tenait les couilles du Blanc dans sa main.

— Bon Dieu d'bois, fit Morris. On ferait bien de nettoyer toutes les armes qu'on a, putain. C'est que ça a l'air vrai, ce truc. Si c'est vrai, qu'est-ce qu'on fait ?"

Rupter lâcha un rire.

"Putain, Pete, franchement.

— Désolé, mais c'est drôle, les rimes. Vous saviez qu'il y a pas de rime pour *orange* ? On penserait que si mais non."

83

Le tonnerre gronda au loin. Beale Street n'était pas franchement bondée mais si sale et jonchée de détritus qu'elle semblait l'être. Le mauvais temps n'aidait pas. Ed et Jim avançaient sans cravate et sans arme. Cela les rendait joyeux et nerveux à la fois. Ils n'étaient pas policiers dans le Tennessee, seulement deux hommes noirs. Ils ne voulaient pas devenir un sujet dans l'émission *60 Minutes*, Mike Wallace secouant sa grosse tête blanche. Du blues amplifié se répandait de chaque bar devant lequel ils passaient.

“Qu'est-ce qui fait que le blues, ça sonne si…” Ed cherchait le mot.

“Désagréable ? proposa Jim.

— Oui, c'est ça.

— Parce que c'est désagréable, fit Jim. Tu sais, ce bon désagréable. Que disait Louis Armstrong déjà ? Ah oui : le blues, c'est quand une femme te dit qu'elle a un autre étalon dans son écurie.

— Oui, ça correspond bien au blues. À ton avis, ils chantaient quoi, à la fin, ces Blancs sans couilles ?

— Je ne sais pas. *What goes around comes around** ?”

* Proverbe signifiant qu'on est toujours rattrapé par ses mauvaises actions.

Ed hocha la tête.

"Tu es déjà allé à Graceland ? demanda Jim.

— Non.

— J'y suis allé une fois."

La pluie se mit à tomber. Ed leva les yeux vers le ciel. "Tu crois qu'une tornade arrive ? J'ai passé toute ma vie en Louisiane et dans le Mississippi et je n'ai jamais vu de tornade.

— J'en ai vu une quand j'étais gosse. Enfin, je crois. Je dormais au fond du break de mes parents et en me réveillant, j'ai cru voir la tempête et je me suis rendormi. Je voyais souvent plein de conneries en me réveillant à l'arrière de la voiture.

— Tu penses que des fantômes ont commencé tout d'un coup à se pointer pour venir tuer des rednecks ? demanda Ed.

— Non, fit Jim. J'aimerais bien, mais non."

Un petit homme déboula d'une ruelle, poursuivi par une femme vêtue seulement d'un string orange. L'homme ne portait qu'une chaussure et tenait l'autre à la main. De la deuxième main, il maintenait son pantalon fermé à la taille. Néanmoins, il parvint à mettre un peu de distance entre lui et la femme.

"Il va nous falloir un moment avant de ne plus voir ça, fit Jim.

— C'est étrange qu'on n'ait pas eu ce sentiment sur les scènes de crime. Qu'est-ce que ça veut dire, à ton avis ?" demanda Ed.

Jim haussa les épaules. "Allez, trouvons-nous du blues."

Ils entrèrent dans un bar nommé le Mississippi Goddam. Le comptoir était long, avec des volutes vintage en bois sculpté aux coins. Ils s'installèrent au bar sur des tabourets et commandèrent deux whiskys à la vieille femme qui servait et préparait les boissons.

“Où sont vos armes, les gars ?” demanda-t-elle. Comme ils restaient médusés, elle poursuivit : “Vous êtes flics, non ?

— C’est si évident que ça ? demanda Jim.

— C’est aussi clair que vous êtes noirs.

— C’est affligeant, dit Ed.

— Les choses sont ce qu’elles sont, mon grand. Y a pas de honte, fit-elle.

— Ouais, mais vous n’êtes pas identifiée comme serveuse de bar en entrant chez le dentiste, fit Jim.

— Pas faux. Je suis heureuse que vous soyez flics. J’veux pas qu’ils soient tous blancs comme neige.

— On n’est pas flics à Memphis, dit Jim.

— Oh, je sais, mon beau, je sais.”

Un air de guitare vint de la scène minuscule de l’autre côté de la pièce. Un homme à la barbe grise, assis seul sur scène, se mit à jouer. Son jeu à la guitare était simple, sa voix graveleuse, et ni Jim ni Ed ne comprenaient un mot de ce qu’il chantait. Ses notes bleues étaient lentes et apparemment chargées d’émotion. Il jouait en slide avec un os fixé au petit doigt.

Jim se pencha vers la femme au bar quand elle revint vers eux. “Qu’est-ce qu’il chante ?

— Alors là, pas la moindre idée. Il chante ici tous les soirs. Je ne connais pas son nom, ni d’où il vient, rien de rien. Et je sais encore moins de quoi il parle.”

Ils écoutèrent. “Peu importe de quoi il parle, fit Ed.

— Quoi ?

— Peu importe de quoi il parle.

— On reste combien de temps ? demanda Jim.

— Je ne sais pas. Toute la nuit ?

— Ça me va.”

84

Charlene, debout dans sa cour de derrière à côté de sa piscine vide, regardait l'avant-dernier de ses bambins essayer d'avancer, juché sur son tricycle vert citron, dans l'herbe haute et pourtant brune. Lulabelle s'étala un peu plus de rouge sur les joues et tira sur la jambe de sa mère.

"Hot Mama Yeller, je l'ai mis comme il faut ? demanda-t-elle.

— Merde, ne m'embête pas maintenant, petite. J'essaye de réfléchir.

— À quoi tu réfléchis, Hot Mama Yeller ?

— À des trucs d'adultes que tu comprendrais pas. Comme comment je vais payer le loyer de la maison avec ton papa mort et tout. Et quand est-ce que Pete Built va m'appeler à la radio CB.

— Qui c'est, Pete Built ?

— T'occupe." Charlene alluma une cigarette et tira une longue bouffée. "J'ai une question pour toi.

— Quoi ?

— Tu as entendu des bruits la nuit dernière ?

— Oui, fit Lulabelle.

— Des bruits bizarres, je veux dire, pas juste ton frère qui lâche des pets.

— Oui, j'ai entendu des bruits bizarres, moi. D'abord j'ai cru que je rêvais, mais j'ai vu que j'étais réveillée, et j'les entendais toujours.

— Ça ressemblait à quoi ?"

Lulabelle ferma les yeux et essaya de se rappeler. "Y en a un, c'était comme une chaîne qu'on traîne. Pis j'ai entendu comme un cri. Pis quelqu'un qui rit.

— Comme des hommes qui rient ?

— Oui, c'est ça." L'enfant leva les yeux vers sa mère. "C'est ce que t'as entendu aussi, Hot Mama Yeller ?"

Charlene ignora sa question. "Lulabelle, tu fais peur. Ton fard à joues est mal étalé, et ton rouge à lèvres est pas assorti au fard à paupières. Doux Jésus.

— C'est ce que t'as entendu aussi ? répéta l'enfant.

— Va là-bas pousser le tricycle de ton frère pour le sortir de la boue. Faut que je rentre passer un coup de fil."

Lulabelle s'approcha de son frère en murmurant : "J'ai même pas l'temps de me maquiller à cause de ce merdeux."

Une fois dans la maison, Charlene prit le combiné de la radio CB. Elle la positionna sur la fréquence 19. "Ici c'est Hot Mama Yeller. Je cherche Pete Built. T'es là ?"

Une voix répondit dans un grésillement : "Sûr que j'suis là, ma belle. Tu l'as, ton Pete Built. Parlez.

— Je change de canal, *baby*." Charlene passa sur la fréquence qu'elle partageait avec Pete Built pour leurs conversations un peu plus intimes.

"T'es où ? fit Pete Built.

— Tu sais que je suis chez moi, fit-elle en riant. Où j'pourrais être d'autre ? La question, c'est où tu es toi ?

— J'me suis mis en route tôt ce matin, et maintenant j'suis à une soixantaine de kilomètres au sud de Money, sur la 518. Attends voir. C'est quoi ça ? Y a un truc sur la route plus loin. On dirait qu'il y a deux personnes allongées sur le bas-côté. Une autre dans les hautes herbes. Y a un problème. Je me gare pour voir ce qui se passe.

— Qu'est-ce qui se passe, *baby* ?" demanda Charlene. Elle monta le silencieux pour supprimer les bruits parasites.

"Y a un nègre qui s'approche."

Charlene écouta. "Qu'est-ce qu'il veut ? Fais attention, Pete Built. Qu'est-ce qu'il veut, ce nègre ?

— Une seconde, Yeller. Hé, toi, qu'est-ce qui se passe ici ? Qu'est-ce que t'as sur les mains ? Hé mais tu fais quoi ? Bordel de Dieu ! Mais putain d'merde ! Doux Jésus ! Non, pitié !

— Pete Built ! hurla Charlene. Tu m'entends ? Lâche le bouton, *baby*. Pete Built ! Qu'est-ce qui se passe, *baby* ?

— Seigneur Dieu !" Grésillements.

"*Baby* ? Pete Built ? Mon chou ?" Charlene laissa tomber le combiné.

Lulabelle entra par la porte de la cuisine. "Il a qu'à pousser son vélo tout seul, c't'espèce de p'tit con. Qu'est-ce qui va pas, Hot Mama Yeller ?

— Sors de là tout de suite, bordel !"

Charlene décrocha le téléphone et composa le 911.

85

Le spectacle s'offrant sur la nationale 518, qui elle n'avait rien de spectaculaire, força le state trooper, flic dur à cuire et aguerri, à y regarder à deux fois. Il ôta même ses lunettes à verres miroirs et releva le bord de son grand chapeau pour mieux y voir. Il y avait cinq cadavres en tout ; quatre blancs et un noir. Les Blancs étaient recouverts et trempés de sang ; le Noir était couvert de terre, les mains sanglantes. Les premiers troopers à arriver sur les lieux avaient efficacement stoppé la circulation dans les deux sens et gardé sous surveillance les deux ou trois conducteurs qui s'étaient arrêtés pour voir ce qui se passait. Une femme blanche svelte, appuyée contre le capot de sa BMW, pleurait, la tête enfouie dans les mains. Un homme noir corpulent faisait les cent pas devant son pickup Chevy trois quarts de tonne en gardant les yeux nerveusement rivés sur les troopers.

"Bon Dieu, fit le plus âgé des troopers. Sacré bain de sang.

— Un vrai massacre, fit un autre.

— Vous avez pu identifier certains de ces types ?

— Ils avaient tous leurs papiers sur eux, fit le plus jeune. Sauf le nè…" Il jeta un coup d'œil par-dessus son épaule à l'homme noir près du pickup. "Pas de papiers sur l'homme noir.

— Et c'est clairement pas un vol, fit l'autre jeune trooper. Celui-là et celui-là avaient beaucoup d'argent dans leur portefeuille, pas loin de six cents dollars, putain. Rien dans les poches du Noir.

— On dirait qu'on leur a coupé les couilles, fit l'un des jeunes.

— Quoi ?

— Elles sont éparpillées tout autour.

— Mais quoi ?

— Leurs couilles. Leurs testicules. Tous ont le pantalon un peu baissé. Sauf le… l'homme noir. C'est franchement glauque, comme un coup à la Charlie Manson, ou un truc de secte."

Le trooper plus âgé examina de nouveau les victimes. "Ils ont été descendus ?

— Ça se pourrait. Tout ce que je sais, c'est qu'il y a du sang partout. Mais pas de cartouche dans les parages. Pas d'arme. Rien. Sauf leurs testicules.

— J'espère que vous n'avez pas été assez bêtes pour toucher à quoi que ce soit.

— Vous plaisantez ? Je risque pas de toucher les couilles d'un type. Purée, rien que de toucher les miennes, ça me fait bizarre.

— Vous avez touché leurs portefeuilles.

— Ah ouais, c'est vrai. Désolé."

86

Ed décrivit la scène sur la nationale comme le capitaine la leur avait décrite, à Jim et à lui. L'agent spécial Hind, assise en face à la table, se massait les tempes en écoutant. Ils étaient installés au fond du Capriccio Grill du Peabody Hotel.

Le Dr Quip posa sa fourchette et repoussa son assiette d'œufs brouillés, pancakes, saucisses et bacon. "Je n'ai plus faim.

— Désolé, fit Ed. C'est le boulot.

— Il se passe quelque chose de vraiment étrange, dit Jim. Je me rends bien compte que c'est évident, mais je veux dire une chose vraiment très étrange.

— Juste au sud de Money, dit Ed. C'est là que c'est arrivé.

— Tout le tralala, reprit Jim. Les testicules coupés et tout ça. La victime noire solitaire avec un sens de la mode douteux. Vous voyez ce que je veux dire ? Exactement le même schéma de tous les côtés. Chicago. Mississippi. Californie."

Ils restèrent un moment assis en silence.

"Je crois bien qu'on va manquer les canards, dit Quip.

— Pardon ? fit Hind.

— J'ai lu qu'il y a des canards vivants au dernier étage. Ils les descendent à la fontaine à 11 heures. Ils leur font prendre l'ascenseur, comme des personnes. J'espérais les voir.

— Une prochaine fois peut-être, fit Jim.

— Mama Z, dit Hind.

— Eh bien ? demanda Jim.

— Il se passe quelque chose avec elle, dit Hind. Elle a un lien avec l'affaire, je le sens.

— Quel genre de lien ? demanda Jim. Elle a cent ans. Plus de cent ans.

— Je sais, je sais.

— Je crois que Herbie a raison, dit Ed. Il y a quelque chose qui cloche. D'accord, je reconnais que le foulard Black Power, c'est un peu *too much*.

— Je le redis, fit Jim. Elle a cent ans, cette femme. Elle est vieille, elle est méfiante, elle fait un peu la maligne, mais bon Dieu, elle l'a bien mérité. Et ce truc qu'elle porte, ce n'est pas parce que c'est rouge, noir et vert que c'est un foulard Black Power."

Ed dévisagea Jim et haussa les sourcils.

"OK. C'est un foulard Black Power. Et alors ?

— Il y a plus, dit Hind.

— Quoi ? fit Quip. Elle est trop intelligente ?

— Je n'ai jamais entendu dire que ce soit un problème, fit Jim.

— Ce n'est pas un problème, dit Hind. C'est une observation.

— Tu as vu les archives ? demanda Ed.

— Les quoi ?

— La pièce avec tous les dossiers, fit Jim.

— Non, vous parlez de quoi ?"

Ed posa sa serviette sur la table et se pencha légèrement en arrière sur son siège. "Cette vieille femme a, dans sa maison, des armoires pleines de dossiers sur presque chaque victime de lynchage dans l'histoire des États-Unis.

— Elle ne m'en a rien dit.

— Ça me surprend, fit Jim. Elle en semblait fière. Fière n'est pas le mot juste. À l'évidence, ça lui a coûté beaucoup de travail.

— Bon, on ferait bien de se mettre en route, dit Ed. Il ne va rien rester de la scène sur la nationale mais il faut qu'on voie les corps.

— Avant que les locaux ne les perdent, dit Jim. Ne le perdent.

— Désolé pour les canards, doc.

— Il y aura d'autres canards, dit Quip. Une phrase que je n'aurais jamais imaginé prononcer.

— Mais non moins vraie", fit Jim.

Ed prit le volant. Il ne les conduisit pas directement à la voie rapide qui sortait de Memphis. Il emprunta un itinéraire détourné qui les fit passer à travers la ville délabrée. "Désolé de ne pas prendre le chemin le plus court. C'est juste que chaque fois que je suis à Memphis je dois passer devant un endroit précis, pas pour descendre de voiture mais juste pour m'arrêter et regarder.

— Graceland ? fit Hind en gloussant.

— J'y suis allé, mais non, dit Ed. Nous y voilà. Le Lorraine Motel. Là, à l'angle de ce balcon*. J'avais dix ans. C'est pour ça que je suis flic.

— C'est un musée maintenant, fit Jim.

— Et ça ne devrait pas, dit Ed.

— Pourquoi non ? demanda Quip.

— Ce n'est qu'un motel. Voilà ce que c'est. Ce n'est que ça, dit Ed. Les gens devraient pouvoir réserver cette

* Il s'agit de l'endroit où le pasteur Martin Luther King a été assassiné en 1968.

chambre, dormir dans ce lit, sortir par cette porte, se tenir sur ce balcon et se rendre compte de ce qui s'est passé ici. Les gens devraient savoir, comprendre que tous les jeudis ne sont pas identiques.

— Allez, Ed, on y va", fit Jim.

87

Delroy Digby et Braden Brady, debout à côté du véhicule de patrouille de Brady, regardaient le pneu à plat en se grattant la tête l'un l'autre. D'abord ils s'étaient gratté la tête chacun pour soi, et ça ne les aidait pas. Mais dès que Brady se mit à gratter la tête de Digby, Digby fit : "Peut-être qu'on devrait changer le pneu."

Digby se débattit avec le cric mais la roue ne bougeait pas d'un poil. "Brady, on a de l'huile WD-40 ? demanda-t-il.

— Je regarde dans le coffre." En allant vers l'arrière de la voiture, il marqua une pause. "Mais bon Dieu d'bois, c'est quoi ce truc ?

— Quoi ?

— Qui arrive, là, sur la route."

Digby abandonna les écrous de roue, déposa la clé, et se leva pour regarder. "Putain de merde. C'est quoi ce bordel ?

— C'est bien ce que je disais. C'est quoi ce putain de bordel ?" fit Brady.

En une masse ondulante, mais sans synchronisation de leurs mouvements saccadés, s'approchait une foule d'hommes noirs. Le ciel, jusque-là clair et dégagé, était à présent assombri de nuages teintés de vert. Un vent se leva, venant comprimer le torse des deux adjoints.

Digby et Brady reculèrent, laissant tomber la main sur leur étui à pistolet. Brady, puis Digby, sortirent leur arme.

La foule se composait peut-être de trente ou quarante hommes. Jeunes et vieux. Certains marchaient avec entrain. D'autres se traînaient presque. Se mouvant ainsi, ils ressemblaient à un disgracieux enchevêtrement de pieuvres. Une pluie fine se mit à tomber. La foule émit un bruit collectif, martelant deux syllabes.

"Qu'est-ce qu'ils disent, Brady ?

— J'en sais rien bon Dieu." Brady leva son arme et cria : "On ne bouge plus ! Vous m'entendez ?

— *Debout*", hurla la foule, d'un souffle rauque et sonore, et pas tous ensemble. On eût dit un chant guttural touvain.

"Qu'est-ce que vous voulez ?" hurla Digby.

Brady passa un bras à l'intérieur du véhicule de patrouille et attrapa la radio. "Hattie, ici Brady. Je crois qu'on a besoin de renfort."

La voix de Hattie s'éleva au milieu des grésillements : "Un instant, le shérif est juste là."

88

“Qu’est-ce qui se passe, Brady ?” demanda Red Jetty. Il se tenait debout à l’accueil du poste de police. Hattie l’observait. Ed, Jim, Hind et Quip venaient juste d’entrer dans les locaux.

“Oh Seigneur, Seigneur Jésus-Christ !” s’exclama la voix parasitée de Brady dans le récepteur de dix centimètres posé sur le bureau.

“Qu’est-ce qui se passe ?” demanda Jim.

Jetty leva la main. “Brady ?

— Oh Seigneur Jésus !” On entendit des coups de feu.

“Brady ?

— Attention, Delroy !”

Coups de feu.

“Brady ! cria Jetty dans le combiné. Qu’est-ce qui se passe ? Où êtes-vous ?

— Shérif, y z’ont chopé Delroy !

— Qui ? demanda Jetty.

— Y en a partout !

— Brady ! Brady !”

Silence.

“Mais c’était quoi, bon sang ? demanda Ed.

— J’en sais rien, putain, dit le shérif. Hattie, quelle est leur dernière localisation ?”

Hattie, agitée de soubresauts sur son siège, était au bord des larmes. “Qu'est-ce qui leur arrive, aux gars ? demanda-t-elle, en tirant sur la manche de Jetty.

— Où sont-ils, Hattie ?

— Ils étaient sur Nickelback Road, je crois. Je sais pas à quel niveau. Delroy a dit qu'ils pensaient qu'ils avaient un pneu à plat. Qu'est-ce qui se passe, Red ?

— Je ne sais pas, Hattie.” Jetty se tourna vers les autres. “Vous voulez m'accompagner là-bas ?” Il avait changé d'attitude. Il demandait de l'aide.

“Sûr”, dit Jim.

Ed se tourna vers Quip. “Pourquoi ne pas rester ici avec elle ?” dit-il.

Quip hocha la tête.

Ed, Jim et Hind suivirent le shérif jusqu'à son véhicule, où Ed s'assit sur le siège passager. Hind vérifia que son calibre 38 était chargé et referma le barillet d'un coup. Jetty regarda Jim et Hind dans le rétroviseur et dit : “Merci.”

Hind hocha la tête.

Le shérif les fit sortir de la ville en direction de Small Change, puis emprunta une route qui montait. Du sommet, ils aperçurent la voiture des adjoints.

“Je ne les vois pas, fit Ed tandis qu'ils s'approchaient.

— Là”, dit Hind. Elle tendit le doigt. Vers les arbres.

Des arbres pendaient les corps de Digby et Brady, les jambes follement maculées de sang, le pantalon baissé à la cheville, leurs bottes l'empêchant de tomber. Jetty manqua les mettre au ravin en arrêtant la voiture.

“Seigneur !” s'écria-t-il.

Jim, Ed et Hind restèrent à distance. Ed se tourna vers Jim et secoua la tête.

“Ça sent pas bon, fit Jim. Pas bon du tout.”

Jetty arpentait la scène comme un dément, en secouant la tête. Il avait sorti son arme sans raison.

“Regardez toutes ces traces, dit Hind. On dirait qu'une armée est passée par là. Tout est piétiné.

— En chaussures et pieds nus”, dit Jim, s'agenouillant pour effleurer la surface du sol.

Ed s'approcha de Jetty et regarda les corps. Brady avait été pendu avec une longueur de chaîne. Digby avec une fine corde en nylon bleu, fort semblable à une corde à linge.

“Je suis désolé, shérif, dit l'homme corpulent.

— Vous voulez bien m'aider à les détacher ?

— On ne devrait pas d'abord analyser les lieux ?”

Jetty lui jeta un regard de travers.

“OK, shérif.”

Se retournant, Hind aperçut Ed en train d'ouvrir son couteau et s'approcher de la base de l'arbre. “Non, non !” lâcha-t-elle, mais elle s'arrêta quand Ed l'écarta d'un signe de main. Elle se tourna vers Jetty, extrêmement agité. Elle opina du chef pour indiquer qu'elle avait compris.

“Dépêchez-vous de les décrocher”, fit Jetty.

Ed trancha la corde et le shérif accueillit le corps ensanglanté de Digby qu'il laissa descendre jusqu'aux feuilles collées par le sang.

Ed tendit un doigt vers le haut. “La chaîne est attachée à la branche, là-haut.”

Jim leva les yeux. “Mais comment quelqu'un aurait pu grimper jusque-là, putain ?”

Jetty leva son arme de poing et vida le chargeur en tirant sur la chaîne. Il manqua son objectif. De l'écorce tomba en pluie. Il inséra un autre chargeur et tira de nouveau par trois fois. La chaîne se rompit et Brady s'écrasa peu élégamment sur le sol. Son corps ne tomba pas à plat mais atterrit sur les genoux, son dos voûté et ses épaules affaissées lui donnant l'allure d'un homme en train de prier.

Tandis que Jetty se relevait pour regarder les corps de ses amis, les autres se dispersèrent pour inspecter les lieux. Ed appela son capitaine, fit son rapport et demanda qu'on envoie une équipe de criminologues.

Hind siffla pour attirer leur attention. "Messieurs, j'ai besoin de vous par ici."

Jim et Ed couvrirent promptement les trente mètres qui les séparaient d'elle. Hind se recula quand ils arrivèrent. Tous trois, épaule contre épaule, regardèrent le sol. Devant eux gisaient les corps de deux hommes noirs défigurés. Vêtus de vieux vêtements, incrustés de terre, et morts, ils ressemblaient aux autres cadavres noirs récemment rencontrés. Ils tenaient à la main quelque chose d'ensanglanté.

"Ce sont des..." Hind commença une question.

"J'en suis quasi sûr", dit Jim.

Le shérif vint les rejoindre, regarda ce qu'ils avaient découvert dans les hautes herbes. "C'est pas vrai, j'y crois pas, putain.

— Je pense qu'il va falloir déployer les grands moyens", dit Jim.

89

Aujourd'hui à Elaine, dans l'Arkansas, trois hommes ont été sauvagement assassinés au cours de ce qu'on appelle une tuerie raciste. Les victimes ont été découvertes au sous-sol de l'église baptiste de la Résurrection. D'après son porte-parole, la police pense que les victimes se sont entretuées, ce parce que l'un des hommes tenait dans son poing des parties mutilées du corps des autres. Deux des trois hommes étaient blancs, l'autre noir. Les autorités ne savent comment décrire ce crime ni quel peut en être le motif. Les victimes blanches étaient membres de l'église baptiste et des amis de longue date, tandis que la victime noire était inconnue de la communauté.

À Longview, dans le Texas, quatre hommes blancs ont été retrouvés mutilés dans la grange d'un fermier local. La ferme appartenait à l'une des victimes, un certain Carl Winslow. Il a été découvert par sa fille adulte, qui prétend avoir vu une troupe d'hommes noirs quitter la grange et traverser le pâturage en masse. Dans les termes de Miss Laurel Winslow : "J'en ai vu peut-être une vingtaine sortir de c'te grange. Sûr qu'c'est eux qu'ont tué mon papa. Et y jubilaient, y gémissaient en marchant bizarre, comme si c'étaient des maquereaux." Elle marqua un temps d'arrêt pour regarder droit dans la caméra : "Ces nègres y z'ont tué mon papa. Et ces autres hommes aussi."

Omaha, Nebraska.

Chicago, Illinois.

Bisbee, Arizona.

Tulsa, Oklahoma.

"Y z'étaient pas humains, j'vous le dis. Y z'ont traversé en masse. Y z'étaient sales, y sentaient mauvais et c'étaient tous des nègres."

"Y m'sont passés juste devant. Y en a deux trois qui m'ont dévisagée, et j'sais qu'y pensaient à m'violer, mais j'ai tellement crié, j'pense qu'y z'ont pris peur. Y paraît qu'y z'ont tué huit bons chrétiens blancs au Walmart. J'crois bien que l'gardien a dû s'en descendre un. C'est c'que quelqu'un a dit. J'sais pas pour les autres, mais moi j'suis morte de trouille."

"J'ai jamais rien vu de pareil."

"J'voyais qu'ils étaient en colère, ces basanés. J'ai regardé un de leurs visages et j'ai cru que j'allais mourir, sur le coup. J'ai vu le diable, pour sûr. Il était noir comme du goudron. Ma femme m'a dit que le nombre de morts s'élève à neuf. Au moins, les gars en ont tué deux trois avant de s'faire descendre. Vous avez entendu c'qu'ils font, ces nègres, non ? Tu parles d'un merdier."

"Ce matin à Conway, en Caroline du Sud, une bande d'hommes noirs errants a semé la panique dans le petit centre-ville en déambulant dans les rues. Ils ont tué six hommes blancs. Il semblerait que les individus aient été ciblés. Plusieurs personnes, dont des hommes adultes, qui sont tombées ou se sont trouvées acculées par la horde, n'ont reçu aucune attention, ont été ignorées, selon les autorités. C'est ce qu'on appelle une émeute raciale ou un crime de haine. La police dépêchée sur les lieux a tiré sur la foule mais on ne sait pas si des agitateurs ont été touchés. Les six victimes étaient des résidents du quartier. Leurs assassins n'ont été reconnus par aucun des témoins. Les tensions raciales sont à leur comble et un couvre-feu a été mis en place."

Le gouverneur de Caroline du Sud, Pinch Wheyface : "Nous sommes profondément affligés par les événements de ce matin, mes chers concitoyens de Caroline du Sud, et en grand péril. Nous sommes tous bien conscients que les agissements de quelques membres d'un groupe ne constituent et ne sauraient constituer une accusation du groupe entier. Cela étant dit, tous ces tueurs sont des hommes noirs n'ayant aucun respect pour la vie humaine. Ces individus non identifiés sont toujours en liberté, aussi, par souci de sécurité, nous encourageons les bons citoyens blancs de Caroline du Sud à se méfier de tout individu noir, surtout s'ils ne les connaissent pas. J'ai appelé le SLED* et la Garde nationale en renfort des forces de police locales. Des questions ?"

* SLED : "State Law Enforcement Division", police d'État de Caroline du Sud, pouvant intervenir en renfort à la requête du gouverneur ou du procureur général.

RUPA O'BRIEN, CNN : Gouverneur, l'attaque était-elle organisée, et si tel était le cas, y avait-il un ou plusieurs individus meneurs ?

GOUVERNEUR : Je laisse le soin au shérif Pellucid de répondre.

SHÉRIF CHALK PELLUCID : On a interviewé les nombreux témoins oculaires de l'attaque de ce matin et on est toujours en train de traiter les informations. Tout ce que je peux vous dire de sûr, c'est que le gang qui a fait ça comprenait une trentaine de nègres et que six bons résidents blancs de Conway sont morts.

BUCK ROGERS, FOX NEWS : Shérif, qu'avez-vous à dire sur le fait que vos hommes ont vidé une centaine de chargeurs sur les émeutiers et que pas un d'entre eux n'a été touché ? Est-ce que ça donne une mauvaise image de l'entraînement de vos hommes ?

PELLUCID : Qui dit que personne n'a été touché ? D'où êtes-vous ?

ROGERS : Fox News.

PELLUCID : Non, je veux dire, vous, vous êtes d'où ?

ROGERS : Je suis né en Pennsylvanie.

PELLUCID : Putain de yankee.

GOUVERNEUR : Nous espérons que le public nous contactera pour donner des informations qui permettront d'appréhender les individus de peau sombre impliqués dans l'affaire.

ROGERS : Comment ça "Putain de yankee" ?

GOUVERNEUR : D'autres questions ?

NANCY HIPPS, JOURNAL D'ÉTAT : Selon certaines sources, les assaillants ont utilisé du fil de fer barbelé et des cordes pour tuer les victimes. Et plusieurs d'entre elles ont été mutilées. Qu'avez-vous à en dire ?

PELLUCID : Mmmmhh, nous sommes toujours en train d'analyser les lieux du crime. C'est assez vaste.

D'un bout du centre-ville à l'autre. C'est le chaos. Nous sommes heureux de constater que le gouverneur nous a envoyé l'aide du State Law Enforcement Agency.

QUELQU'UN HORS CHAMP : Division.

PELLUCID : Division. Sled. D comme Division.

90

Ed et Jim étaient assis avec l'agent spécial du FBI Hind dans sa Cadillac Escalade de location du FBI devant le Bluegum. Il était 6 heures du matin. Jim tenait une photocopie du permis de conduire de Chester Hobsinger.

"Vous pensez vraiment que tous ces meurtres sont liés ? demanda Ed.

— Comment pourraient-ils ne pas l'être ? dit Hind.

— Je sais, mais liés comment ? C'est tellement fou, putain. C'est ça que ça veut dire, être dans la merde jusqu'au cou ?" Ed se pencha en avant entre ses partenaires et tendit une main ouverte vers le document. "Voyez ce qu'il en est pour celui-là."

Tous trois observèrent un grand homme blanc filiforme sortir d'un 4×4 Kia et s'approcher de la porte du restaurant.

"Ben, pour moi, c'est lui, dit Jim. Et je ne dis pas ça parce qu'ils se ressemblent tous." Il jeta un coup d'œil à la photocopie du permis. "À votre avis, il fait à peu près un mètre quatre-vingt-dix ?

— Oui, à peu près", dit Ed.

L'homme frappa mollement et quelqu'un qu'ils ne purent distinguer le fit entrer dans le restaurant.

"Allons-y", fit Hind.

Ed ouvrit sa portière à l'arrière et sortit un pied. "J'espère que ce type est pas du genre coureur. Je déteste ça, quand ils se mettent à courir.

— C'est fou, non ? dit Hind. Avec ce truc dément qui arrive partout dans le pays, notre piste, c'est un type blanc.

— Donc on ferait mieux de pas le descendre, dit Jim.

— Je propose qu'on lui tire dans les jambes avant qu'il se mette à courir", dit Ed. Comme Hind et Jim se tournaient vers lui, il reprit : "Il est tôt, et je me sens pas de courir après qui que ce soit. Mais moi, ce que j'en dis…

— Ne lui tire pas dessus, fit Hind.

— Je tirerai pas. Juste peut-être s'il se met à courir."

Ils s'approchèrent de la porte. "Je frappe ? Jim demanda à Hind.

— Commençons comme ça."

Jim frappa.

La femme au mohawk qui avait chanté sur scène fut surprise de les trouver là. "On n'est pas encore ouverts." Elle jeta un coup d'œil dans la pièce derrière elle.

"Pas de problème, dit Jim. Nous ne sommes pas venus pour manger. Nous cherchons cet homme." Jim lui montra la photo sur le permis.

"Je ne l'ai jamais vu, dit la femme.

— Pourquoi est-ce qu'ils disent toujours ça ?" lâcha Ed en chuchotant. Il secoua la tête. "Ça va courir, je le sens."

"C'est étrange, dit Jim. Nous venons juste de le voir passer la porte. Votre mensonge nous donne une raison de pénétrer dans les locaux." Il entra, faisant reculer la femme. Hind le suivit. Pas Ed. "Cet homme se nomme Chester Hobsinger." Jim fit des yeux le tour de la salle de restaurant vide. Les chaises étaient toujours sur les tables. Une serpillière dans un seau se trouvait au beau milieu de la pièce.

“Et si on allait faire un tour à l’arrière”, dit Hind à la femme.

La jeune femme tourna les talons et les conduisit vers les cuisines. Elle était nerveuse, marchait les bras rigides plaqués contre les flancs ; ses doigts semblaient chercher à atteindre quelque chose sans y parvenir. Jim le remarqua et eut un mauvais pressentiment. Quand elle sortit la main pour pousser la porte battante, Jim l’arrêta.

“Merci, dit-il. On va se débrouiller maintenant.”

Elle s’éloigna.

Dans les cuisines, Jim et Hind trouvèrent trois personnes affairées aux fourneaux et à la planche à découper. Deux hommes noirs et une femme noire s’interrompirent pour considérer les visiteurs.

“Tout va bien, dit Hind, continuez ce que vous êtes en train de faire.”

Tous trois tournèrent vers Mohawk un regard interrogateur. Elle leur fit signe de la tête qu’ils pouvaient poursuivre leurs travaux de découpe et de cuisson.

Jim regarda la porte suivante et commença à s’en approcher. “Qu’est-ce qu’il y a là-derrière ?” demanda-t-il. La Mohawk ne dit rien. Jim ouvrit la porte et ils pénètrent dans la lumineuse caverne du dojo. La dizaine de personnes environ qui s’y trouvaient interrompirent leurs exercices de gymnastique et de lutte et se tournèrent pour faire face à Hind et Jim. Jim passa la salle en revue et ses yeux s’arrêtèrent sur ceux de la seule personne blanche, Hobsinger. Jim fit un petit pas en avant et l’homme blanc utilisa ses longues jambes pour couvrir en quelques secondes la distance qui le séparait de la porte tout au fond.

Jim et Hind se précipitèrent à travers les tatamis à la surface irrégulière. Dans la salle, personne n’émit le moindre son. Hobsinger sortit en trombe et la porte claqua derrière lui. Jim ouvrit la porte et avec Hind, émergea dans la lumière plus vive du matin, pour trouver Ed maintenant Hobsinger face contre le capot d'un pickup à l'abandon entouré d'herbes hautes.

"Je vous l'avais dit qu'il allait courir", dit Ed. Il passa une menotte au poignet gauche de l'homme blanc.

Jim était tout essoufflé. "Il faut que je fasse plus de sport."

Hind respirait à peine un peu plus vite. Elle retourna à la porte, l'ouvrit et se pencha à l'intérieur. "Jim", fit-elle.

Jim la rejoignit et à son tour regarda à l'intérieur. La grande pièce couverte de tatamis était vide ; tout le monde avait disparu. "Mais bon Dieu !" lâcha-t-il.

Ed passa l'autre menotte à Hobsinger et le poussa dans la pièce à la suite de Hind et Jim. Ils traversèrent le gymnase et entrèrent dans les cuisines, désertes à présent. Mohawk elle aussi avait disparu. Jim se retourna face à l'homme blanc, pencha légèrement la tête et le regarda dans les yeux. "Chester Hobsinger ?"

L'homme ne dit rien. "Je connais mes droits, dit-il.

— Je connais ton nom, trouduc. J'ai ton permis de conduire juste là. Tu veux me dire pourquoi tu t'es enfui ?

— Je connais mes droits.

— Tout le monde connaît ses droits, putain, fit Ed. C'est la télévision."

Hind s'approcha des fourneaux et éteignit un brûleur à gaz laissé allumé sous une marmite. Elle regarda la nourriture. "Du gruau.

— Ça m'irait bien", fit Ed.

Poussant Hobsinger devant lui, il lui fit traverser la cuisine jusqu'à la salle de restaurant, qu'ils trouvèrent vide elle aussi.

"Où sont-ils passés ?" demanda Hind.

L'homme blanc ne dit rien.

“Je suis d’avis qu’on le laisse s’éclaircir les idées à la prison de Money”, fit Jim.

Ed lâcha un rire et se tourna vers Hobsinger. “On va te laisser un moment avec quelqu’un qui ne connaît pas tes droits. T’en dis quoi ?”

91

La neige soufflait en tous sens. Les huit personnes présentes dans la Grick of Bold Tavern, à Rock Springs, Wyoming, étaient de ce genre d'ivrognes pathétiques condamnés à se rappeler qu'ils étaient exactement semblables au triste genre d'ivrognes qu'ils étaient la veille. Le propriétaire, qui était aussi le barman, Isaiah Washington, debout à une extrémité du bar, parlait avec son cousin, Kaleb Washington. Ils étaient assez saouls pour regarder sans comprendre l'avalanche de nouvelles chocs sur CNN mais pas assez pour ignorer la bande de près de trente Chinois qui firent irruption par les antiques portes battantes du bar. Isaiah Washington, d'un geste instinctif, saisit promptement le calibre 12 à double canon qui avait appartenu à son grand-père et qu'il gardait sous le bar à côté des alcools de qualité. Il eut la possibilité de tirer les deux charges, mais sans effet notoire. Il fut incapable d'ouvrir son arme pour en retirer les douilles.

Éclairs de lames.

Flammes.

92

Red Jetty ne mit pas Chester Hobsinger dans une cellule. Il menotta les chevilles de l'homme à un fauteuil à roulettes posé sur une table dans un bureau sinon vide.

"Tu auras remarqué que tu as les mains libres, dit Jetty. Si tu descends de cette table, même si tu tombes de cette table, je te tire dessus, quelque part sur le corps. Si j'entends un bruit sourd quand j'aurai quitté la pièce, j'entre en tirant. Je vais te demander une seule fois si tu as compris. Tu as compris ?"

Hobsinger hocha la tête.

Jetty tournait autour de la table tout en parlant. "Il semblerait que tu sois impliqué dans la mort de mes adjoints.

— Je ne sais rien de vos adjoints.

— Oh là, mais tu vas baisser d'un ton ! Tu ne sais rien de mes adjoints. Mais tu sais bien quelque chose. Ton permis dit que tu es de Chicago dans l'Illinois." Jetty prononça le *s*.

Hobsinger resta silencieux.

"Dis-moi voir ce que tu fais ici, dans le Mississippi, monsieur Hopsettler.

— C'est Hobsinger.

— Maintenant qu'on sait que c'est ton nom, on va pouvoir poursuivre."

À l'évidence, Hobsinger n'était pas fier de lui.

"Tu vois, mon gars, je suis un péquenaud, comme tu le pensais, mais je suis pas aussi con que mon ADN de Mississippien pourrait te l'faire croire. Je suis un redneck d'un autre style. Le genre de redneck d'avant et après avoir posé une pêche.

— Quoi ?

— Je suis le genre de redneck dont tu voudrais même pas rêver, parce que j'ai pas de limites. Non, pas de limites. Je suis un redneck qui fait pas semblant de croire en Dieu. Un redneck qui sait qu'il est redneck.

— Vous êtes fou.

— Tu vois, t'es pas aussi idiot que t'en as l'air."

Hobsinger suivait le shérif des yeux.

"Ça te plaît pas, que je sois derrière toi, hein ? Tu vas apprendre à adorer ça à la ferme pénitentiaire. Et les gars, ils vont adorer ta façon de parler. T'as déjà vu une ferme pénitentiaire ?" Jetty s'arrêta juste derrière l'homme. "Pas de risque de laisser tomber le savon. Y en a pas. Putain, y a à peine l'eau à la ferme. Tu veux me dire ce qui se passe par ici ?"

Hobsinger se ressaisit. "Je connais mes droits. Vous allez me menacer de me lyncher, c'est ça ? C'est ce que vous faites dans le coin, non ?

— Ta gueule."

93

Huit véhicules de patrouille des autoroutes du Wyoming et quatre voitures noires du département d'investigation criminelle du Wyoming remplissaient la rue étroite devant la Grick of Bold Tavern. Le département de police de Rock Springs achemina des agents du FBI en costume depuis les hélicoptères qui avaient atterri sur le terrain de football du lycée. Il n'y avait pas de témoin du crime à proprement parler. Personne n'avait vu les assaillants entrer ni sortir du bar. La seule chose claire est qu'ils étaient nombreux et n'avaient aucun respect pour la vie. Les huit hommes blancs, habitants bien connus du Wyoming depuis trois générations et quatre pour certains, avaient été tailladés, poignardés, mutilés, et quelques-uns brûlés. Les lieux étaient couverts de traces de l'agression – cheveux, terre, empreintes, sang – et une traînée des mêmes matières menait du bar jusqu'au champ derrière, jonché de roches et de détritus. Des chasseurs du coin essayèrent de faire repérer l'odeur à leurs chiens pour traquer les coupables, mais les animaux soit n'y parvinrent pas soit refusèrent.

Un vieil Indien shoshone vint se poster à côté des deux agents du FBI. Ils le regardèrent et il les regarda à son tour.

"Je peux vous aider, monsieur ? fit un agent.

— Il faut pas rester là, dit l'autre. C'est une scène de crime en pleine investigation. Vous ne pouvez pas rester là.

— Ils étaient chinois, dit le Shoshone.

— Quoi ?

— Vos tueurs. Ils étaient chinois."

Les agents du FBI se mirent à rire. "Ah oui, vraiment ?

— Vous pouvez peut-être nous dire combien ils étaient.

— Vingt-huit.

— Vous avez vu vingt-huit Chinois sortir d'ici en courant ?

— Non, j'étais dans le bar quand ils sont entrés.

— Vingt-huit Chinois sont entrés dans ce bar, et vous, vous étiez là, juste à les regarder commettre deux trois meurtres ?

— En quelque sorte.

— Comment ça « en quelque sorte » ?

— Ils sont entrés juste au moment où je me dirigeais vers les chiottes pour aller pisser. Quand je suis sorti, il n'y avait plus que des *wasi'chu** morts. Plus de Chinois.

— Il vous faut combien de temps pour pisser ?

— Une minute ou deux. Je ressors et deux *wasi'chu* étaient en feu. C'est là que j'ai compris qu'il y avait un problème.

— Ouais, des gens qui brûlent, ça interpelle.

— Ouais.

— Une ou deux minutes. Vous êtes resté une ou deux minutes.

— Trois max.

— Vous aviez bu, monsieur ?

* *Wasi'chu* signifie en lakota chez les Sioux *white people*, "peuples blancs".

— Bon Dieu, j'étais rond comme un boulon. Mais je sais reconnaître un Chinois. Et maintenant je sais à quoi ressemble un homme en feu.

— Et un Chinois, ça ressemble à quoi ? demanda un *wasi'chu*.

— Ça ressemble beaucoup au type allongé là-bas dans les hautes herbes."

94

La Cadillac de location était garée au bord de la route, juste assez loin pour ne pas être visible depuis la maison de Mama Z. Hind, Jim et Ed étaient descendus et avançaient en longeant les arbres du bord de l'allée.

"Redis-moi pourquoi on s'est garés si loin ? fit Ed. Vous ne croyez pas vraiment que cette vieille femme est impliquée dans toute cette affaire.

— C'est exactement ce que je crois, dit Hind.

— Tout ce que je sais, c'est que Gertrude m'a menti, fit Jim. Ça me rend nerveux quand on me ment.

— Donc on vient prendre par surprise une femme de cent ans ?

— En gros, oui", dit Hind.

La cour avant était couverte de corbeaux. Elle était couverte d'oiseaux parce que le sol était couvert de miettes et de graines.

"Qu'est-ce que vous en dites ? demanda Jim.

— Une vieille folle qui nourrit les oiseaux, dit Hind.

— C'est une alarme, fit Ed.

— Quoi ? dit Hind.

— Une alarme. Quelqu'un s'approche et les oiseaux s'envolent. OK, maintenant je ne suis plus aussi sûr pour Mama Z.

— Allons-y", dit Jim.

Ils se montrèrent et les corbeaux s'envolèrent bruyamment.

"Efficace", dit Ed.

À la porte, Hind frappa.

Mama Z répondit. "Mes amis, fit-elle, où est votre voiture ?

— On avait envie de marcher, dit Hind.

— Bien sûr, ma chère." Mama Z recula. "Entrez donc."

Ils entrèrent tous trois. Et suivirent la vieille femme dans le salon. Un feu brûlait dans la cheminée.

"Qu'est-ce qui me vaut le plaisir de votre compagnie ?

— Deux adjoints ont été tués hier, dit Jim.

— Juste au sud de Money, fit Ed.

— Mon Dieu, c'est terrible.

— Oui, ça l'est, dit Hind. Savez-vous quoi que ce soit de ces morts ?

— Oh non.

— Et les morts des Bryant et de Milam, alors ? demanda Jim.

— Seulement ce que j'en ai entendu, et l'essentiel venait de vous, dit Mama Z.

— Où est Gertrude ? demanda Jim.

— Elle n'est pas ici.

— Il y a quelqu'un d'autre ici ? demanda Ed.

— J'ai un visiteur, de fait. Un chercheur, venu consulter les archives. Il s'appelle Damon Thruff. Vous voulez le rencontrer ?

— Oui, tout à fait, dit Hind.

— Je reviens tout de suite", dit Mama Z. Elle se leva, paraissant soudain avoir son âge, se rattrapant au bras du canapé. Puis elle se redressa complètement et aisément, sourit à Ed et dit : "J'vous ai bien eus, hein." Elle quitta la pièce.

“C’est là qu’on lève les yeux au ciel et tout le tralala ? demanda Ed. J’en reviens à ce que je disais avant. Ce n’est qu’une vieille femme. Futée, certes, mais impliquée dans aucun meurtre.

— Je n’ai pas dit tout ça, fit Hind.

— Alors tu en penses quoi ?

— Il y a un truc louche, c’est tout ce que j’en dis.”

Jim approuva d’un hochement de tête.

Mama Z revint, suivie d’un très nerveux Damon Thruff. Elle les lui présenta comme ses amis détectives. “Détectives, fit-elle. C’est excitant comme mot, non ?

— Alors pourquoi êtes-vous ici, monsieur Thruff ? demanda Jim.

— Mon amie Gertrude m’a invité. Gertrude Penstock.

— Pour voir les archives, fit Jim.

— En fait, la raison pour laquelle elle m’a demandé de venir n’est pas trop claire pour moi, mais j’ai examiné les dossiers.

— Qu’est-ce vous faites dans la vie ? demanda Hind.

— Je suis maître de conférences à l’université de Chicago. Dans le département d’études ethniques, ce qui n’a pas vraiment de sens à mes yeux puisque mes écrits portent sur la justice et la biomécanique. J’ai une paire de thèses. Je suis relativement sûr qu’on m’a mis là pour me caser. Mais je parle beaucoup.

— Alors, vous êtes Dr Thruff, fit Hind.

— Sans doute. Je préfère professeur, ou monsieur, c’est bien aussi.

— Depuis combien de temps connaissez-vous Gertrude ? demanda Ed.

— Depuis la fac. Enfin, elle était en licence et moi en master. À Cornell. C’est là qu’on s’est rencontrés. À la fac.

— Vous êtes nerveux, professeur Thruff ? demanda Hind.

— Nerveux, moi ? Oui, toujours. Vous pouvez demander à n'importe qui."

Hind regarda Jim et Ed et s'avança sur le rebord de son siège. "Vous avez entendu parler de l'épidémie de meurtres dans le coin.

— Non. Enfin, si. Oui, j'en ai entendu parler, mais j'ai surtout lu les dossiers. Vous voyez, quoi.

— Qui vous a parlé des meurtres ? demanda Jim.

— Gertrude. C'est Gertrude qui m'en a parlé.

— Où est Gertrude ? demanda Jim.

— Comment pourrais-je savoir ? fit Mama Z. Elle va, elle vient.

— Puis-je utiliser vos toilettes, Mama Z ? demanda Jim.

— Ça ne fonctionne plus. Quelque chose de cassé.

— Vous n'avez qu'un WC ? Je suis assez bricoleur. Vous voulez que je jette un coup d'œil ?

— Non, non, je peux m'en occuper. Je n'ai juste pas eu le temps de le faire.

— Est-ce que Gertrude était ici il y a trois nuits ? demanda Jim. C'était il y a trois nuits ?" Il se tourna vers Ed.

Ed hocha la tête.

"Non, elle n'était pas là. Pourquoi me demandez-vous ça ?

— Je l'ai appelée et elle a dit qu'elle était ici.

— Alors c'est qu'elle devait être ici. Je suis vieille et, vous savez, ma mémoire n'est plus ce qu'elle était. J'imagine que c'est vrai de chacun d'entre nous, hein ?

— Monsieur Thruff, auriez-vous l'obligeance de me montrer vos papiers ? demanda Hind. Votre permis de conduire ?

— Tu n'es pas obligé de le lui montrer, fit Mama Z, regardant l'agent spécial Hind dans les yeux.

— C'est vrai, dit Hind. Vous n'êtes pas obligé.

— Ça ne me dérange pas." Thruff tira son portefeuille de sa poche arrière, en sortit une carte, et la lui tendit. "C'est ma carte d'universitaire. Je n'ai pas le permis. Mon passeport est dans mes bagages. Vous voulez que j'aille le chercher ?"

Hind examina Thruff quelques secondes. "Ce ne sera pas nécessaire." Elle lui rendit sa carte professionnelle.

"Nous allions déjeuner, dit Mama Z.

— Très bien, fit Jim. Mama Z, vous voulez bien laisser l'agent spécial Hind jeter un coup d'œil aux archives ?

— Un autre jour peut-être", dit la vieille femme.

Dehors, en retournant vers la Cadillac le long de l'allée, les trois détectives ne dirent rien. Jim ouvrait la marche, plus agité, d'une certaine façon, ou en colère, que les deux autrcs. Il s'arrêta devant la voiture et se tourna vers eux.

"Ça ne sent pas bon. Il y a vraiment quelque chose qui ne va pas du tout, dit Jim.

— Ce pauvre Thruff est embringué là-dedans, mais il ne risque pas de tuer qui que ce soit, dit Hind.

— Peut-être que Mama Z est un genre de sorcière, elle baragouine un truc et elle change Thruff en tueur", dit Ed.

Jim s'appuya contre la voiture et se mit à donner des coups de pied dans le gravier. "Non mais écoute-toi. Il y a une minute, tu nous disais que c'était juste une gentille vieille dame. Maintenant, c'est une putain de prêtresse vaudoue ou une connerie comme ça.

— Oui, bon."

Jim se tourna vers Hind. “Qu’est-ce que tu veux faire ?

— Je veux voir si ce redneck de shérif a tiré quelque chose de Knobfucker ou je ne sais plus quoi. Et toi, qu’en dis-tu ?

— Il faut que je retrouve Gertrude.”

95

Ajax Kinney, agent spécial en chef du bureau régional du Sud-Est, débarqua d'un vol commercial à Hesler-Noble Field, juste au nord de Hattiesburg. Il fut accueilli par plusieurs autres agents arrivant des bureaux de Chicago, Dallas et DC. L'agent de Dallas était un certain Hickory Spit, une légende au Bureau pour la seule raison qu'il était l'agent actif le plus âgé dans toute l'histoire du département de la Justice. Né en 1934, il était tout proche des quatre-vingt-cinq ans. C'était le seul agent du FBI encore en fonction à avoir travaillé avec John Edgar Hoover. Texan de naissance, il était célèbre pour avoir mené l'action du FBI visant à discréditer Martin Luther King Jr, ayant même une fois écrit une lettre à King lui suggérant de se suicider. Il était là parmi les autres, coiffé de son stetson, dans ses bottes de cow-boy, avec son arme de poing au manche de nacre, parce qu'il était le seul membre du Bureau à avoir assisté à un lynchage. Il était là aussi parce que tel était l'ordre du président des États-Unis, qui le considérait comme un héros américain. Spit pensait que Hoover et Eisenhower étaient la même personne, n'aimait pas les cheveux de Kennedy, détestait la politique menée par Johnson, adorait Nixon, avait prétendu un jour avoir une balle toute prête pour Jimmy Carter, se méfiait de Reagan, trouvait George H. W. Bush insignifiant, mena une enquête officieuse sur Clinton, considérait George W. Bush comme faisant partie de l'élite intellectuelle, manqua mourir d'une attaque quand Barack Obama fut élu, et était fou amoureux du clown du moment. Il avait encore un insigne et une arme mais pouvait à peine se torcher le cul. Il sentait la merde, l'*Aqua Velva* et le fromage au piment. Il n'avait qu'un parent en vie, un fils dont il avait abusé sexuellement et qui à présent le haïssait depuis un autre pays. Clint Eastwood avait pour projet de faire un biopic de sa vie et sa carrière.

Le FBI installa un quartier général sur deux étages au sommet de l'Hotel Indigo. C'est là qu'ils se trouvaient tous, dans la salle de conférences A, à manger des crevettes popcorn de Popeye's, des donuts Krispy Kreme et des boulettes de maïs du restaurant de l'hôtel, qui revendiquait ce beignet de semoule comme sa spécialité mondialement connue. En attendant l'agent spécial Herberta Hind, ils étaient assaillis de théories par Hickory Spit.

"Moi, j'vous l'dis, les gars, ce qui se passe en ce moment dans nos bons vieux US d'Am, ça a commencé avec ce Kennedy. Vous savez que j'y étais, à Dealey Plaza, ce 22 novembre 1963. J'ai entendu les coups de feu. Il y en a eu huit, exactement. La plupart ont dit qu'ils en ont entendu trois. Mais y en a qui disent huit, et ils ont raison. Comme vous le savez, ce fusil italien qu'il avait a un chargeur à six coups, donc y avait forcément un autre tireur. On n'a trouvé que trois douilles dans le dépôt de livres, alors ils venaient d'où, ces coups ? J'vais vous le dire, et c'était pas de derrière un mur. C'était du deuxième étage du building Dal-Tex. Des Black Panthers habillés en gardiens. Vous savez, un portier nègre, il va où il veut, sans qu'on le remarque. Les Panthers étaient clandestins à l'époque, personne en avait entendu parler, et ils étaient furieux parce que Kennedy reculait par rapport aux promesses qu'il leur avait faites en échange du vote des Noirs. Vous savez que c'est pour ça qu'il a gagné, à cause du vote noir. Personne en parle jamais. Enfin bon, Oswald a pas tiré une seule fois. Les Russes travaillaient avec les Noirs, mais Lee Harvey ne le savait pas. Il croyait juste qu'il bossait pour les Ruskies. Ils lui ont filé des balles à blanc. Vous imaginez s'il a été surpris en ratant sa cible ! Enfin, les Panthers ont jamais disparu. Ils ont produit une version publique à la fin des années 60, mais ça reste une putain d'organisation secrète, et ils ont lancé cette guerre de race qu'on sentait tous arriver.

— Comment ils font, Hick ? demanda quelqu'un. Tuer des gens et disparaître dans la nature ? Comment on peut faire ça ?"

Hickory Spit regarda par la fenêtre. "Entraînement ninja. Les Japs font l'instruction des Panthers depuis le début. Vous avez vu le paquet de Panthers qui trimballaient ce bouquin, là, *L'Art de la guerre*, de ce Sonny.

— C'est Sun Tzu, fit un autre agent.

— Et c'est chinois, dit un autre.

— Comme si y avait une différence, dit Hickory Spit. C'est des fantômes, ces nègres.

— Vraiment ?" demanda l'agent spécial Hind depuis l'embrasure de la porte.

Ajax Kinney se prit la tête dans les mains.

Hickory Spit se recroquevilla juste un peu.

Jim et Ed se tenaient de part et d'autre de Hind.

"Et si vous me parliez de ces nègres fantômes ?" demanda Hind. Elle s'approcha du vieil homme installé en tête de table.

"Qui êtes-vous ? demanda Hickory Spit.

— Agent spécial Herberta Hind, dit-elle. C'est moi qui suis chargée de mener l'enquête ici. Votre nom ? Vos fonctions ?

— Agent spécial H-h-h-Hickory Spit, de D-d-d-Dallas.
— Enchantée, dit Hind. Asseyez-vous maintenant, et taisez-vous.
— Le président a voulu qu'il soit là, dit Kinney.
— Évidemment.
— Qu'avez-vous à nous communiquer, agent spécial Hind ?" demanda Kinney.

Hind regarda les visages des hommes blancs tour à tour et ses yeux se posèrent sur la peau ravinée de Hickory Spit. "Nous n'avons rien à communiquer, dit-elle. L'enquête se poursuit, et nous n'avons pas encore relié assez de points entre eux pour former une théorie.

— Je peux le comprendre, dit Kinney, mais vous êtes là pour nous parler des points.
— Ouais, et ces points ? lâcha Hickory Spit.
— Taisez-vous", dit Hind. Elle tourna les talons et sortit. Ed et Jim la suivirent.

Dans l'ascenseur, Jim dit "Comment ils disent, les gamins ?

— C'était ouf, dit Ed.
— Très drôle, dit Hind.
— Qu'est-ce qui t'a pris ? demanda Ed.
— Juste à regarder ces visages blancs terreux, je me suis mise en colère. Ce pourri de Hickory Spit. Tous des pourris. Ils sont là, pelotonnés dans une salle à attendre que nous, on les autorise à tirer sur quelqu'un. Et vous savez sur quel genre de quelqu'un ils veulent tirer."

Ils faisaient face aux portes de l'ascenseur.

"Je n'ai pas pu trouver d'adresse pour Gertrude Penstock, dit Jim. Le restaurant l'a embauchée en tant que Dixie Foster et l'adresse est fausse, tout comme son numéro de sécurité sociale.

— Donc tu penses qu'elle a mis les voiles ? demanda Hind.

— Je ne sais pas pourquoi, mais non, dit Jim.

— À sa place, j'aurais filé, dit Ed.

— Je retourne chez Mama Z", dit Jim.

Hind hocha la tête. "On va tenter notre chance avec Hobsinger."

De retour dans la salle de conférences A :

"J'vous ai déjà raconté, à vous les p'tits jeunes, le lynchage que j'ai vu en 46 ? J'avais juste onze ans. Mon père m'a réveillé et m'a dit, allez viens, il voulait me montrer quelque chose. On est montés dans son pickup Ford tout défoncé et on a dépassé les champs pétroliers. Mon père, c'était un as du pétrole, il avait l'habitude d'éteindre des feux. Vous avez vu ce film avec John Wayne ? Eh bien, c'était basé sur mon père. Lui aussi avait les cheveux roux. Comme si sa putain de tête était en feu. Enfin bon. Il nous a conduits là-bas, et y a des types qui ont sorti un nègre de sa cahute en le traînant, il s'débattait comme un beau diable, et c'est peu dire. Y z'ont pas de colonne vertébrale, cette espèce-là. Il disait qu'il avait pas fait ce que les autres disaient, alors j'ai demandé à mon père ce qu'il avait fait, et il m'a dit que ce nègre avait dit bonjour à une Blanche devant le drugstore. J'arrivais pas à y croire. En plein devant le drugstore où cette fille achetait ses produits féminins. Bien sûr, à l'époque, j'y connaissais rien à cette affaire, mais je savais que c'était pas bon. Jusqu'où ça irait ? C'est ce que mon père voulait savoir. Il disait que les gamins noirs allaient se mettre à courir aux quatre coins du monde que Dieu a créé en saluant les filles blanches, et en un rien de temps, on se retrouverait avec tous ces bâtards qui ramperaient de partout et ça serait la fin des Blancs, y avait aucun doute. On était en plein milieu de ce champ, mais y avait qu'un seul arbre et c'était clair pour tout le monde que pas une de ses fichues branches allait résister au poids de ce nègre assez longtemps pour l'étrangler, lui briser la nuque ou autre, enfin, pour faire ce qui tue un pendu. Mais voilà que ce gamin noir se redresse et arrête de se débattre. Il a regardé tous les hommes un par un, il s'est arrêté sur Fabric Wilke, le meneur, et il lui a dit, d'une voix bien distincte : « Vous pouvez pas me pendre, espèces de raclures. J'en ai déjà deux bien pendues. Demande à ta femme. » Fabric est devenu rouge comme une betterave, il s'est avancé et il lui a fichu un coup de crosse de fusil dans le bide. Il s'est à peine courbé, ce nègre. « Tu peux demander à ta mère aussi. » Fabric pleurait à présent et personne disait rien. Alors ce gamin a regardé un autre gars, puis un autre, et encore un autre, et il s'est mis à répéter : « Demande à ta femme. Demande à ta mère. Demande à ta fille. » Y sont dev'nus fous, les gars, j'vous l'dis, et ils ont essayé de tuer le nègre à coups de pierre. Mais si ça lui a fait mal, en tout cas il a rien laissé paraître. Alors ça a commencé à tirer, mais comme ils se tenaient en cercle, tout ce qu'ils ont fait, c'est se tirer dessus. Finalement, le gamin noir est tombé à genoux, avec du sang qui lui coulait du coin des lèvres, et il a dit : « Je vais mourir, pendant un moment. Mais je reviendrai. On reviendra tous. »"

Un silence de mort régnait dans la salle. Les hommes blancs avaient un teint de cendre.

"Voilà, c'est ça, cette guerre." Et là, sur-le-champ, dans la salle de conférences A au troisième étage de l'Hotel Indigo à Hattiesburg, Mississippi, Hickory Stonewall Spit sembla subir une attaque et tomba dans le silence.

Ajax Kinney ne bougea pas de son siège. "Il est mort ?"

L'agent de Chicago tendit le bras et chercha le pouls au cou du vieil homme. Il hocha la tête.

Kinney regarda par la fenêtre. "Dieu soit loué."

96

Les cris étaient tout ce qu'on pouvait entendre. On n'entendait même pas l'alarme à cause des cris. Les agents des services secrets couraient avec leurs MP5 Heckler & Koch et leurs pistolets-mitrailleurs FN P90 en bandoulière à l'épaule, prêts à servir. Ils couraient dans les couloirs de l'aile ouest de la Maison-Blanche, certains vers le Bureau ovale et d'autres vers la salle Roosevelt. L'alerte avait mobilisé tous les agents présents. Deux ou trois d'entre eux portaient encore des chapeaux pointus, résidus d'une fête au Restaurant de la Marine. Reginald "Razorback" Reynolds, ancien sénateur de l'Alabama et non de l'Arkansas*, malgré son surnom, était à présent ex-secrétaire au Trésor, ex parce qu'il gisait mort sur la table rectangulaire se trouvant au centre de la salle Roosevelt. Son tronc était un magma ensanglanté.

Le président affolé s'était tapi sous le *Resolute desk* du Bureau ovale. Les services secrets emplissaient la pièce, face aux portes et aux fenêtres, tandis que le vice-président parlait au président pour tenter de le faire sortir de sa cachette.

* *Razorback*, "sanglier", nom d'une équipe de football américain de l'Arkansas.

“Tous les hommes armés sont là maintenant, dit le vice-président. Personne ne peut entrer.

— Vous avez entendu ces cris ? C’étaient les cris les plus forts qu’on ait jamais entendus. Vous n’y croiriez pas, comme c’était fort.

— Oui, monsieur le président, mais vous pouvez sortir maintenant. Il n’y a plus aucun danger.

— Je suis coincé. Bon Dieu, je suis coincé. J’ai les genoux enfoncés dans le ventre. Fais venir quelqu’un pour m’aider, espèce de vieux clown.”

Le vice-président fit signe à deux agents de venir aider.

Le P90 de l’un d’eux glissa de son épaule et tomba près du visage du président.

Il hurla. “Putain de bordel à queues, et si le coup partait, couillon ? Ça pourrait arriver. On sait jamais. D’abord, je découvre que ces trous du cul sont en train de préparer la destitution et maintenant, ça. C’était quoi, tous ces cris ? Je suis toujours coincé. Putain, j’ai les cheveux pris dans un truc.

— C’est du chewing-gum, monsieur le président”, dit l’un des agents.

Le président tendit un petit doigt vers le vice-président. “Tu t’es encore assis dans mon fauteuil. Je t’aurai. Putain de bordel.”

Un autre agent s’approcha et se mit sur un genou à côté du président. “Monsieur le président, le secrétaire Reynolds est mort.

— Qu’est-ce qu’on en a à foutre ? Sortez-moi de là. Qu’on appelle mon coiffeur. J’en ai de partout, de ce chewing-gum.” Il renifla ses doigts. “Juicy Fruit.” De nouveau, il tendit le doigt vers le vice-président. “C’était toi. Putain de Juicy Fruit.” Les hommes le remirent sur pied.

“Reynolds a été assassiné, monsieur le président”, dit un agent.

Le président essaya de retourner sous le bureau.

“Nous tenons l’assassin.

— Ah, bien.” Le président ajusta ses vêtements et tenta d’aplatir ses cheveux. “Bien. Sortez mon hélicoptère royal. Il faut que j’aille à Camp David.

— Monsieur le président, c’est une scène de crime. Nous devons tous rester là un moment. Nous ne savons pas s’il y a d’autres assaillants sur les lieux.

— Quoi ?

— Le secrétaire Reynolds a eu les testicules sectionnés.

— Qu’est-ce que vous dites ?

— Le meurtrier est un homme noir, et lui aussi est mort. Bizarrement il semble être mort depuis un moment.

— Les couilles tranchées ? Pas bon, ça.” Le président compta les membres de la sécurité présents dans la pièce avec lui. “Fermez les portes à clé.

— Elles sont fermées à clé, dit le vice-président.

— Ta gueule, Juicy Fruit.

— Monsieur le président, la première dame est en sûreté.

— Qui ça ?

— Votre femme, monsieur le président.

— Oh, Melanie.

— Melania, monsieur le président.

— Ouais, ça va. Comment le tueur est-il entré ? C’est censé être l’endroit le plus protégé de la planète ici. Alors comment, comment ?

— On ne sait pas, monsieur le président.

— Conduisez-moi à ce putain de bunker. Je veux mon bunker. Où est le secrétaire au Logement et je sais plus quoi ? Il est noir. C’est lui qui a tué machin, là ?

— Non, monsieur le président. L’homme n’a pas encore été identifié.” L’agent posa un doigt sur son oreillette pour écouter un message dans son écouteur. “Les lieux sont dégagés, monsieur le président, pas de danger.

— Appelez l’armée. Encerclez les locaux.

— Monsieur le président, les lieux sont sûrs.

— Je veux mon armée, putain, tout de suite !”

97

De jeunes hommes blancs au teint blafard venus de Terre Haute, Greencastle, New Castle et Muncie arpentaient, les pieds en canard, les rues d'Indianapolis. Ils portaient des M16A2 de seconde main qui n'avaient jamais tiré plus de six coups en un jour. Ils étaient vêtus de treillis sahariens qui attiraient l'attention plus qu'ils ne les camouflaient. Ils n'avaient pas la moindre idée de ce qu'ils cherchaient ou gardaient. Les représentants des autorités évitaient les rues dans l'ensemble, tout comme beaucoup de Blancs. Certains magasins étaient fermés, d'autres en train d'être équipés de systèmes d'interphone à l'entrée. Les Noirs restaient à l'intérieur pour la plupart à cause des jeunes Blancs sillonnant les rues avec des fusils.

Les journaux et les réseaux sociaux essayaient de relier les incidents violents survenus à travers le pays. Fox News parlait de "guerre raciale, pure et simple". On en était à vingt-cinq morts blancs. Le score était de vingt-cinq contre cinq. À l'évidence, il s'agissait d'une conspiration noire et asiatique, au fonctionnement secret, complexe et bien organisé. Il y avait des espions partout. On ne pouvait se fier à personne. Comment cet homme noir avait-il pu s'introduire dans la Maison-Blanche pour tuer Razorback Reynolds ? Il avait forcément des complices à l'intérieur. Les personnels de ménage et de cuisine de la Maison-Blanche étaient retenus en garde à vue dans un camp de fortune improvisé dans l'enceinte de la Maison-Blanche, au milieu de l'Ellipse.

Dans la péninsule supérieure du Michigan, sur Drummond Island, plusieurs leaders de divers groupes suprémacistes blancs se rencontrèrent pour discuter de la stratégie à développer. Ils allaient entrer en guerre, mais où, comment et avec qui ? Ils tombèrent aussitôt d'accord, comme un seul homme, qu'il fallait frapper d'abord, immédiatement, par surprise, mais où et avec quel genre d'armement ?

Dempsey Hauser, commandant suprême de la White Power Legion du Midwest, prit la direction de la réunion, comme ils s'étaient tous rassemblés dans son pavillon de pêche. "Messieurs, on a toujours pensé qu'on porterait le premier coup dans cette guerre qui allait venir, on le savait. Mais on est arrivés trop tard, c'est clair, trop encroûtés dans le confort de nos télés câblées, nos téléphones portables et toutes ces saloperies de jouets toxiques que les communistes ont répandus chez nous. On n'a jamais vu les nègres, les Japs et les bridés faire front. On ne peut pas les laisser s'emparer de notre Amérique. Vous êtes avec moi ?"

Woof. Woof. Woof.

"Je sais qu'on a plein de stocks d'armes et de munitions. C'est parce que c'est notre truc, on est doués pour collectionner les fusils, les balles et tout ce qui pète. Mais il nous faut un plan si on veut gagner c't'affaire. On a pu constater que l'ennemi en a un. Ils ont une longueur d'avance sur nous. Le débat est ouvert à toutes les suggestions sur la marche à suivre.

— Mon père, il disait que ce jour viendrait", dit Kyle-Lindsey Beet de Tuscaloosa, Alabama. C'était le Serpent Souverain Suprême de la Confrérie ressuscitée des protecteurs blancs. "Mon grand-père m'a dit de vous présenter ses excuses de ne pas avoir supprimé plus de ces nègres quand il en a eu l'occasion.

— Comment va-t-il ? demanda quelqu'un.

— Il a Alkhammer maintenant et la plupart du temps, il sait pas reconnaître une chaussure, mais y a des fois il est mieux. Il se rappelle tous les scores de foot des Bear Bryant Alabama d'avant les nègres, mais il est pas capable de se torcher le cul.

— Il le faisait pas avant Alzheimer, lança une voix du fond de la salle.

— Va te faire, dit Beet.

— OK, on se calme", dit Hauser.

Larry LaChemise se leva. "Ouais, on a des tonnes de fusils, des milliers de cartouches et même des grenades, mais on n'a pas tant de monde que ça. Moi j'dis qu'on devrait embaucher une société de pub pour essayer de se renforcer. En menant une campagne de pub. Avec des clips sur le réseau Fox. Dans l'émission de Hannity, là.

— Assieds-toi, Larry, dit Hauser. On n'a pas le temps pour ça. Il faut attaquer tout de suite !"

LaChemise regarda la salle. "J'sais pas pour vous autres, mais moi, j'peux tirer qu'avec deux armes à la fois.

— Il a raison, Larry, fit un homme à l'arrière. On est quinze et on a à peu près dix hommes chacun, donc ça fait quoi, quatre-vingt-dix hommes en tout ? Deux armes par homme, ça nous fait cent soixante, et c'est pas grand-chose en termes de force de tir. Doit y avoir des milliers de nègres lâchés dans la nature.

— Des millions, imbécile, fit un autre. Non mais tu sors d'où ?

— De l'Utah, trouduc. Et toi, putain, tu sors d'où ?

— OK, du calme", dit Hauser.

Une pierre brisa la fenêtre derrière Hauser. Il plongea pour l'éviter. Une autre pierre plus grosse atterrit à quelques mètres de lui.

"Putain mais c'est quoi ce bordel ?" lança LaChemise. Les hommes dans la bousculade se précipitèrent vers le mur du fond avec son drapeau confédéré.

Il y eut un bref silence. Hauser glapit : "Allons, de l'ordre, soldats."

Avant qu'un seul d'entre eux n'ait pu resserrer ses lèvres maigrichonnes pour entonner en sifflant les premières notes du patriotique *Dixie* de Stephen Foster, la salle de réunion fut envahie d'hommes noirs morts aux yeux de poupée et incrustés de terre.

98

Tandis que Jim roulait vers le nord en direction de Money, Hind ct Ed faisaicnt sortir Chester Hobsinger de sa cellule de détention pour qu'il soit enchaîné à une table dans la salle des interrogatoires. Ils le regardèrent à travers la vitre faire bouger ses entraves, mais il était clair qu'il ne tentait pas de se libérer.

"Je suppose que je vais jouer le bon flic", dit Ed.

Hind se tourna vers lui.

"C'est plutôt logique, non ?

— Parce que c'est ironique qu'une femme joue le mauvais flic ? demanda Hind.

— Non. C'est que je suis un gentil et toi, tu es, ben, tu sais, plutôt du genre pète-sec, dit Ed. Sans vouloir te froisser.

— Tu veux dire du genre chieuse ? demanda Hind.

— C'est toi qui l'as dit.

— Je ne peux pas le nier.

— Allons-y."

Ils sortirent et entrèrent dans la pièce où se trouvait Hobsinger. Ils s'assirent en face de lui.

"Vous êtes traité correctement ici, monsieur Hobsinger ? demanda Ed. Chester, je peux vous appeler Chester ?

— Pas de problème.

— Moi c'est Ed."

Hobsinger se tourna vers Hind.

“Agent spécial Hind, dit-elle.

— Parlez-nous de ce camion, Chester, dit Ed. Combien de temps avez-vous travaillé pour la compagnie de cadavres Acme ?”

Hobsinger ne dit rien.

“Comment avez-vous pu disparaître, vous et le camion ? Vous avez été détourné par un pirate ? Moi, je déteste ça. On est là, on roule avec une remorque pleine de morts et quelqu’un sort des buissons et détourne votre véhicule. Vous aviez déjà fait des trajets pour Acme ou c’était votre premier ?” demanda Ed.

Toujours rien d’Hobsinger.

Hind se pencha en avant et posa les coudes sur la table. “Monsieur Hobsinger, je veux que vous sachiez que vous êtes dans une montagne de merde. Vous êtes lié à des meurtres qui peuvent être considérés comme des crimes de haine ; on pourrait même dire du terrorisme. Vous en comprenez les conséquences ? Cela signifie que nous pouvons vous mettre au sec très longtemps pendant qu’on décide ce qu’on va faire de vous.”

Hobsinger se tourna vers Ed.

Ed haussa les épaules. “Ce n’est pas ce que je souhaite. Mais vous êtes lié à ces meurtres. J’aimerais comprendre pour pouvoir vous aider. Nous savons que vous avez coupé les testicules de Milam.

— Quoi ?

— On a retrouvé votre ADN sur ses couilles, dit Ed.

— C’est impossible.

— Nous savons aussi que c’est vous qui avez coupé les doigts de Bryant pour les lui mettre dans la bouche, dit Hind.

— Il n’avait pas de doigts dans la bouche.

— Exact, monsieur Hobsinger.

— Et merde.”

99

Jim reçut un appel d'Ed l'informant que Hobsinger avait avoué l'emplacement d'une maison où des membres de son groupe s'étaient planqués et vraisemblablement Gertrude avec eux. Il suivit les instructions, bifurqua plusieurs fois pour se retrouver sur des chemins de terre et se gara devant une grande maison délabrée, une de ces *"shotgun house"* tout en longueur typique de la région, encore surélevée sur des colonnes en brique. Une galerie à l'air précaire courait le long de l'avant de l'édifice ainsi qu'au nord. Il regarda la porte. Aucun signe de présence. S'ils avaient raison, et que ces gens étaient impliqués dans les meurtres, ils étaient fort possiblement dangereux. Il dégaina, libéra le chargeur et le vérifia, le tapota sur ses jointures de doigts et le réinséra. Lentement, il fit basculer le barillet en arrière et enclencha une balle. C'était juste après midi et il faisait très chaud ; il sentait la voiture se changer en four. Il laissa sa veste sur le siège et s'approcha de la maison.

Posant le pied sur la première marche fissurée du porche, il provoqua sur la deuxième un grincement assez puissant pour signaler à coup sûr sa présence à toutes les créatures se trouvant à proximité. Il imagina les pièces de la maison emplies de corps de la compagnie de cadavres Acme de Chicago. Il les imaginait se mouvant, des membres morts se mouvant dans l'espace. Il s'écarta de l'embrasure de la porte, poussa lentement la porte moustiquaire, pour l'entendre elle aussi annoncer sa présence. Plus d'effet de surprise possible après la marche et la moustiquaire, aussi tourna-t-il la poignée pour entrer dans la maison. Il n'y avait pas de cadavres, mais Gertrude assise sur une chaise Shaker au beau milieu de la pièce.

"Miss Penstock.

— Agent spécial Davis."

Jim jeta un regard tout autour de la pièce et dans le couloir jusqu'à la porte du fond. Il tendit l'oreille mais n'entendit rien. La pièce était confortablement meublée, bien tenue, propre. Des draps d'une étoffe fine étaient suspendus au plafond, façon hippie, adoucissant la lumière de l'ampoule éclatante. "Il y a quelqu'un d'autre ici ?

— Non, tout le monde a décampé."

Jim hocha la tête. Il attrapa le dossier d'une autre chaise Shaker derrière le canapé et la posa devant Gertrude. "Et si je m'asseyais là.

— Je vous en prie."

Il examina le visage de Gertrude. Il n'en connaissait que trop bien l'expression, l'avait vue d'innombrables fois. Elle essayait d'avoir l'air détendu alors qu'elle ne l'était pas. "Bon, alors Dixie, Gertrude, la Justicière Masquée, quel que soit ton nom, es-tu partie prenante de l'affaire depuis le début ?

— Je m'appelle Gertrude.

— Penstock ?

— Harvey.

— Tu es parente de Mama Z ?

— Non.

— Je ne t'aurais pas du tout soupçonnée si tu ne m'avais pas menti, fit Jim. Le mensonge se retourne toujours contre nous.

— Soupçonnée de quoi ?

— Eh bien, c'est ce que nous sommes censés établir, non ? Pourquoi ne me dis-tu pas pourquoi tes amis ont eu besoin de décamper, comme tu dis ?"

Gertrude ne dit rien, regarda derrière Jim par la fenêtre. "Tout le monde parle de génocide partout dans le monde, mais quand la tuerie est lente et s'étale sur plus de cent ans, personne n'y fait attention. Quand il n'y a pas de charnier, personne n'y fait attention. Le scandale américain n'est que pour le paraître. Il est périssable. Si ce bouquin de Griffin s'était intitulé *Dans la peau d'un lynché**, l'Amérique aurait peut-être levé les yeux de son assiette, du match de baseball ou ce qui se fait de nos jours. Twitter ?

— Tu répètes ton discours depuis que t'es arrivée ?

— En gros oui.

— Tu as tué des gens ?

— Ça dépend de ce que tu veux dire par « gens ».

— Ce n'est pas moi qui en décide. As-tu… es-tu impliquée dans le meurtre de Wheat Bryant ?" Jim regarda le pistolet qu'il avait toujours à la main, sentit un moment de gêne et le rangea. "Tu étais présente pendant ce meurtre ?

— Non.

— Es-tu impliquée dans la planification du meurtre ? Je reformule. Étais-tu présente pendant la planification du meurtre ?

— Je dirai juste ça : des gens que je connais sont impliqués dans trois meurtres, c'est tout. Non pas que trois ne soit pas beaucoup, mais c'est tout. Trois.

* *Dans la peau d'un Noir (Black Like Me)*, de John Howard Griffin, publié en 1961, est le témoignage d'un écrivain américain qui, par un recours à la médecine, a pris les traits d'un homme noir pour en mener la vie pendant six semaines.

— Et je suis censé croire qu'une femme de cent ans est le cerveau d'une secte d'assassins ?"

Gertrude ne répondit pas.

"Dis-m'en plus sur Mama Z.

— Ce que tu sais d'elle est vrai.

— Ces trois meurtres : Wheat Bryant, Junior Junior Milam et Carolyn Bryant."

Gertrude fit non de la tête. "Pas la vieille. Tout ce qu'on a fait, c'est mettre le cadavre dans sa chambre. Une décision de dernière minute.

— Et le numéro 3, alors ?

— Le Milam de Chicago. C'est tout. On ne sait pas ce qui se passe partout ailleurs. Je le jure. Enfin, je veux dire, la Maison-Blanche ? Qui peut faire un truc comme ça ?" Gertrude s'attrapa la main parce qu'elle tremblait.

Le téléphone de Jim vibra et il répondit. "Je suis à la maison, il n'y a personne. Il y avait quelqu'un mais c'est vide maintenant. Je vais faire le tour. Je te rappelle." Il rangea le téléphone dans sa poche. "C'était Ed. Mon partenaire et mon meilleur ami, et je viens de lui mentir.

— Merci.

— Ne me remercie pas. Contente-toi de ne pas me raconter de bobards. Est-ce que Mama Z est derrière tout ça ?

— Oui.

— Le type blanc, Hobsinger, comment il s'est retrouvé impliqué ?

— C'est l'arrière-petit-fils de Mama Z. Son grand-père noir a été tué par le Klan pour avoir été avec sa grand-mère blanche.

— Vous êtes combien en tout ? demanda Jim.

— Seize, sans compter Mama Z."

Jim se leva, gagna la fenêtre, regarda sa voiture. "Il se passe autre chose, c'est sûr, putain.

— Tu vas me laisser filer ? C'est pour ça que tu as menti ?

— Je veux parler à Mama Z. Elle aussi a décampé ?

— Oh non. Pour Mama Z, pas question de prendre la fuite."

On entendit un clic bruyant, la lumière du plafonnier faiblit, et le ronron d'une vibration emplit la pièce. Jim interrogea Gertrude des yeux.

"Ce doit être le congélateur."

100

Il n'y avait pas assez de troupes. Colfax, Louisiane. Omaha, Nebraska. Tulsa, Oklahoma. Chicago, Illinois. Trente-cinq victimes blanches. Panique dans les rues. Rosewood, Floride. Une bande d'hommes noirs aux yeux morts laissent dix hommes blancs morts sur leur passage. Le gouverneur de Floride demande à la population de garder son calme. Peu après, on le retrouve mort dans les toilettes de son bureau. Detroit, Michigan. Springfield, Illinois. East St Louis, Illinois. Des hommes noirs entrent de force dans des postes de police, laissant des morts dans leur sillage. L'armée est sollicitée, positionnée autour de la Maison-Blanche et du Capitole. Longview, Texas. Une ville entière est retrouvée morte. Wounded Knee, Dakota du Sud. Les Lakota les appellent *Ghost Dancers*, "danseurs de mort". Les Blancs s'enfuient. Treize morts dans les Black Hills. Elaine, Arkansas. Du sang partout. Rock Springs, Wyoming. Une bande de vingt hommes chinois, ne montrant aucune peur des forces de l'ordre, traversent Rock Springs, en direction de Rawlins et Laramie. À New York, un gros policier abat un jeune homme noir dans Central Park et découvre des hommes noirs incrustés de terre qui l'attendent à son véhicule de patrouille.

101

C'était une chambre froide et pas un congélateur, fabriquée par General Electric. Gertrude ôta le cran de sûreté de la lourde porte. D'instinct, Jim dégaina.

"Il y a quelqu'un ? demanda-t-il.

— En quelque sorte", fit Gertrude. Elle ouvrit la porte en grand. Un souffle d'air froid s'échappa. Elle toucha un interrupteur et la lumière s'alluma.

Sur les étagères s'alignaient des produits de traiteur emballés, viande, jambon, dinde et cervelas. Il y avait aussi des corps dans des sacs pendus au plafond. Jim ne distinguait aucun visage, pas même de membres, seulement de vagues formes humaines.

"La remorque volée ?

— Oui. On avait prévu de continuer." Elle se rendit compte qu'elle était en train d'avouer. "Mais là, cet autre truc a commencé. L'effet *copycat* ?"

Jim haussa les épaules. Avec le canon de son arme, il poussa légèrement un sac et le regarda se balancer. "Ce n'est même plus flippant.

— J'ai peur, dit Gertrude. C'est comme si on avait amorcé quelque chose."

La grande porte se referma avec fracas. Jim et Gertrude se retournèrent et entendirent le bruit du cran qui glissait pour verrouiller la porte.

“Ça sent mauvais”, fit Jim.

Gertrude courut à la porte et essaya la poignée. Elle se retourna vers Jim. “Je ne savais pas qu’il y avait quelqu’un, dit-elle. Je le jure.”

Jim sortit son téléphone. Pas de réseau.

“Qu’est-ce qu’on va faire ?

— Tu me poses une colle. Je ne peux pas faire péter la serrure en tirant dessus.

— Peut-être qu’il y a des outils là-dedans”, dit Gertrude en examinant les étagères.

Jim scrutait la porte. “Un pied-de-biche, ce serait bien.

— Et un gros tournevis ?

— Ça pourrait marcher.” Il lui prit l’outil des mains. “OK, à ton avis, comment je m’y prends ? Je ne suis pas un as du bricolage.”

Gertrude prit le tournevis et tenta de l’enfoncer entre le chambranle et la serrure. Jim l’aida à pousser. Rien.

“Je gèle, dit Jim.

— C’est un congélateur.”

102

Florence, Caroline du Sud. Macon, Géorgie. Hope Mills, Caroline du Nord. Selma, Alabama. Shelbyville, Tennessee. Blue Ash, Ohio. Bedford, Indiana. Muscle Shoals, Alabama. Irmo, Caroline du Sud. Orangeburg, Caroline du Sud. Los Angeles, Californie. Jackson, Mississippi. Benton, Arkansas. Lexington, Nebraska. New York, New York. Rolla, Missouri. Perth Amboy, New Jersey. Elsmere, Delaware. Tarrytown, New York. Grafton, Dakota du Nord. Oxford, Pennsylvanie. Anne Arundel, Maryland. Otero, Colorado. Coos Bay, Oregon. Chester, Caroline du Sud. Petersburg, Virginie. Laurel, Delaware. Madison, Maryland. Beckley, Virginie-Occidentale. Soddy-Daisy, Tennessee. Fort Mill, Caroline du Sud. Niceville, Floride. Slidell, Louisiane. Money, Mississippi. DeSoto, Mississippi. Quitman, Mississippi. Elmore, Alabama. Jefferson, Alabama. Montgomery, Alabama. Henry, Alabama. Colbert, Alabama. Russell, Alabama. Coffee, Alabama. Clarke, Alabama. Laurens, Caroline du Sud. Greenwood, Caroline du Sud. Oconee, Caroline du Sud. Union, Caroline du Sud. Aiken, Caroline du Sud. York, Caroline du Sud. Abbeville, Caroline du Sud. Hampton, Caroline du Sud. Franklin, Mississippi. Lowndes, Mississippi. Leflore, Mississippi. Simpson, Mississippi. Jefferson, Mississippi. Washington, Mississippi. George,

Mississippi. Monroe, Mississippi. Humphreys, Mississippi. Bolivar, Mississippi. Sunflower, Mississippi. Hinds, Mississippi. Newton, Mississippi. Copiah, Mississippi. Alcorn, Mississippi. Jefferson Davis, Mississippi. Panola, Mississippi. Clay, Mississippi. Lamar, Mississippi. Yazoo, Mississippi. Mississippi. Mississippi. Mississippi. Mississippi. Mississippi. Mississippi. Mississippi. Mississippi. Mississippi. Mississippi.

103

Nouvelles de dernière minute

Le président des États-Unis :

Il y a cinq cents ans, me disent mes gens, et ce sont de bonnes gens, ils savent beaucoup de choses, et ils m'aiment car je sais beaucoup de choses, ils me disent qu'à l'époque, les peuples d'Europe ont sauvé les Africains les uns des autres. Si je comprends bien, les rois africains vendaient leurs enfants à d'autres rois, et nous avons envoyé notre marine, la meilleure marine au monde, pour les sauver. Au cours des deux dernières années, nous avons été préoccupés par les criminels, les dealers de drogue et les violeurs qui s'introduisent illégalement par notre frontière au sud, et j'ai pris des mesures majeures, plus qu'aucun autre président dans l'histoire, pour boucher les trous, et nous avons construit une clôture, n'est-ce pas ? Une superbe clôture, et nous avons une économie puissante, la plus puissante de l'histoire mondiale. C'est quelque chose, non ? Mais il s'avère que la vraie menace, et je n'ai pas arrêté de le dire, mais est-ce qu'on m'a écouté, *moi*, c'est comme ça qu'on dit "je" en français, hein, est-ce qu'on m'a écouté ? Non, personne ne m'a écouté. Est-ce que ce n'est pas terrible, la façon dont on me traite ? Le président du pays entier après la plus grande victoire de tous les temps, et pas de collusion. Pas de collusion, rien. Et pas d'obstruction. Mais je l'ai dit, et je le dis depuis un moment, c'est les Noirs qui doivent nous préoccuper, et apparemment, les Chinois et les Indiens, mais le truc, c'est qu'ils ne sont pas blancs comme les Américains sont censés l'être. Rendons sa grandeur à l'Amérique. Il se passe une chose terrible dans nos villes et nos rues. De bons Américains blancs sont la cible de violences, abattus comme des animaux. Je vais y mettre un terme. Croyez-moi. Je crée une nouvelle division dans le département de la Justice, l'Agence du peuple pour le respect de la loi, pour s'occuper de ces crimes. J'en appelle aussi à ma base, de bons et loyaux citoyens, ils m'adorent et je les adore, j'en appelle à ma base pour qu'ils prennent les armes contre cette racaille. Je voudrais pouvoir trouver le meneur de ces nègres. Je lui ficherais mon poing dans la gueule. Vous savez que je le ferais. Ah, ce coup que je lui mettrais. Et ce serait pas un coup en traître parce qu'il le verrait venir. Paf ! Je sais comment les prendre, ceux-là. C'est des voyous. Nos bons policiers sont sur la brèche, en première ligne, à livrer bataille, et j'ai leur soutien. Je leur ai donné la seule augmentation qu'ils ont eue en vingt ans alors ils m'adorent et je les adore. C'est vrai. Vous n'avez jamais rien vu de pareil. Mais ces nègres ont dépassé les bornes, ils sont sortis de la réserve, et il faut les arrêter. Je vais faire ça pour vous, mais je veux votre soutien.

[se met une main incurvée à l'oreille et écoute]

Je n'ai pas employé le mot *nègre*. Jamais je ne prononcerais le mot en *n*. Je suis la personne la moins raciste que vous rencontrerez jamais. Il y a des *fake news* qui vont vous dire que j'ai employé le mot *nègre*. Je ne dirais jamais le mot en *n*. Il y en a chez les Dems ou à la CNN qui vont vous dire que j'ai employé le mot *nègre*, mais c'est faux. Demandez à n'importe qui dans la salle. J'ai dit *nègre* ? Vous là, j'ai dit *nègre* ? J'ai employé le mot *nègre* ? *Nègre. Nègre. Nègre*. Je comprends qu'on aurait pu croire que je l'ai dit. Ce que j'ai dit, c'est qu'il faut se débarrasser de la *pègre*, du crime. Vous connaissez l'expression, là, la *crime des hommes*. Ils sont gratinés, hein, et même cramés ? Et ils m'adorent, ils ont voté pour moi comme ils ont jamais voté pour personne. J'ai pas dit *nègre*, sûrement pas, je dirais jamais *nègre*. Ma bouche peut même pas former les sons. *Nègre. Nègre. Nègre*. Je l'ai pas dit. Pas de collusion.

> NOUVELLES DE TOUTE DERNIÈRE MINUTE
> Selon des rapports qui viennent de nous parvenir, le leader de la majorité au Sénat vient d'être assassiné. Il a été retrouvé dans une chambre du Ritz-Carlton de Georgetown par une thérapeute masseuse. La jeune femme tatouée a dévalé les marches et s'est précipitée dans le hall en criant que le sénateur était en sang et mort apparemment avec son amant noir. Une fois encore, à cause de l'état d'hystérie dans lequel se trouvait la jeune femme, on ne peut être sûr de ce qu'elle a voulu dire. Tout ce qui est clair pour le moment, c'est que le leader de la majorité au Sénat est mort.

Comment ça j'ai été interrompu ? Je suis le président des États-Unis, putain. J'en ai rien à foutre qu'il soit mort. J'étais en train de parler. Quand est-ce qu'ils ont coupé ? J'avais presque réussi à faire croire à ces abrutis que je n'avais pas dit *nègre*. Ha ha ha. Je suis le meilleur. Je vendrais de la glace à des Esquimaux. Putain, je vendrais une corde à un nègre. Quoi ? On est revenus à l'antenne. Je n'ai pas dit ce que vous croyez m'avoir entendu dire.

105

Jim regrettait d'avoir laissé sa veste dans la voiture. Tout près de la porte, il essaya de nouveau son téléphone mais il n'y avait toujours pas de réseau. Il regarda Gertrude qui grelottait à côté de la silhouette d'un gros homme mort.

"Si j'avais ma veste, je te la donnerais, dit-il. C'est un témoignage de la galanterie d'aujourd'hui. Si ça veut dire quelque chose."

Gertrude essaya de sourire. "Je suis vraiment désolée.

— Bon, et qui pourrait vouloir nous boucler là-dedans ?" demanda Jim.

Gertrude secoua la tête. "Je croyais que tout le monde était parti. Tout le monde était parti.

— Il doit y avoir un moyen de sortir d'ici.

— Le seul autre outil, c'est cette clé à molette."

Jim soupesa la clé, la regarda fixement. Retournant à la porte, il songea à marteler la serrure avec. L'outil faisait à peu près le poids d'un pistolet. "Il me faut un petit récipient. Un sac en plastique. N'importe quoi.

— Un bout de ça, peut-être ?" fit-elle en montrant le bas d'un sac mortuaire. "Tu as un couteau ?"

Jim lui tendit son couteau de poche.

Tandis qu'elle plongeait la lame dans le sac, de la condensation, du formol ou autre chose lui mouilla les doigts et elle s'interrompit, révulsée. Elle se redressa et de nouveau regarda autour d'elle. Il y avait un spray de nettoyant pour four sur une étagère du haut. Elle s'en saisit et ôta le capuchon.

"Excellent", fit Jim. Il sortit le chargeur de son pistolet et enleva les balles. Puis avec la clé à molette, il détacha la partie en plomb de celle en cuivre et recueillit la poudre dans le coin de la housse en plastique.

"Je vois, dit Gertrude.

— Moi, je ne suis pas sûr de voir, dit Jim, mais on va essayer.

— Je suis désolée", répéta Gertrude.

Jim essaya de détacher le support de la serrure de la porte mais ne réussit à produire qu'une fente d'un demi-centimètre. "C'est une idée idiote, dit-il. Si ça marche, je t'invite à dîner. J'vais sûrement m'exploser la main. Mais ça n'aura pas d'importance, puisque bientôt je serai mort de froid.

— Tu essayes d'être drôle ?

— Je m'en sors bien ?

— C'est nul."

Jim essaya de tasser au maximum la poudre dans le petit sac, puis s'arrêta. "Tu es fumeuse ?

— Non, je n'ai jamais fumé. Pourquoi ?

— Moi non plus. Dommage. On n'a pas d'allumettes.

— Oh.

— Ma foi, il me reste une balle par contre. Je peux tenter de faire exploser en tirant dessus. Je gardais cette balle pour celui ou celle qui nous a bouclés là-dedans.

— OK.

— Retourne là-bas, derrière les morts."

Gertrude s'exécuta. "Quoi ?

— Je n'ai qu'une balle et j'ai à peine réussi l'exercice de tir la dernière fois. Prête ? Ça va faire beaucoup de bruit. Bouche-toi les oreilles." Il sortit un mouchoir usagé de sa poche, le fendit en deux et s'en fit des bouchons d'oreilles. "C'est parti."

Jim appuya et tira. Il toucha la serrure et crut entendre les ricochets mais il ne se passa rien. La serrure était cabossée, mais la poudre restait imperturbable. "Bon, ben, voilà. Je suis désolé, Gertrude."

Elle ne dit rien.

"Bien que cela semble complètement déplacé et contraire à l'éthique, je crois que nous devons partager notre chaleur corporelle.

— Je crois que c'est vrai.

— Quoi ? demanda Jim. Que c'est déplacé ou qu'on doit partager la chaleur ?

— Les deux."

Ils s'assirent sur une caisse contre le mur et se prirent dans les bras.

Il y eut un bruit à la porte. La poignée bougea légèrement, fut secouée, puis plus rien. Alors elle s'abaissa brutalement dans un grand fracas.

Jim leva son pistolet vide.

"Jim ?" C'était Ed.

"Oh seigneur, ça va, vous deux ?" demanda Hind. Elle ôta sa veste, s'approcha de Gertrude, la lui mit sur les épaules.

Jim essaya de se tenir debout. Ed l'aida. Tandis qu'ils sortaient de la chambre froide derrière Hind et Gertrude, Jim attrapa le bras d'Ed. "Vous avez trouvé quelqu'un ici ?

— Non, personne.

— Il fait nuit, dit Jim, levant les yeux vers la fenêtre en haut des escaliers. J'ai cessé de regarder l'heure il y a un bon moment.

— Comme je n'arrivais pas à t'appeler, on est venus en voiture. On a vu la tienne dehors. S'il y avait quelqu'un, cette personne est partie, maintenant.

— Ma foi, quelqu'un nous a enfermés.

— On en est où avec Gertrude ? demanda Ed.

— Je vais te débriefer. Qu'est-ce qui s'est passé dehors ?

— Oh mon vieux."

Certains parlèrent de *grouillement*. Un journaliste présent sur les lieux utilisa le mot *horde*. Un pasteur de l'église AME* du comté de Jefferson dans le Mississippi dit *congrégation*. Quel qu'en soit le nom, il y avait là au moins cinq cents personnes, le nombre enflait, et ils ne faisaient plus aucun effort pour se cacher. On vit la congrégation se soulever en crête puis redescendre vers la ville comme une tornade. Et comme une tornade, elle allait détruire une vie et laisser sa voisine indemne. Elle faisait un bruit. Un gémissement qui emplissait les airs. *Debout*, disait-elle. *Debout*. Elle laissa les villes complètement dévastées. Les familles plongées dans le chagrin. Les familles jaugeaient leur histoire. C'était un phénomène climatique. *Debout*. C'était un nuage. C'était un front, un front d'air mort. Les survivants racontèrent que l'air leur avait paru épais et lourd sur son sillage, pesant bas sur le sol comme une brume de glace carbonique. Il y avait des nuages dans l'Alabama, l'Arkansas, en Floride, partout eût-on dit. Les nuages se fondaient pour en former de plus gros, le bruit de leurs gémissements se faisant plus intense à chaque pas, à chaque mort. *Debout*.

* Église africaine méthodiste épiscopale, née en 1816 en se séparant des Églises méthodistes blanches en raison des discriminations raciales.

108

La maison de Mama Z baignait dans le noir, à l'exception d'une infime lueur vacillante derrière le rideau de la pièce des archives. Jim et Ed s'approchèrent de la porte d'entrée. Hind resta en arrière avec Gertrude, près des voitures. La porte était grande ouverte. Les deux hommes allumèrent leurs lampes torches et entrèrent. On entendait un cliquetis, comme d'une très vieille machine à écrire, venant d'ailleurs dans la maison. Ils étaient au milieu de la pièce quand Gertrude entra.

Hind était derrière elle. "Elle m'a échappé.

— Restez en arrière, fit Jim.

— C'est une machine à écrire ?" demanda Hind.

Jim et Ed avancèrent jusqu'à la porte de la pièce aux archives, la poussèrent.

Mama Z était assise de l'autre côté de la table, une bougie allumée devant elle. Damon Thruff, assis à côté d'elle, tapait à petits coups sur une machine à écrire. Ses yeux ne quittaient pas la feuille de papier dans la machine.

"Asseyez-vous, je vous en prie", dit Mama Z.

Tous quatre s'assirent à la table.

"Mama Z ? fit Gertrude.

— Il y a toujours plus que ce qu'on voit, dit la vieille femme.

— Damon ?

— Il est occupé, dit Mama Z.

— Qu'est-ce qu'il fait ?" demanda Hind.

Damon arracha une page de la machine, la déposa sur une épaisse pile à sa droite, engagea une page vierge prise sur une pile à sa gauche, et continua à taper.

"Il tape des noms, dit Mama Z. Un nom à la fois. Un nom à la fois. Tous les noms.

— Des noms, fit Ed.

— Dois-je l'arrêter ?" demanda Mama Z.

Jim regarda Ed, puis Hind. Gertrude était clairement déboussolée. Ils étaient déboussolés, et pourtant non.

"Dois-je l'arrêter ?" demanda de nouveau la vieille femme.

Dehors, dans le lointain, à travers l'air de la nuit, leur parvenait le cri étouffé. *Debout. Debout.*

"Dois-je l'arrêter ?"

OUVRAGE RÉALISÉ
PAR L'ATELIER GRAPHIQUE ACTES SUD
ACHEVÉ D'IMPRIMER
SUR ROTO-PAGE
EN NOVEMBRE 2023
PAR L'IMPRIMERIE FLOCH
À MAYENNE
POUR LE COMPTE DES ÉDITIONS
ACTES SUD
LE MÉJAN
PLACE NINA-BERBEROVA
13200 ARLES

DÉPÔT LÉGAL
1re ÉDITION : FÉVRIER 2024

N° impr. : 103648
(Imprimé en France)